BLT
Mit der Welt
auf Buchfühlung

Michael Van Rooy wurde 1968 in Kamloops, Kanada, geboren. Er hat als Lehrer, Barkeeper, Käsehersteller, Croupier und Journalist gearbeitet. Heute leitet er ein Restaurant und lebt mit seiner Frau und seinen drei Kindern in Winnipeg. EIN GEWÖHNLICHER VERBRECHER ist sein Debütroman, der in Kanada viel Beachtung fand. Michael Van Rooy schreibt derzeit an seinem nächsten Roman.

Michael Van Rooy

Ein gewöhnlicher Verbrecher

Thriller

Aus dem Englischen von
Wolfgang Crass

BLT

BLT
Band 92296

1. Auflage: Dezember 2008

Vollständige Taschenbuchausgabe

BLT in der Verlagsgruppe Lübbe

Deutsche Erstausgabe

Titel der Originalausgabe:
»An Ordinary Decent Criminal«
Originalverlag: Ravenstone

Redaktion: Lutz Steinhoff
Titelillustration: © PantherMedia GmbH
Umschlaggestaltung: Gisela Kullowatz
Autorenfoto: © Michael Van Rooy
Satz: Textverarbeitung Garbe, Köln
Gesetzt aus der Stempel Garamond
Druck und Verarbeitung: GGP Media GmbH, Pößneck
Printed in Germany
ISBN 978-3-404-92296-3

Für Laura, die mich gelehrt hat, zu lieben

1

Ich hatte eine Waffe, aber ich wollte sie nicht benutzen. Sie war klein und schwer, aus blauschwarzem Metall, mit einer regenbogenfarbigen Patina bedeckt und voller Kerben und Kratzer. Sie steckte geladen in der Tasche meines Bademantels, meine Finger berührten ihren Griff. Ich war gerade erst in das Haus eingezogen und hatte mitten in der Nacht drei Männer bei einem Einbruch überrascht. Einer stand direkt hinter mir, er war unbewaffnet. Die beiden anderen vor mir warteten meinen nächsten Schritt ab. Einer von ihnen hielt ein billiges Jagdmesser in der Hand, der andere ein armlanges Stahlrohr. Eine Schusswaffe hatte offensichtlich nur ich.

»Meine Frau ist oben. Sie ist schwanger.«

Die Männer lachten nervös, rührten sich aber nicht.

Ich war mir ziemlich sicher, wie es jetzt weitergehen würde. Die Männer hätten wieder in die Nacht verschwinden können, aber wahrscheinlich würden sie sich für die andere, unangenehmere Lösung entscheiden, weil sie trotz der Skimasken, die sie trugen, keinen Zeugen zurücklassen wollten. Auf der anderen Seite konnte ich nicht länger abwarten, denn im oberen Stock schliefen meine Frau und mein Kind.

»Hört zu, Freunde, entweder ihr verzieht euch jetzt, oder ihr lasst euch von mir einen blasen.«

Ich hatte recht. Die Einbrecher hatten sich für die unangenehmere Lösung entschieden. Wie in Zeitlupe holte der Mann mit dem Stahlrohr aus und schlug zu. Ich rollte mich rechtzeitig weg und zog die Waffe. Das Rohr krachte auf den Tisch neben mir, und einen Sekundenbruchteil später drückte ich ab. Das Geschoss drang in den Bauch des Mannes ein und traf seinen Hüftknochen, der sich in tausend Splitter auflöste, die sich durch seinen Körper bohrten. Der Schock machte ihn sofort bewegungsunfähig. Sein Aufschrei hallte durch das Haus und riss die beiden anderen Männer aus ihrer Erstarrung. Doch bevor sie etwas unternehmen konnten, hatte ich bereits die Kanone von der linken in die rechte Hand gewechselt und schoss zweimal. Wie ein Blitzlicht erleuchtete das Mündungsfeuer das halbdunkle Zimmer.

Eine Kugel traf den Einbrecher mit dem Messer in das linke Augenloch seiner Maske. Der zweite schaffte gerade noch eine halbe Drehung, bis ihn mein Schuss unterhalb der Achselhöhle erwischte und seine Wirbelsäule zerschmetterte. Beide Männer waren tot, noch bevor sie den Boden erreicht hatten. Der Donnerschlag der Schüsse verhallte, und ich konnte oben meinen Sohn weinen und meine Frau fluchen hören. Auch der Hund war endlich aufgewacht und fing an zu bellen.

Es kam mir wie eine Ewigkeit vor, bis meine Frau Claire mit dem Bajonettaufsatz unseres alten Gewehrs in der Hand die Treppe herunterkam. Sie sah sich im halbdunklen Zimmer um, erfasste die Szene mit einem Blick und ging dann mit zusammengepressten Lippen in die Küche. Der Hund trottete interessiert hinter ihr her. Ich lauschte währenddessen angestrengt, ob es noch etwas anderes zu hören gab als das Geschrei meines Sohnes.

»Oh Mann …« Der erste Mann, auf den ich geschossen hatte, stöhnte leise. Ich kniete mich neben ihn und schob seine Maske hoch. Die Haut darunter war blass, und sein Atem ging stoßweise. Noch während ich ihn ansah, wurden seine Atemzüge langsamer.

»Sie ist gar nicht schwanger.«

Claire ging durch das Zimmer in den vorderen Teil des Hauses und überprüfte die Fenster auf Spuren eines Einbruchs. Sie sah die Leichen nicht an, ging aber um sie und die langsam größer werdenden Blutflecken auf dem Teppichboden herum.

Ich sah dem Mann neben mir beim Sterben zu, bis er seinen letzten Atemzug getan hatte. »Ihr hättet lieber verschwinden sollen.«

Dann ging ich nach oben, um mich um meinen Sohn Fred zu kümmern. Ich nahm ihn aus dem Kinderbett hoch, drückte ihn fest an mich und beruhigte ihn. Ich fühlte mich traurig und erleichtert zugleich. Ich genoss die Nähe meines Kindes – vielleicht ein letztes Mal. Ich wusste, was nun folgen würde.

In der Ferne heulten schon die Sirenen. Ihr vertrauter Klang weckte bittere Erinnerungen.

2

Monty? Sam?«

Claire war ins Zimmer zurückgekommen. Sie hatte die Bajonettklinge gesenkt. Die tiefe Röte verschwand allmählich von ihrem Hals und Brustansatz.

Fred war in meinen Armen eingeschlafen und hatte friedlich seinen Kopf an meine linke Schulter gelegt. Auch der Hund hatte sich wieder beruhigt. Claire schaltete das Licht ein. An einer Wand waren noch mit Filzstift beschriftete Umzugskisten aufgestapelt. Sie warf einen wütenden Blick auf die Leichen und schnaubte verächtlich; ähnliche Szenen hatte sie schon öfter erlebt, und schon damals hatten sie ihr nicht besser gefallen.

»Sonst ist niemand hier. Was ist passiert?«

Claire weiß sowieso meistens, wenn ich lüge, und sie gab mir mit ihrem Tonfall unmissverständlich zu verstehen, dass ich damit erst gar nicht anzufangen brauchte.

»Würdest du gerne die Wahrheit hören oder die Version für die Cops?«

Die Szene eben hatte mich wohl stärker mitgenommen, als mir lieb war, und so klang meine Stimme unsicher. Das ärgerte mich, weil es mein Image des coolen Profis störte. Claire nickte, als hätte ich ihr schon etwas Wichtiges mitgeteilt.

»Beide, denke ich.«

»Das wäre wohl am besten«, sagte ich und gab ihr Frederick. Sie legte das Messerstück auf den Tisch neben die Delle von dem Schlag mit dem Stahlrohr. Das Baby wimmerte kurz auf, schlief aber gleich wieder ein.

»Die drei Idioten haben bei uns eingebrochen. Ich habe sie gehört und bin mit dem Revolver runtergegangen. Sie haben versucht, mich umzubringen, und ich habe sie erschossen.«

Als ich wie beiläufig den Revolver erwähnte, wurden Claires Augen schmaler. Das würde sie nicht so ohne Weiteres durchgehen lassen.

»Mit dem Revolver? Mit welchem Revolver denn? Doch sicher nicht mit einem, den du behalten hast? Oder doch? Trotz deines festen Versprechens?«

Erwischt. Ich hob die Hände.

»Ich habe eine Waffe behalten, nur eine einzige. Nicht für die Arbeit, das schwöre ich dir, und das meine ich ernst. Nur zu unserem Schutz. Die Strafe büße ich später ab.«

Ich wartete gespannt. Wir hatten unsere gemeinsame Zukunft an die strikte Einhaltung ganz bestimmter Bedingungen geknüpft, und mindestens eine davon hatte ich gerade gebrochen. Wenn sie jetzt auch noch glaubte, dass ich sie anlog, dann war unser gemeinsames Vorhaben gestorben.

»Nie mehr, Monty. Unter keinen Umständen, niemals wieder. So war es abgemacht.« Die kalte Wut in ihrer Stimme war nicht zu überhören.

»Ganz ehrlich, ich habe ihnen eine Chance gegeben. Die Sache tut mir wirklich leid.«

Die Sirenen wurden immer lauter. Ich ging nach vorne, um einen Blick auf die Straße zu werfen. Claire trat hinter mich. Sie hatte sich offensichtlich entschlossen, mir zumindest Aufschub zu gewähren, denn sie hatte sich bereits praktischeren Problemen zugewandt.

»Sollest du die Kanone nicht abwischen?«

Ich sah auf den Revolver mit dem kurzen Lauf hinunter und berührte den kühlen, geriffelten Walnussgriff – Marke Smith & Wesson, Kaliber .38, und so gut wie nicht zu identifizieren. Ich hatte mit Säure und einer Schleifmaschine selbst dafür gesorgt und die Seriennummer außen und innen restlos entfernt. Außerdem hatte ich mir die Waffe zur Sicherheit in einer anderen Provinz besorgt.

»Nein. Das wäre sinnlos, weil ich Schmauchspuren an der Hand habe. Wir sagen, dass die Einbrecher die Kanone dabei hatten. Ich bin runtergegangen, und wir haben gekämpft.« Die Aussicht, durch die Entwicklung konkreter Strategien vielleicht unsere Beziehung retten zu können, gab mir neuen Auftrieb. Ich lief im Zimmer hin und her und gestikulierte mit der freien Hand.

»Ich habe die drei gehört. Wir haben noch kein Telefon, deshalb konnten wir nicht die Polizei rufen. Es kam zum Kampf. Dabei konnte ich einem von ihnen die Pistole abnehmen und musste schießen. Du bist von den Schüssen aufgewacht«, erklärte ich hastig. »Lassen wir es dabei. Sie sind sowieso gleich hier.«

Ich sah zwischen den Vorhängen hindurch nach draußen. Die Sirenen wurden lauter, und eine blaue und weiße Crown-Victoria-Limousine hielt an. Zwei Streifenpolizisten der Stadt Winnipeg sprangen heraus, ein jüngerer, blonder Mann und eine braunhäutige Frau. Sie riss ein Schrotgewehr aus der Halterung unter dem Armaturenbrett und kam damit im Anschlag den Zufahrtsweg herauf. Sie wusste wohl, dass das hier im Viertel angeraten war, wenn jemand Schüsse gemeldet hatte. Kurz spürte ich eine gewisse Erregung. Es war schon eine Weile her, seit ich zum letzten Mal direkt mit der Polizei zu tun gehabt hatte. Gleich würde ich erleben, ob die Bullen hier etwas draufhatten.

»Ist das so weit klar?«

»In Ordnung.«

Ich drehte mich noch einmal kurz zu den Leichen um. Sie schienen sich allmählich zu verändern. Luft wich aus den Lungen, Pisse sickerte durch die Hosen und vermischte sich mit dem Blut auf dem Teppichboden. Zum Glück wohnten wir hier nur zur Miete.

Ich legte die Pistole auf den Tisch und zog hastig einen kleinen Plastikbeutel mit Ersatzpatronen aus der Tasche meines Bademantels. Der unbewaffnete Mann war, als er starb, auf den Rücken gefallen, ihm schüttete ich die sechs Patronen in die Brusttasche seiner schwarzen Nylon-Windjacke. Aus alter Gewohnheit hatte ich sie sauber abgewischt aufbewahrt. Die Plastiktüte zerriss ich und ließ sie in einer halb vollen Kiste mit Geschirr verschwinden. Ich war gerade damit fertig, als die beiden Streifenpolizisten die Haustür erreichten.

Sie gingen strikt nach Vorschrift vor: Sie postierten sich auf beiden Seiten der Tür, dann streckte einer den Arm aus, um zu klopfen und sich anzukündigen: »Polizei. Aufmachen!«

Claire warf mir einen letzten Blick zu. Ich nickte und öffnete die Tür. Sofort presste sich mir der Lauf des Schrotgewehrs an die Kehle, und das hellbraune Gesicht darüber verhieß nichts Gutes. Ich kenne solche Waffen und weiß genau, was eine Ladung Schrot mit meinem Hals anrichten würde. Ich atmete also ganz langsam aus und rührte mich nicht.

»Polizei. Hände hoch. Uns wurden Schüsse gemeldet.«

Langsam hob ich meine Hände, und die Polizistin lächelte erleichtert. Ihr Partner hielt mit beiden Händen einen Revolver wie in einem alten Western und drängte sich an mir vorbei ins Haus.

Nun war es Zeit für gewisse Formalitäten. »Mein Name ist Samuel Parker, und das ist mein Haus«, erklärte ich mit lauter Stimme. »Ich möchte einen Anwalt anrufen. Ich bin mit meiner Familie gerade eingezogen, und wir haben noch kein Telefon. Die Frau hinter mir ist meine Frau, und das

Baby ist mein Sohn. Drei bewaffnete Männer sind bei uns eingebrochen, und ich habe sie in Notwehr getötet. Ich möchte einen Anwalt anrufen.«

Erst jetzt registrierte ich, dass Claire ziemlich spärlich bekleidet war. Das entging auch dem jüngeren Polizisten nicht. Er wurde rot. »Na, was haben wir denn da?«

Die Frau mit dem Schrotgewehr schnalzte leise mit der Zunge. Es klang missbilligend. »Nein, Officer. Sie ignorieren die hübsche Lady. Sie durchsuchen jetzt das Haus. Dann rufen Sie einen Krankenwagen. Ma'am? Bitte rühren Sie sich nicht. Wir haben unsere Vorschriften.«

Der junge Polizist ging dicht an der Wand entlang zum Wohnzimmer, um seiner Kollegin nicht ins Schussfeld zu geraten. Fred begann zu weinen, aber das Schrotgewehr blieb fest an meinen Hals gedrückt. Nun brach es in kalter Wut aus Claire heraus: »Verdammt noch mal! Nehmen Sie das Gewehr von meinem Mann weg. Er hat nichts Böses getan.«

Die Polizistin blieb unbeeindruckt. Nur ihre Stimme senkte sich leicht. »Seien Sie still, Ma'am.«

Ihr Kollege hatte inzwischen seine Durchsuchung abgeschlossen. »Da hinten liegen drei Tote.« Er nahm das Walkie-Talkie vom Gürtel und sprach hinein: »Wir haben hier drei Tote nach Schusswechsel. Brauchen zwei Krankenwagen plus Spurensicherung. Keine Sirenen. Wiederhole: Keine Sirenen, ein Tatverdächtiger, benötige Morddezernat und Spurensicherung. Aufnehmende Beamte Ramirez und Halley.«

Unser Hund Renfield, ein Mischling in bester Tradition Frankensteins, trottete zu mir her und machte mit einem zerbissenen Frisby im Maul freundlich neben mir Platz.

»Tut mir leid, Renfield, nicht jetzt.«

Der Beamte hinter mir packte mich an den Handgelenken, und ich spürte das vertraute Gefühl kalter Handschellen. Als er beide Hände hinter meinem Rücken gefesselt hatte, drückte er mich auf die Knie. Erst dann meldete sich seine Kollegin, und wieder mit einem Tadel: »Die Schusswaffe, Officer. Die auf dem Tisch. Als Beweismittel sichern! Das hätten Sie als Erstes machen müssen.« Sie hatte das Schrotgewehr endlich zum Boden gesenkt und den Finger vom Abzug genommen.

»Es heißt doch immer, wir sollen am Tatort nichts verändern«, widersprach er in weinerlichem Tonfall, der mir sofort auf die Nerven ging.

»Das bedeutet für uns einen Scheiß, wenn die Lady mit dem Baby uns erschießt. Der Selbstschutz hat in jedem Fall Vorrang.«

Sie schenkte mir ein freundliches leichtes Lächeln, das allerdings nicht zu ihrem kühlen Polizistenblick passen wollte.

»Es tut mir leid, Sir. Wir haben für solche Fälle ganz bestimmte Vorschriften. Ich bin sicher, dass bei Ihnen alles in Ordnung ist.«

Jetzt meldete Claire sich wieder, und ich sah sofort, wie wütend sie nach wie vor war. Sie starrte die Polizistin an und fragte: »Wie ist Ihr Name?«

Die Polizistin lächelte und zeigte dabei schöne, ebenmäßige Zähne. »Elena Ramirez, Ma'am. Einen schönen Jungen haben Sie da.«

Claire sagte zunächst kein Wort, aber dann lächelte sie und gab Fred einen Stups unters Kinn. Als er lachte, entspannte ich mich leicht und erlaubte mir auch ein Lächeln. »Ja. Er heißt Fredrick«, sagte Claire schließlich.

Die Polizistin lockerte den Griff an dem Schrotgewehr, und mir wurde klar, was sie vor sich sah. Sie stand hier und machte höflich Konversation mit einer dürftig bekleideten Frau, die dazu noch einen absolut entspannten Eindruck machte, obwohl nebenan drei Leichen lagen. In ihrem Kopf mussten jetzt all die Alarmsignale schrillen, die man ihr in der Polizeischule eingebaut hatte. Sie trat einen Schritt zurück und musterte mich noch einmal. Mir war klar, dass sie versuchte, mein Gesicht unterzubringen. Anfang dreißig, knapp über einsachtzig, mit sehr blasser Haut und einer Menge alter Narben auf Armen und Händen. Blassgraue oder blaue Augen und kurz geschnittenes blondes Haar. Eigentlich ganz normal, würde ich nicht trotz der Handschellen und der Leichen und der Polizisten einen völlig ruhigen Eindruck machen. Den Ordnungshütern wird während ihrer Ausbildung eingebläut, dass nur Psychopathen, Soldaten und Polizisten töten und danach ruhig bleiben können. Wie schon viele vor ihr wusste sie nicht, was sie von mir zu halten hatte. Sicherheitshalber wurde auch Claire in dem Polizistinnengedächtnis gespeichert: 1,73 m, gute Figur, sonnengebräunt. Ihr dichtes, im Augenblick unfrisiertes rötlich braunes Haar trug sie lang, und sie hatte dunkelbraune Augen.

Ihr Kollege sprach wieder in sein Walkie-Talkie, aber so leise, dass ich es nicht verstehen konnte.

Ramirez sagte: »Sie könnten sich vielleicht etwas Richtiges anziehen, Ma'am. Ich fürchte, Sie lenken die Sanitäter ab, wenn sie herkommen. Officer Halley jedenfalls bringen Sie durcheinander.«

Claire ließ sich nach oben begleiten und fing eine Unterhaltung über Babys an, während mir von den inzwischen ungewohnten Handschellen die Muskeln zu schmerzen begannen, bis ich mich bewusst entspannte. Durch die offene Haustür und den Vorgarten konnte ich hinaus auf die baumbestandene Straße sehen. Obwohl es erst Frühlingsanfang und noch kalt war, fingen die Nachbarn schon an, sich in kleinen Grüppchen auf dem Bürgersteig zu sammeln.

Nach einer Weile kam Claire mit Frederick und Ramirez wieder herunter, aber sie durfte nicht mit mir sprechen. Dann dauerte es nicht mehr lange, bis ein Krankenwagen, sechs Polizeifahrzeuge und ein kleiner Kastenwagen heranrollten. Der erste Polizeibeamte, der ins Haus trat, war ein großer Mann mit blassblauen Augen. Er trug einen billigen grauen Anzug mit Weste und hatte eine nicht angezündete Zigarre in der Hand. Ich konnte Ramirez und den großen Polizisten hören, wie sie sich besprachen. Schließlich kam der große Polizist zurück und starrte mich an, während er die Zigarre mit einem Haushaltsstreichholz anzündete. Der Vorgarten füllte sich mit uniformierten Polizeibeamten und Sanitätern in weißen Kitteln.

»Mister Parker?«

»Ja. Ich möchte einen Anwalt anrufen.«

Ich sagte das, so laut ich konnte, ohne zu brüllen, und einige der Leute im Vorgarten schienen es zu registrieren, aber der große Polizist beachtete mich nicht.

»Mein Name ist Detective Enzio Walsh. Sie sind verhaftet. Sie haben …«

Im Hintergrund rief Claire, dass ich unschuldig sei, und ich erlaubte mir ein Lächeln, weil ich nun endlich wieder wusste, wo ich stand.

3

Sergeant Enzio Walsh kam durch die Stahltür in den kleinen Befragungsraum im fünften Stock der Polizeizentrale in Winnipeg gestürmt. Die Tür knallte gegen die Wand, und ein uniformierter Beamter namens Daniels sprang von seinem Hocker auf und nahm Haltung an. Ich blieb sitzen und gähnte.

»Parker?«, brüllte Walsh, und ich nickte friedlich. Das Befragungszimmer war drei mal drei Meter groß, und außer einem Hocker für den Polizisten gab es nur einen mit der Wand verschraubten Tisch und eine Bank für den Häftling. Über der Tür hing hinter einem verstärkten Gitter eine Halterung mit einer Kamera, die aber offensichtlich abgeschaltet war. Seit drei Stunden war Daniels meine einzige Gesellschaft. Er hatte immer wieder versucht, mich aufs Glatteis zu führen. Ohne Erfolg.

»Parker?«

Ich nickte wieder. Meine Hände steckten nach wie vor hinter meinem Rücken in Handschellen. Als die Polizisten mich abgeführt hatten, hatte Claire ihnen ein Paar Jeans und ein T-Shirt zugeworfen, und vor etwa einer Stunde hatte man mir endlich erlaubt, mich anzuziehen.

Walsh stand mit mehreren Blättern Papier in der Hand vor mir. Seine Krawatte hing lose um seinen Hals. Das Jackett stand offen, und an seiner rechten Hüfte konnte ich den geriffelten Griff einer automatischen Pistole sehen. Er zeigte nach vorne. Mit einer knappen Bewegung winkte Walsh Daniels hinaus und grinste mich an. Als Daniels draußen war, schloss Walsh die Tür und zog den Hocker zu mir her.

»Parker?«

Ich gähnte wieder und blinzelte, während er weiterredete.

»Nein, nein, nein, mein Junge.«

Er räusperte sich und las von einem Blatt vor sich ab.

»Montgomery Uller Haaviko. Auch bekannt als Sheridan Potter, Igor Worley und Gerry Timmins. Gewohnheitsverbrecher. Verhaftungen wegen Körperverletzung, Brandstiftung, Diebstahl, Einbruch, Schmuggel, Waffenbesitz, Besitz staatlich kontrollierter Substanzen, Verkauf staatlich kontrollierter Substanzen. Im Lauf der Jahre insgesamt sieben Mordversuche. Acht der letzten zehn Jahre hast du hinter Gittern zugebracht. Bis jetzt bist du ja glimpflich davongekommen, aber jetzt kriege ich dich endlich dran, du Scheißkerl. Und ausgerechnet wegen Mord! Nach all den Anläufen hast du es endlich geschafft.«

Sie hatten länger als erwartet gebraucht, um meinen neuen Namen mit meinem Vorstrafenregister zusammenzubringen.

»Ich möchte einen Anwalt sprechen«, verlangte ich monoton. »Es ist nicht verboten, seinen Namen zu ändern, und ich habe es ganz legal und ordnungsgemäß getan. Per Gericht. Und ich habe meine Strafe voll und ganz abgesessen, also gibt es keine Bewährungsauflagen oder so was.«

Nach einer kurzen Pause lächelte ich dünn.

»Also. Ich möchte einen Anwalt sprechen, das habe ich schon öfter gesagt, und ich werde es weiter sagen. Drei Männer sind in mein Haus eingebrochen und haben mich angegriffen, ich habe in Notwehr gehandelt und angemessene Gewalt angewendet, um mich und meine Familie zu schützen.«

Er pulte etwas Rosafarbenes zwischen den Zähnen heraus und musterte es. »Mein Vater war früher Gefängniswärter in Wormwood Scrubs, in London, damals in den siebziger Jahren. Da haben sie angefangen, all das Gesindel, mit dem sie zu tun hatten, zusammenzustecken. Irische Bombenwerfer, die Schulkinder in die Luft sprengen. Pädophile mit Turban. Schwarze Brandstifter. Zusammen mit den gewöhnlichen Häftlingen ...« Er zwinkerte mir zu. »... mit denen, die die Schließer GAK nannten. Gewöhnliche anständige Kriminelle. Typen wie du. Einbrecher. Diebe. Schläger.«

Er zog ein Blatt hervor und hielt es lose zwischen zwei Fingern. »Genau wie du.«

Walsh schob mir das Blatt zu. »Unterschreib das.«

Das Blatt war leer, und ich betrachtete es, während Walsh mit einem Stift in der linken Hand wartete. Sein Lächeln hatte endlich seine Augen erreicht, und Triumph blitzte darin auf, bis ich anfing, übertrieben langsam zu lachen. »Ha. Ha. Ha.«

»Dumm. Ganz dumm von dir.«

Seine Stimme war wieder leise, aber er lächelte weiter. Er nahm die Blätter auf, stand langsam auf und kam um den Tisch herum auf meine Seite. Ich hätte ihn mit einem Tritt erreichen können, aber ich versuchte es nicht einmal. Das kleine Pferd, das Markenzeichen der Firma Colt, war etwa fünfzehn Zentimeter von meinem Augenwinkel entfernt, und es lenkte meine gesamte Aufmerksamkeit auf sich.

»Mr Haaviko, wir können das auf die harte oder die angenehme Tour erledigen, aber erledigt wird es.«

Ich spielte es in meiner Fantasie durch. Zurücklehnen. Walshs rechtes Knie mit meinem linken Absatz zu Pudding zertreten. Hinknien und die Pistole greifen. Entsichern (ich versuchte mich daran zu erinnern, ob sie bei Colt die Sicherung auf der linken oder der rechten Seite einbauen). Zur Seite drehen, mit der Pistole zielen (in Seitenlage und hinter dem Rücken schwierig, aber nicht unmöglich). Den Abzug zweimal durchziehen. Den Schlüssel für die Handschellen finden (man kann sie nicht verwechseln, sie sind klein, leicht und haben einen kurzen, hohlen Schaft), wahrscheinlich hingen sie an Walshs Schlüsselring, das Schloss aufmachen. Die Handschellen fallen lassen. Irgendwelche Cops, die reinkommen, niederschießen. Schnell aus dem Gebäude verschwinden, ein Auto entführen, wenn nötig mit einer Geisel. Wegfahren.

Ich machte nichts von allem.

Walshs Jackett hing offen und schwer um seinen Körper. Als steckte etwas in seiner rechten Seitentasche. Also war die Pistole an seinem Gürtel vielleicht nicht seine einzige Waffe. Wahrscheinlich war sie nicht einmal geladen. Das hieß, er würde mich die Knarre an seinem Gürtel greifen lassen, um mich dann mit der in seiner Tasche zu erledigen.

»Du bist ein Stück Dreck, genau wie alle anderen, und du bist nicht willkommen in meiner Stadt.«

Ich rührte mich nicht. Seine Hand zitterte, und zwei hellrote Flecken bildeten sich auf seinen Wangen. Dann stand er auf, öffnete die Tür und ließ zwei Männer herein. Beide trugen Uniformhosen und alte T-Shirts mit grauen Flecken in den Achselhöhlen. Ihre Pistolenhalfter waren leer. Sie waren mindstens fünfzig, kräftig, muskulös. Einer hatte einer Anker auf seinem Unterarm tätowiert.

»Gentlemen. Mister Haaviko hier möchte die harte Tour.«

Beide Cops grinsten. Der auf der linken Seite nahm seinen Zahnersatz heraus, sodass eine Lücke von vier Zähnen sichtbar wurde. Er ließ die Prothese in sein leeres Halfter fallen, und ich holte noch einmal tief Luft.

»Mein Name ist Samuel Parker, und ich möchte einen Anwalt sprechen«, konnte ich gerade noch sagen.

Walsh ging hinaus, und dann prügelten sie endlos lange auf mich ein. Die meiste Zeit schrie ich.

Das half nichts, also versuchte ich es mit Weinen und dann mit Erbrechen. Dann pisste ich mir in die Hose, aber nichts half. Manchmal hören sie auf zu prügeln, wenn man eine Riesensauerei macht, aber dieses Mal funktionierte es nicht.

Es ging einfach nur immer weiter.

Es gibt Verhaltensregeln, wenn man verprügelt wird, die im Gefängnis genauso gelten wie bei der Polizei. Regel eins heißt schreien, denn die Leute, die einem Schmerzen zufügen, wollen gern wissen, was man dabei empfindet.

Regel zwei ist für den Fall, dass man sich zur Gegenwehr entschließt. Man sollte das gleich tun, bevor man geschwächt ist, weil eine ordentliche Foltersitzung einen total fertig macht.

Regel drei ist eine Ergänzung zu Regel zwei. Außerdem ist sie die goldene Regel für alle Ganoven. Sie lautet, töte niemals einen Cop. Wenn man einen Cop tötet oder nur verletzt, ist man selbst tot. Polizisten lassen es nicht zu, dass Mörder von Kollegen am Leben bleiben.

Das ist ein Prinzip oder so was.

Die beiden Polizisten machten es genau richtig, sie waren keine Amateure. Schläge mit der offenen Hand von oben auf den Schädel, und das lange genug, dann bekommt das Opfer eine Gehirnerschütterung, hat aber keine sichtbare Prellungen.

Dazu abwechselnd Schläge mit einem altmodischen Gummiknüppel oder diesem neuen Demo-Schlagstock auf ein Telefonbuch, dass dir jemand an die Rippen hält. Macht man das lange genug, schüttelt man dem Mann die Innereien gehörig durcheinander.

Schlägt man jemandem mit der offenen Hand auf die Nieren, hat das Opfer irgendwann Blut im Urin; macht man das lange genug, kann man ihn töten.

Das ging so weiter, bis wir alle drei nass geschwitzt waren und der Raum nach Testosteron, Urin und Erbrochenem stank. Dann kam Walsh frisch und ausgeruht wieder herein und hielt mir erneut das Blatt unter die Nase, nur dass jetzt ein sauber getipptes Geständnis darauf stand.

»Was sagst du? Wir können weitermachen. Wir sind noch nicht müde.«

Unser Keuchen füllte das Zimmer mit Echos, und ich antwortete mit einer Stimme, die von meinen Schreien heiser geworden war: »Ich möchte einen Anwalt.«

Walsh erstarrte, und der Cop mit der Tätowierung packte mich und hielt meinen Kopf fest.

»Wartet! Wartet!«

Sein Griff lockerte sich ein wenig. Ich wusste, es war verrückt, aber ich brüllte: »Dein Deodorant hat versagt!«

Es war die Pointe eines alten Witzes, den ich vor einem Jahr in einer ähnlichen Situation im Gefängnis gehört hatte. Damals hatten vielleicht achtzig Häftlinge gebrüllt vor Lachen, bis die Schließer den Strom und das Wasser abstellten. Bei den Cops kam der Gag aber nicht so gut an. Der mit den fehlenden Zähnen zog zwei Wattetupfer und eine Dose mit Pfefferspray aus einer Gürteltasche. Es war die Polizeiausfertigung, nicht so stark wie das Zeug, das sie normalerweise verkaufen. Bei Privatleuten geht man allerdings davon aus, dass es nur gegen Bären und Hunde eingesetzt wird, was für Polizisten nicht gilt.

»Das wird wehtun«, sagte Walsh.

Was du nicht sagst!

Er lehnte sich mit dem Rücken an die Tür und sah zu, wie die Tupfer mit der farblosen Lösung eingesprüht und dann nahe genug vor mein Gesicht gehalten wurden, um meine Nase laufen und meine Augen schmerzen zu lassen.

»Letzte Chance.«

Als ich nicht reagierte, riss mir ein Cop von hinten beide Augenlider hoch, der andere tupfte mir das Gel direkt in die Augen, und ich wurde blind. Gleich darauf setzte der Schock ein. Dann kam der Schmerz und mit ihm ein Schrei, der sogar mir überlaut in den Ohren gellte.

4

Mr Haaviko? Können Sie mich hören?«

Ich nickte der unsichtbaren Stimme zu und sah in den Nebel um mich.

Es waren einige Farbschattierungen und schemenhafte Umrisse zu sehen, aber das Zimmer sah irgendwie sauberer aus als das, in dem ich vorher gewesen war. Hatten sie mich verlegt, oder hatten sie sauber gemacht? Wie lange war ich ohne Bewusstsein gewesen? Die Gestalt mir gegenüber war dünn und trug dunkle Kleidung, dazu einen Mantel. Kein Polizist, vielleicht ein Detective. Ich hatte Durst, meine Muskeln schmerzten und brannten, und ich trug noch immer die Handschellen, aber meine Kleidung war neu und sauber – ein deutlicher Fortschritt.

»Eigentlich heiße ich Parker«, sagte ich mit heiserer Stimme. »Haaviko habe ich aufgegeben. Zu viele Erinnerungen.«

Als die Gestalt nickte, redete ich weiter: »Ich möchte einen Anwalt sprechen.«

»Ich *bin* Anwalt. *Ihr* Anwalt, wenn Sie mich haben wollen. Mein Name ist Lester Thompson, meine Kanzlei hat mich geschickt.«

Ich brauchte eine Weile, bis ich das begriffen hatte. Als ich das endlich geschafft hatte, stellte ich nur eine Frage: »Sind Sie ehrlich?«

Das kam als Krächzen heraus, und Mr Thompson überlegte eine Weile, bevor er antwortete, was nach meinem Gefühl ein gutes Zeichen war. »Ja.«

Allzu überzeugend klang das nicht, und ich lächelte in mich hinein. »Schön. Sie sind engagiert. Könnten Sie mir bitte etwas Wasser zum Trinken besorgen, und könnten diese Handschellen weg? Ich spüre meine Hände nicht.«

Er nickte (glaube ich) und ging zur Tür, wo ich ihn leise mit jemandem sprechen hörte. Ein paar Augenblicke später kam er mit einem Styroporbecher voll warmem Wasser und dem Schlüssel für meine Handschellen zurück. Nachdem er mich befreit hatte, steckte er den Schlüssel weg. Er blieb unentschlossen stehen. Wollte er noch etwas sagen? Meine Hände schmerzten, als ich mir die geschwollenen Gelenke massierte. Ich konnte mich nur mit Mühe davon abhalten, meine Augen zu reiben.

»Okay, Mr Haaviko, äh, Mr Parker, ich kann da nicht viel machen. Die Polizei hat Ihr Geständnis, ich habe eine Kopie gesehen. Ich glaube nicht, dass die Staatsanwaltschaft auf Totschlag runtergehen wird, aber möglich ist es. Sie hätten wirklich keine Aussage machen sollen.«

Ich ignorierte ihn, goss etwas Wasser aus dem Becher in eine Hand und reinigte nacheinander meine Augen. Den Rest schüttete ich auf den Boden. Ich trank nur den Löffel voll, den ich mir aufgehoben hatte, dann begann ich wieder, das geschwollene und wund geriebene Fleisch an meinen Handgelenken zu massieren.

»Tut mir leid. Pfefferspray. Mehr Wasser oder ein Waschgel wären jetzt gut, aber hier scheint es nichts davon zu geben.«

»Mr Parker!« sagte mein Anwalt wütend. »Hören Sie mir zu, Mr Parker? Verstehen Sie überhaupt, was ich sage?«

Inzwischen konnte ich Thompson besser sehen. Er war ein hagerer Mann von Mitte zwanzig mit dünnen Lippen und hellbraunen Augen. Er trug einen Anzug aus schokoladenbraunem Wollstoff mit einer hellblauen Krawatte. Auf dem Tisch vor ihm lag ein dünner Ordner mit meinem

Namen, und neben ihm auf dem Boden stand ein teurer Aluminiumkoffer mit einem Zahlenschloss. Er sah erregt aus, fuhr sich immer wieder durch sein bereits schütteres braun-blondes Haar und tat sein Bestes, um nicht sein Anwaltslächeln aufzusetzen. Mein Magen rebellierte, als ich das billige Rasierwasser roch, das von ihm herüberwehte.

»Ja, ich habe es gehört. Dreimal Totschlag, vielleicht. Die Polizei hat ein Geständnis … gewissermaßen. Wahrscheinlich keine Verhandlungsangebote von der Staatsanwaltschaft. War es das in etwa?«

Er bewegte sich ruckartig und ungeschickt wie ein nervöses Tier und trommelte mit den Fingern auf den Metalltisch. »Ja.«

Ich stellte mich vorsichtig auf die Füße und kämpfte meine Übelkeit nieder. Dann streckte ich mich und rollte Hüften und Schultern. Mein ganzer Körper schmerzte von den Schlägen, aber ich bezweifelte, dass irgendwelche Prellungen oder blauen Flecken zu sehen sein würden. »Das Geständnis ist nicht unterschrieben, oder?«

»Nein. Aber das ist auch wirklich nicht nötig, weil es Zeugen gibt, die gehört haben, wie Sie den Mord an drei Menschen infolge eines Streits gestanden haben.«

Ich stützte mich an der Wand ab und begann mit isometrischen Übungen, um die Schmerzen niederzukämpfen. Erst jetzt bemerkte ich, dass ich einen orangefarbenen Strafanstalts-Overall trug, und ich überlegte kurz, wo meine Kleidung wohl geblieben war. Ich erinnerte mich vage, dass Walsh irgendwas mit meinen Händen gemacht und dann das Blatt mit meinem angeblichen Geständnis eingetütet hatte. Damit konnte die Polizei meine Fingerabdrücke als Beleg für ihre Behauptung vorweisen, ich hätte das verdammte Ding gelesen.

»Ja. Aber eine Unterschrift wäre besser gewesen. Also, an die Arbeit.«

»Wovon reden Sie?« Thompson malte dabei mit einem schwarz-silbernen Montblanc-Kugelschreiber Kringel auf seinen Block.

»Ich habe kein Geständnis abgelegt.«

Er schnaubte verächtlich. »Das habe ich schon öfter gehört. Da sind aber drei Zeugen, drei Aussagen, alles Polizisten, Sie ein Straftäter …«

»*Ex*straftäter«, rang ich mir unter Schmerzen ab, ohne meine Übungen zu unterbrechen.

»Also gut, *Ex*straftäter. Was glauben Sie, wem wird der Richter wohl glauben?«

Mein Blick fiel auf die Videokamera über der Tür. Ich tarnte mein Grinsen hinter einem Hustenanfall, ging hinüber und sah mir die Anlage von unten an. Thompson beobachtete mich misstrauisch, als ich die dicke Drahtabdeckung und das gepanzerte Kabel darunter untersuchte.

»Darf ich? Danke.« Ich nahm ihm den Stift aus der Hand. Zwei schnelle Schritte und ein fester Stoß mit versteiftem Handgelenk, dann hatte ich das Gerät neben der Linse durchstoßen. Ein Funkenregen ging nieder, und ein durchdringender Ozongeruch breitete sich aus. Thompson zuckte zurück, als ich ihm den Kugelschreiber zurückgab.

»Sind Sie verrückt? Der Stift war von meiner Mutter! Die Kamera war sowieso abgeschaltet, sie darf während eines Mandantengesprächs gar nicht an sein!«

»Klar. Die Polizei wird gleich da sein, also mache ich es kurz. Ich habe wirklich kein Geständnis abgelegt, und das kann ich auch beweisen, aber wenn die Leute hier dahinterkommen, wie ich das schaffen will, werden sie es verhindern.«

Thompson glaubte mir offensichtlich kein Wort. Er blieb auf seinem Hocker sitzen, schüttelte den Kopf und packte seine Sachen zusammen, um zu gehen.

»Sie träumen. Niemand beobachtet uns, die Kamera ist hier Standard, und sie ist während eines Mandantengesprächs nie eingeschaltet. Das wäre eine eklatante Verletzung der Bestimmungen über die Vertraulichkeit von Gesprächen zwischen Mandant und Anwalt.«

In diesem Augenblick kam Walsh mit einer Hand am Griff seines Colts herein. »Irgendwelche Probleme?«

Thompsons Lippen wurden blass, und er sah mich mit zusammengekniffenen Augen an.

Ich lächelte zuckersüß. »Also schön«, sagte ich, ohne Walsh zu beachten. »Woher weiß er dann, dass die Kamera kaputt ist, wenn sie vorher nicht lief?«

»Irgendwelche Probleme?«, wiederholte Walsh. Er sah dabei überall hin, nur nicht zu der Kamera.

Thompson stand auf und atmete durch die Nase aus. »Officer Walsh, haben Sie einen Raum, in dem ich ein Gespräch durchführen kann? Einen *ohne* eine Kamera?«, fragte er gereizt.

Walsh verdrehte die Augen. »Alle haben Kameras. Das ist heutzutage Standardausstattung. Das müssten Sie doch wissen, Mr Thompson. Tut mir leid.«

Er klang nicht so, als würde es ihm leidtun.

Ich betrachtete den Mann, aber es wollte sich keine Gefühlsregung bei mir einstellen. Eigentlich hätte ich jetzt den Wunsch spüren müssen, ihn mit bloßen Händen oder mit irgendeinem Werkzeug zu töten, aber ich war müde und angeschlagen und fühlte mich alt. Und dann meldeten sich die Schmerzen zurück.

»Gehen wir doch auf eine Toilette.«

»Auf eine Toilette … Das soll wohl ein Witz sein«, sagte Thompson.

»Nein. Ich muss mal.«

»Ach so, natürlich. Ich bringe Sie hin. Das ist doch das Mindeste, was wir tun können«, sagte Walsh großzügig.

Thompson geriet langsam außer sich. Sein hageres Gesicht war verkniffen vor Wut. »Ist es meinem Mandanten etwa noch nicht erlaubt worden, die Toilette zu benutzen?«

Walsh nahm seine Hand nicht von der Pistole. »Er war so beschäftigt mit seinem Geständnis. Die Zeit ist wie im Flug vergangen.«

Nun wollte Thompson nicht mehr mitspielen. »Mein Mandant sieht außerdem ziemlich mitgenommen aus. Das ist doch wohl nicht passiert, während er in Haft war, oder? Das könnte nämlich sehr unangenehm für Sie werden.«

»Kommen Sie mir bloß nicht mit so einem Scheiß. Ihr Mandant wurde nur mit Glacéhandschuhen angefasst!«, sagte Walsh, aber seine Stimme klang gepresster als vorher. Er bekam allmählich Publikum, denn Polizeibeamte in Uniform und Zivil trudelten nacheinander ein, um die Szene wie in einem Zoo anzugaffen. Der Geruch von frisch gekochtem Kaffee und Zigaretten wehte in den Befragungsraum und verursachte mir Magenkrämpfe. Mir wurde klar, dass es nicht mehr lange dauern würde, bis ich tatsächlich in die Hose machte. Elena Ramirez, die Streifenpolizistin aus meinem Haus, stand in der ersten Reihe und verfolgte die Szene mit ausdruckslosem Gesicht.

Meine Schmerzen wurden immer stärker. »Kann ich jetzt bitte endlich zur Toilette?«

»Natürlich«, sagte Walsh knapp und gab Daniels einen Wink. Der trat vor und begann, mich vor sich her zu schieben. »Mr Thompson, kommen Sie bitte mit«, sagte ich mit schwacher Stimme, blinzelte die Tränen aus meinen Augen und sah Walsh direkt an. »Bitte, sonst schlagen sie mich wieder.«

Das Publikum senkte wie auf Kommando den Kopf und wandte sich ab, um wieder an die Arbeit zu gehen. Unter Walshs rechtem Auge begann ein Muskel zu zucken, aber er sagte kein Wort, als Daniels mich und Thompson zur

Toilette führte. Wir mussten einen großen Raum voller Schreibtische durchqueren, um sie zu erreichen.

Als wir dort angekommen waren, sah Daniels mich regungslos an. »Lassen Sie die Kabine offen.«

Er lehnte sich an ein Waschbecken und beobachtete mich mit verschränkten Armen, während Thompson sich umdrehte, um sich zu erfrischen. Ich hielt mich mit einer Hand fest und nestelte mit der anderen an dem weichen Plastikreißverschluss. Diese Overalls waren aus reiner Schikane aus einem Stück, weil man sie bis zu den Knöcheln runterlassen musste, wenn man die Toilette benutzen wollte. Ich ließ mich davon jedoch nicht beirren, stellte mich vor die Schüssel und pinkelte unter Schmerzen einen schwächlichen Bogen.

Mein Gehirn registrierte zunächst nicht, was ich da sah. Ich glotzte und überlegte laut: »Rot? Das ist doch Blut, oder?« Meine Schmerzen wurden immer stärker. Thompson und der Polizist kamen her.

»Ach, du Scheiße!«, rief Daniels erschrocken. Jetzt auf einmal stützte mich der Polizist, während Thompson per Handy einen Krankenwagen orderte. Dann verlor ich das Bewusstsein.

5

Das Krankenhausbett war ein überaus bequemes Nest aus frischen weißen Baumwolltüchern, und ich fühlte mich ganz, ganz weit weg.

Die fünf Milligramm Valium, die die Schwester mir aufgedrängt hatte, waren eigentlich nicht nötig gewesen, und ich hätte sie sofort mit der Zunge wieder herausgefischt, aber mir gegenüber saß eine Polizistin und beobachtete mich. Sie hatten Claire und Fred hereingelassen, und meine Frau drückte meine rechte Hand. Meine Hände waren mit Handschellen an das Bettgestell gefesselt. Als ich Claires Berührung spürte, musste ich lächeln. Fred sah von ihrem Arm ernst auf mich herunter.

»Schön, dass ihr da seid«, sagte ich ihr ins Ohr, als sie sich zu mir herunterbeugte. Die Polizistin hob den Kopf, als sie mich flüstern hörte, aber als nichts weiter passierte, las sie weiter in einer alten Ausgabe eines Waffenjournals.

»Du siehst beschissen aus«, sagte Claire düster, aber ihre Augen glänzten vor Freude. Sie stellte sich direkt zwischen mich und die Polizistin. Ich wusste, dass sie nur auf einen Einwand der Polizistin wartete. Sie war auf Streit aus.

»Ja.« Ich konnte es mir vorstellen.

Die Pille hatte ich nach ganz oben in meine Wange geschoben, wo sie sich nicht so schnell auflösen würde, und ich spürte sie dort als bitter und metallisch schmeckendes Andenken. Mein Körper schmerzte in der Erinnerung an die Droge, an das süße Vergessen, das sie barg, an die

Verlockung von Schmerzfreiheit. Claire erriet meine Gedanken und drückte mir wieder die Hand, um mich von solchen Gedanken abzulenken.

»Du musst stark bleiben. Du schaffst das.«

Sie hatte recht, aber nicht ganz. Wenn sie mit Fred bei mir war, dann war ich stärker als alle Pillen, aber ohne sie konnte ich einfach nicht mehr. Ich nickte trotzdem. »*Du* hast also den Anwalt gerufen?«

Claire wechselte Fred auf den linken Arm und schnaubte.

»Das hat eine Weile gedauert. Die Bullen haben mich erst nach eins gehen lassen, und die Ramirez hat mir ein Taxi gerufen, das mich in ein Hotel gebracht hat. Ich habe den Ordner mit deinen Unterlagen mitgenommen, nachdem die Polizei ihn durchgesehen hatte. Vom Hotel aus habe ich dann bei deinem alten Anwalt in Calgary angerufen, und er hat mir einen Anwalt hier in der Stadt genannt. Er klang erfreut, von dir zu hören.«

Nicken konnte ich nicht, da ich eine Sonde in der Nase und eine Stützkrause um den Hals hatte, aber ich blinzelte ihr zu. »Ich habe immer pünktlich gezahlt.«

Sie zuckte mit den Achseln und wechselte Fred wieder auf den anderen Arm. »Stimmt, er ist ein Aasgeier, aber ein guter Aasgeier.«

»Das ist wahr.«

Sie runzelte die Stirn. »Wie sollen wir uns den Rechtsverdreher leisten können?«

Das war fast geflüstert, und ich winkte sie näher. Die Polizistin lehnte sich leicht vor, griff aber nicht ein. »Rechtshilfe. Es ist ein interessanter Fall, viel Publicity. Das Geld für den Anwalt stellt die Provinz.«

Ihre Augen wurden schmaler, als sie auf die Fesseln an meinen Handgelenken sah. »Du hast dich verändert. Das sehen alle, die Polizisten genauso wie die Gangster. Aus dir ist ein anständiger Mann geworden.« Sie lehnte sich vor und küsste mich sanft. Fred nutzte die Gelegenheit und versuchte, mir den Schlauch aus der Nase zu ziehen. Claire hob den Kopf und tätschelte mir die Schulter.

»Die Leute können ja auch nicht wissen, dass ich dich fertigmache, wenn du wieder Scheiß baust. Na schön. Wir sehen uns morgen, also benimm dich. Morgen machen wir ihnen die Hölle heiß. Aber jetzt schlaf erst mal.«

Und das machte ich auch, aber ich brauchte lange, bis ich die Pille vergessen hatte, die sich langsam in meinem Mund auflöste und mich daran erinnerte, was ich einmal gewesen war.

Irgendetwas kniff behutsam durch das Laken in meinen Fuß, und ich wachte von der Erinnerung an die Schmerzen schweißgebadet und zitternd auf. Das Zimmer war dunkel, und von dem Stuhl der Polizistin war leises Schnarchen zu hören.

»Claire?«

Jemand hatte die Vorhänge um das Bett zugezogen und alles verdunkelt. Nur noch die Nachtlampen tief unten an den Wänden warfen einen kleinen Rest von Licht auf mein Bett.

»Nein, Claire ist es diesmal nicht«, sagte eine Männerstimme.

Ich erkannte sie nicht und ballte meine linke Hand zur Faust, aber sofort spürte ich die Handschellen, mit denen ich an das Bettgestell gefesselt war. Ich rührte mich nicht mehr und wartete ab.

»Monty, Mann. Erinnerst du dich?«

Das tat ich nicht. Er schaltete eine kleine Taschenlampe an, über die er ein Stück Isolierband geklebt hatte. Darin war mit einer Nadel ein Loch gebohrt, und in dem dünnen Lichtfaden konnte ich im Halbdunkel über mir fast geisterhaft ein Gesicht mit breiten Nasenflügeln und einer schmalen Nase ausmachen.

»Nein.« Auch bei genauerer Überlegung erkannte ich ihn nicht, und mein Herz klopfte heftig. Er trug weite grüne Krankenhausklamotten und sah schlank und durchtrainiert aus. Ich fragte mich, ob ich in diesem Augenblick meinen Todesboten ansah.

Er nahm in der Dunkelheit behutsam meine Hand und drückte sie.

»Wir waren in Drumheller im selben Block«, sagte er. »Vor ungefähr vier Jahren. Ted Stiles. Ich war drin wegen bewaffnetem Raubüberfall.«

Die Tatsache, dass er seinem Delikt »bewaffnet« beigefügt hatte, verriet mir eine Menge. Ernst zu nehmende Häftlinge sagen nicht »bewaffneter Raubüberfall«, das tun nur Sozialarbeiter und Lügner. Harte Knackis gehen davon aus, dass man bei einem Raubüberfall sowieso bewaffnet ist.

»Nein. Tut mir leid.«

Er klang gekränkt. »Bist du sicher? Ich war in einer Zelle mit Benjamin Capito. Habe ein paar Mal mit dir Blackjack gespielt.«

»Tut mir leid«, sagte ich noch einmal. »Ich war in vielen Zellen mit vielen Typen.«

»Ah. Na gut.« Er dachte darüber nach und wechselte das Thema. »Wie schlecht geht es dir?«

Er fragte das betont beiläufig, und ich folgte seinem Beispiel. »Noch zwei, drei Tage muss ich hier bleiben, aber ich kann schon wieder laufen und vielleicht sogar rennen. Keine Dauerschäden, bisschen was an den Nieren und ein paar Prellungen, aber nichts gebrochen.«

Er schob meine Beine zur Seite und setzte sich bequem neben mich, die Beine ließ er über das Gitter baumeln. Dann steckte er sich eine Zigarette an.

»Gut.«

Die Polizistin ließ vor dem Vorhang ein lautes Schnarchen hören.

»Was ist mit ihr?«, fragte ich.

Er zog seine Taschenlampe wieder heraus und leuchtete damit auf eine braune Glasflasche, die halb voll mit länglichen weißen Pillen war. »Rohypnol. Das ist nicht nur gut bei Vergewaltigungen. Sie hat gedöst, als ich herkam, du warst total weg. Ich habe ihr nur einen frischen Kaffee gebracht, als ich mit dem Wäschewagen vorbeigekommen bin. Das muss ich mir merken, keiner achtet auf einen, der einen Wagen mit dreckiger Wäsche schiebt. Sie wird fünf oder sechs Stunden weg sein, je nach Gewicht, und sie ist eine kräftige Stute, oder vielleicht eher Kuh, da sie bei den Bullen ist. Ha, ha.« Er wartete ab, ob ich mitlachen würde. »Sie wird sich an kaum etwas erinnern, was natürlich günstig ist«, sagte er schließlich, als von mir nichts kam.

Er verlagerte sein Gewicht, und das Bett knarrte. »Ich hatte noch was übrig von einem Eifersuchtsdrama.«

Ich hörte nicht allzu genau hin. Eifersuchtsdramen wurden mit einem Mädchen durchgezogen, das die Nutte spielt, einem Kerl, der ihren erbosten Partner oder Vater mimt, und dem Opfer, das nicht weiß, was gespielt wird. Leicht verdientes Geld in einem Urlaubsort oder bei einer Messe. Das Rohypnol sorgt dafür, dass sich das Opfer nur an das erinnert, was das Mädchen ihm gesagt hat. Eigentlich 'ne ganz gute Sache.

»Ted, nicht wahr? Ich möchte dich hier ja nicht bei deinen Lebenserinnerungen unterbrechen, aber was machst du hier?«

Er blies Rauch zur Decke. »In Winnipeg? Ich arbeite, tue Freunden den einen oder anderen Gefallen, ein Spielchen hier und da.«

»Nein. Was machst du *hier*? Bei mir?«

Die Zigarette leuchtete auf, und er inhalierte. »Ich schau mal nach dir und überbringe eine Nachricht von einem Bekannten namens Robillard. Er macht Geschäfte hier in der Stadt, und einer der Jungs, die du gestern ausgeknipst hast, war ein Cousin oder irgend so ein Scheiß.«

Die Worte schwebten durch die Dunkelheit, und ich konnte sie schmecken.

»Und die Botschaft lautet …?«

Er zündete sich an dem Stummel seiner heruntergebrannten Zigarette eine neue an und nahm einen tiefen Zug. »Die Jungs in deinem Haus waren kleine Lichter. Sie hatten sicher keine Pistolen. Das waren ganz simple Einbrecher, die was für einen Druck brauchten. Die Profis hier in der Gegend sind sich ziemlich einig, dass diese Jungs viel zu blöd waren, um Pistolen zu benutzen. Wenn die je eine Knarre in die Finger bekommen hätten, hätten sie sie verkauft. Also meint Mr Robillard, dass du sie in eine Falle gelockt und umgelegt hast.«

Er nahm wieder einen Zug, und der Rauch wehte mir um das Gesicht, als er ausatmete. »Also, so wichtig ist die Sache für Mr Robillard eigentlich nicht, von Familienbanden hält er nicht viel. Trotzdem, die ganze Angelegenheit zeigt eine gewisse Missachtung seiner Person. Also findet er, dass du und deine Familie …«

Ich hatte das Gefühl, als wäre mein Gesicht plötzlich in Eis getaucht. Seine Hand lag noch auf meiner, und die Handschelle ließ mir etwa fünfzehn Zentimeter Spiel. Ich entschloss mich, ihn nicht zu Ende sprechen zu lassen.

»… ahh …«

Es ist ein Druck von etwa zehn Pfund notwendig, um ein Gelenk zu brechen, etwa fünfzehn reichen für einen Knochen. Ich drehte mein Handgelenk, packte seinen Daumen und drei Finger und brach sie. Ein so intensiver

Schmerz macht bewegungsunfähig. Der Mann quiekte auf, aber ich ließ nicht los.

»… ahh …«

Die Glut seiner Zigarette gab mir ein Ziel, während er nach meinem Gesicht tastete. Die Schwester hatte mich mit einem dünnen Baumwolllaken zugedeckt. Das kickte ich zur Seite, zog mein Schienbein mit einem Ruck hoch und zerdrückte ihm die Glut im Gesicht. Zugleich verdrehte ich ihm seine gebrochenen Finger und mahlte die Knochensplitter aneinander. Seine andere Hand legte sich schwach auf mein Gesicht. Ich hob mein linkes Bein an und trat noch einmal nach seinem Gesicht. Dieses Mal traf ich ihn mit meinen Zehen.

Mein linker großer Zeh brach. Ich trat noch zweimal mit meinem rechten Fuß nach ihm und drehte zugleich seine Hand nach unten, bis ich seine Finger noch weiter splittern fühlte.

»… ah …«

Er lehnte sich vor, um den Tritten auszuweichen, aber seine Bewegung war schon träge geworden. Sein Atem roch schal nach Zigarettenrauch und Sandwich-Fleisch. Ich schlang meine Beine um seinen Hals und seine Brust und drehte seinen Körper auf das Bett herunter.

»… ahh … ahh … ahh …«

Er stellte seine Versuche ein, mein Gesicht zu greifen, stattdessen suchte seine freie Hand Halt am Gitter auf der anderen Seite des Bettes. Ich packte sie mit meiner linken, ebenfalls gefesselten Hand und machte mich daran, auch hier ein paar Finger zu brechen.

Die Schmerzen machten Stiles praktisch wehrlos. Er versuchte, seinen Kopf zu heben, aber ich verstärkte den Druck meiner Beine und sorgte dafür, dass er sich nicht mehr bewegen konnte. Ein Streifenpolizist in LA schafft das mit seinem Gummiknüppel in zwanzig Sekunden, aber ich brauchte doppelt so lange. Auch als mein Besucher seine Gegenwehr komplett eingestellt hatte, hielt ich meine Beine weiter um seinen Hals geschlungen, aber schließlich wurde sein Körper schlaff.

»Ted, hör zu. Ich kann dir total den Hahn abdrehen. Ich kann dir das Genick brechen. Ich kann dir die Finger zersplittern. Hörst du mir zu?«

Er brauchte einige Augenblicke.

»Ah … ah … ich verstehe«, kam es schwach.

»Gut. Hast du was dabei?«

» … ein Messer.«

»Wo ist es?«

Er holte noch einmal tief Luft. »Rechte vordere Tasche.«

»Okay. Ich sage dir jetzt, was als Nächstes passiert. Bald wird die Schwester reinkommen, dann übergebe ich dich der Polizei. Ich werde keine Anzeige erstatten, aber die Polizei schon. Einer Polizeibeamtin KO-Tropfen unterzujubeln, das ist Körperverletzung. Kommst du damit klar?«

»Habe ich eine Wahl?«, fragte er dumpf in die Laken.

Ich holte tief Luft. »Ja. Wenn du nicht in den Knast willst, kann ich dir auch den Hals brechen.«

Er dachte darüber nach, bevor er mir seine Antwort gab. »Die Bullen.«

»Jetzt erzähl mir was über Robillard.«

Er überlegte. »Oder?«

»Oder ich breche dir noch ein paar Finger.«

Die Wahl fiel ihm nicht schwer. »Ja, das traue ich dir zu. Okay, Robillard hat zehn oder zwanzig Leute. Züchtet und verkauft Gewächshaus-Gras, schmuggelt Speed aus dem Westen, Waffen aus dem Süden, Heroin aus dem Osten. Er hat Verbindungen zu den Angels in Quebec, zu religiösen Freaks in Idaho und zu ein paar Eingeborenen-Gangs.«

»Er hat dich also hergeschickt, um mich umzulegen.« Das war keine Frage.

»Ja.«

»Was hat er gezahlt?« Das interessierte mich nun doch.

»Nichts. Einen Gefallen für einen Gefallen.«

»Obwohl ich wahrscheinlich wegen Mordes verurteilt werde?« Fast war ich enttäuscht über einen so geringen Marktwert.

Stiles stöhnte auf. »Tatsächlich? Scheiße, das wusste ich nicht …«

Die Nacht der Amateure. Ich spielte mit dem Gedanken, ihm trotz seiner Kapitulation das Genick zu brechen, aber dann hielt ich mich doch zurück.

»Bis jetzt, Ted, bereue ich es noch, dass ich dir nicht das Licht ausgeknipst habe. Mach dich nützlich. Erzähl mir noch ein bisschen.«

»Ich überlege ja, ich überlege ja«, sagte er hastig. »Er ist ein fetter Kerl, etwa einsfünfundsiebzig groß. Braunes Haar mit grauen Strähnen, lang. Seine Frau ist schlauer als er, sie war früher mal 'ne Nutte, echt taff, die Alte. Die habe ich mir auch mal geholt, als sie noch gearbeitet hat, 'ne süße kleine Möse hat sie, das muss man ihr lassen.«

Mein Zeh pochte. Ich hatte ihn offensichtlich gründlich gebrochen. »Warum ist er so sauer?«

»Wie gesagt, du hast seinen Cousin umgelegt. Irgendwie ist das für ihn so was wie eine persönliche Beleidigung …«

Seine Stimme war allmählich immer schwächer geworden, und schließlich erstarb sie ganz, als der Schock ihn überwältigte. Ich lag da in der Dunkelheit und hatte meine Beine um den Hals dieses Idioten gelegt. Nach einer Weile kam die Schwester, und dann brach die Hölle los.

6

Die Schwester machte ihre Runde extrem früh. Sie sah die betäubte Polizistin (die sich inzwischen in ihren Schoß übergeben hatte), meinen bewusstlosen Besucher auf dem Bett und mich, mit Handschellen an das Bett gefesselt. Der Anblick ließ sie hektisch aus dem Zimmer fliehen, und einige Minuten später drängten sich Polizisten, Wachpersonal, Ärzte und Schwestern in dem Krankenzimmer.

Ein Polizist übernahm professionell die Leitung und zielte mit einer Glock Automatic auf meine Nasenwurzel.

»Nehmen Sie die Hände hoch. Sofort. Überlegen Sie nicht, tun Sie es einfach.«

Ich klapperte mit meinen Handschellen am Bettgestell.

»Ach so.«

Allmählich leerte sich das Zimmer wieder, und ich wurde endlich in einen Untersuchungsraum geschoben. Vorher hatten sie Stiles von meinem Bett gehoben. Später kam die ursprüngliche Schwester mit einem unangenehm aussehenden Polizisten mit kugelsicherer Weste über seinem Hemd wieder. Der stellte sich an das Fußende des Bettes. Die Schwester kam zu mir und tätschelte meinen Unterarm.

»Und, wie geht es uns denn?« Sie war eine freundliche Frau mit einem hellhäutigen Gesicht, braunen Haaren und einem mildem Blick aus ihren haselnussfarbigen Augen. Sie lehnte sich über mich, um mein Kissen aufzuschütteln, und kurz spürte ich auf angenehme Weise den sanften Druck ihrer Brust auf meinem Unterarm. Ihr Atem roch stark nach Pfefferminz, Kaugummi oder vielleicht Alkohol.

»Ich habe Schmerzen.«

»Natürlich. Natürlich.«

»Und ich bin erschöpft.«

»Natürlich.« Auch das schien sie nicht wirklich zu interessieren. Sie stellte sich mit dem Rücken zu mir hin, um den Polizisten anzustarren, der seine kräftigen Arme vor seiner ebenso kräftigen Brust verschränkt hatte. Die Tür zum Gang stand offen, und die Geräusche des Krankenhauspersonals, das zum Tagesbetrieb überging, klangen beruhigend herein. Ganz gleich, was mir passierte, der Alltag im Krankenhaus würde weitergehen. Die Kranken würden wieder gehen, vielleicht auch nicht, aber die Krankheit selbst würde bleiben.

Thompson kam herein. »Guten Morgen«, sagte er, ohne die Schwester und den Polizisten zu beachten.

Ich lächelte, rührte mich aber nicht. Meine Beine und Hände schmerzten noch von ihrem harten Einsatz, und mein Körper kam mir vor wie ausgetrocknet. Ich war erschöpft und schwach, und ich versuchte den Gedanken an die vielfachen chemischen Hilfen zu unterdrücken, die hier im Krankenhaus ganz legal auf mich warteten, falls ich danach verlangte. Ich wusste aus eigener bitterer Erfahrung, wie falsch ihre Versprechungen waren, mit ihrer Unterstützung könnte ich mit allem fertig werden. Trotzdem sehnte ich mich nach Drogen, irgendwelchen Drogen, und das ärgerte mich. Also hörte ich auf zu lächeln.

Thompson räusperte sich. »Wie geht es denn?«

Er wirkte völlig fehl am Platze, wie er da in seinem Mantel vor mir stand.

»Gut«, sagte ich schwach und wenig überzeugend.

Er wartete ab. Schließlich wurde mir klar, dass von ihm nichts mehr kommen würde. Er spielte verlegen an seinem

Aktenkoffer herum, gähnte, und plötzlich konnte ich aus zwei Metern Entfernung seinen Atem riechen. Die Schwester ging hinaus, aber sonst passierte nichts, bis Thompson endlich die Geduld verlor und sich direkt an den Wachtposten wandte. »Sie können gehen.«

Der Polizist zog die Mundwinkel nach unten. »Ich habe den Befehl …«

»Fragen Sie Ihren Chef oder den Staatsanwalt«, unterbrach ihn Thompson. »Ich bin der ordentlich bestallte Anwalt dieses Mannes und muss unter vier Augen mit ihm sprechen.«

Der Polizist blieb stur. »Ich habe meine Befehle.«

Aber auch Thompson ließ nicht nach. »Soll ich Anzeige erstatten?«

Der Polizist grinste verächtlich. »Weshalb?«

»Mir wird schon etwas einfallen. Zivilrechtlich. Strafrechtlich. Verfahrensrechtlich. Warten Sie nur ab.«

Der Polizist presste die Lippen zusammen und machte sich widerwillig daran, zu gehen.

»Ach ja. Und nehmen Sie ihm die Handschellen ab«, verlangte Thompson noch. »Ich könnte eine Unterschrift brauchen.«

Der Polizist zog tatsächlich seinen Schlüssel heraus, nahm aber nur die Handschelle von meiner rechten Hand ab und steckte sie ein. »Ich bin gleich draußen. Die Tür bleibt offen. Ist das klar, Mr Haaviko?«

Ich beachtete ihn nicht. Als er gegangen war, rieb sich Thompson die Stirn. »Okay. Fangen wir noch mal von vorne an. Mr Haaviko …« Er setzte sich auf einen Stuhl neben dem Bett und zog einen Block aus gelbem Papier heraus.

»Ich heiße jetzt Sam, Mr Thompson. Sam Parker.«

»Offiziell?«

»Gerichtlich bestätigt und alles. So offiziell und legal, wie es nur sein kann.«

»Okay. Also, wie geht es Ihnen heute? Sind Sie zu einem Gespräch in der Lage?«

»Ich bin stark angeschlagen«, antwortete ich. »Man hat mich eingesperrt und verprügelt. Aber sprechen kann ich.«

»Sie hatten seit gestern viel Zeit, und ich hoffe, Sie haben sie genutzt, um nachzudenken. Möchten Sie es sich noch einmal überlegen? Wollen Sie die Sache wirklich vor Gericht bringen?«

Was er damit sagen wollte: Würde ich vielleicht einem Deal zustimmen? Ich dachte darüber nach. Die Staatsanwaltschaft könnte sich eventuell auf dreifachen Totschlag einlassen, obwohl das zweifelhaft war. Vier Jahre für jeden, aber nur vielleicht. Bei meinem Vorstrafenregister würde ich niemals mit einem Sechstel der Strafe davonkommen, also müsste ich mit mindestens einem Drittel rechnen. Das würde vier bis sechs Jahre bedeuten, eher sechs, und vielleicht sogar neun, je nachdem, wie der Richter die Urteilsbegründung ausfallen ließ. Wahrscheinlich würde es auf die volle Strafe hinauslaufen, also zwölf Jahre oder mehr.

»Mr Parker?«

Claire würde nicht warten. Sie würde sich von mir scheiden lassen und verschwinden. Sie hatte schon genug Zeit mit meinen Versuchen verschwendet, meine Vergangenheit abzuschütteln. Fred würde fast erwachsen sein, wenn ich rauskam, und Renfield tot. Kein Haus, kein Heim. Kein gar nichts.

»Nein. Keine Absprachen.« Es wäre nichts mehr da, wohin ich dann zurückkehren könnte. Ich schüttelte den Kopf. »Auf keinen Fall. Ich riskiere es.«

Thompson schien das nicht gerne zu hören. Er hustete trocken und sagte mit monotoner Stimme: »Sie riskieren fünfundzwanzig Jahre bis lebenslänglich, wahrscheinlicher lebenslänglich.«

Ja, so konnte es schlimmstenfalls kommen. Er starrte mich an, bis er ganz sicher war, dass ich wirklich den Kopf schüttelte, aber dann strahlte er plötzlich.

»Schön, das wäre geklärt. Also, wenn ich Sie richtig verstanden habe, sind drei bewaffnete Männer in Ihr Haus eingedrungen. Es kam zum Kampf, und Sie haben sie getötet. Ist das so korrekt?«

Ich gab ein undefinierbares Geräusch von mir, das er offensichtlich als Zustimmung interpretierte.

»Also gut, und vergangene Nacht ist ein Mann in Ihr Krankenzimmer eingedrungen. So war es doch, oder?«

Wieder das Geräusch.

»Er hatte ein Messer dabei, Pillen und böse Absichten, oder? Er betäubte die Polizistin und versuchte, Sie umzulegen, aber Sie konnten ihn abwehren, entwaffneten ihn, schlugen ihn bewusstlos und hielten ihn bis zum nächsten Morgen fest.«

»So ist es gewesen.«

»Es wird uns nie gelingen, eine Jury oder einen Richter davon zu überzeugen, dass ein unbewaffneter Mann drei bewaffnete Männer umbringt und dabei selbst keinen Kratzer abbekommt. Und dann müssen wir sie außerdem noch davon überzeugen, dass Sie einen bewaffneten Eindringling entwaffnet und überwältigt haben, obwohl Sie mit Handschellen an ein Krankenhausbett gefesselt waren.« Wie er das so aufzählte, klang es tatsächlich ein bisschen unwahrscheinlich.

Ich blieb trotzdem ruhig. »Sie haben es mit einem Super-Profi zu tun. Ich war einmal der beste Dieb in Westkanada.« Ich überlegte kurz und berichtigte mich dann. »Na gut, der zweitbeste. Oder der drittbeste, wenn Sie einen Typen mitrechnen, der zwar hier lebt, aber in Mexiko und im Südwesten der USA arbeitet.«

Das beeindruckte ihn nicht, er machte sich stattdessen ein paar Notizen auf seinem Block. »Sehen wir uns erst einmal die Sache mit den drei Toten an, das ist der schwerwiegendste Anklagepunkt. Soweit ich das beurteilen kann, hat der Staatsanwalt Sie da voll in der Hand. Geständnis, Vorstrafen, Zeugen, der Fall ist wasserdicht. Sie sind erledigt.«

Er schien geradezu glücklich darüber zu sein.

»Natürlich kann die Staatsanwaltschaft bei solchen Fällen auch mal Fehler machen. Sie weiß zum Beispiel nicht, wo die Verteidigung ansetzen wird. Wasserdichte Fälle können tückisch sein.«

»Was ist denn ihr stärkstes Argument?«

»Das Geständnis«, kam es wie aus der Pistole geschossen.

Ich schüttelte bedächtig den Kopf. »Das glaube ich nicht. Betrachten Sie die Sache doch einmal von der anderen Seite. Ich würde niemals ein Geständnis ablegen. Ich war mein ganzes Leben lang Berufsverbrecher, und da gibt es Sachen, die einem in Fleisch und Blut übergehen. Echte Profis legen niemals ein Geständnis ab, zumindest nicht ohne Anwalt. Das weiß man doch schon aus dem Fernsehen. Verlassen Sie sich drauf, Sie werden es noch erleben, dass die Richter jedes Geständnis verwerfen, das nicht in Anwesenheit eines Verteidigers oder vor laufender Kamera abgelegt worden ist.«

Das brachte Thompson ins Grübeln. Er stand auf und begann, im Zimmer auf und ab zu gehen. »Na gut. Trotzdem haben wir ein Geständnis, wenn auch kein unterzeichnetes.«

Er hatte seinen Block in der Hand und malte ständig mit seinem zerkratzten Stift darauf herum. Offensichtlich funktionierte er noch. Montblanc macht gute Kulis, das musste ich mir merken. Er redete weiter. »Also, wie schaffen wir es, dass das Geständnis verworfen wird? Mal angenommen, Sie haben es tatsächlich nie abgelegt.«

»Habe ich auch nicht. Die Polizisten sind brutal geworden. Da waren ein Detective Walsh und noch zwei Beamte, einer von beiden mit einem Zahnersatz, der andere hatte einen Anker mit Kette auf dem Arm tätowiert. Sie haben mich verprügelt, haben mir Pfefferspray in die Augen gerieben, das volle Programm. Das habe ich Ihnen ja schon gestern Abend erzählt.«

Thompson sah aus, als wäre ihm übel. Er schluckte. »Toll. Beweisen Sie es.« Er malte noch ein bisschen, bis er weiterredete. »Ließe sich Pfefferspray nicht durch einen chemischen Test nachweisen?«

»Doch«, antwortete ich und hob meine freie Hand. »Nur dass es zwei bis drei Tage dauern würde, und bis dahin wären die chemischen Beweise ausgewaschen. Nächste Frage.«

»Wie ist es mit Prellungen?«

»Bringt nichts.« Damit kannte ich mich aus. »Könnten schon vor meiner Verhaftung da gewesen sein.«

Thompson kratzte sich mit dem stumpfen Ende seines Stifts am Kopf. »Aber da sind doch noch Ihre Nieren … Nach Auskunft der Schwestern waren sie ziemlich stark geprellt.«

Wir schwiegen beide, bis ich mich schließlich wieder meldete: »Könnten Sie einen Arzt auftreiben?«

Thompson ging hinaus und kam kurz darauf mit einem jungen Chinesen in einem knielangen Ärztekittel zurück, der ein Klemmbrett in einer Hand hielt. Er sah aus, als wäre er höchstens achtzehn. In einem plötzlichen Anflug von Depression kam ich mir unendlich alt und müde vor. Der Arzt musterte mich friedlich, während er Thompson zuhörte, der ihm kurz die Sachlage erklärte: »Ich bin Mr Parkers Anwalt. Er ist gestern Nacht von der Polizei verprügelt worden. Wir brauchen eine medizinische Beurteilung, und Sie sind doch sein Arzt, richtig?«

»Ja, aber …«

Es war ein Anwaltstrick, Erklärungen mit einer Frage abzuschließen.

Der Arzt wirkte irritiert. »Mr Parker, ich bin Dr. Leung. Guten Morgen. Sie haben den Betrieb hier empfindlich gestört.«

»Das tut mir leid.«

»Na gut. Erinnern Sie sich an mich, Mr Parker? Sie haben bei Ihrer Einlieferung deliriert.«

Er stellte sich an den Fuß des Bettes und hielt sich sein Klemmbrett vor den Schritt.

»Nicht sehr gut. Trotzdem vielen Dank.«

Leung lächelte halbherzig und zeigte dabei schlechte Zähne. Er tippte mit einem Zeigefinger auf sein Klemmbrett. »Wie geht es Ihnen?«

»Ich habe starke Schmerzen.«

Er machte sich eine Notiz. »Ich werde der Schwester sagen, sie soll Ihnen etwas geben.«

»Nein. Trotzdem danke.«

Er gab ein lautes Zischen von sich und las das Krankenblatt am Fußende des Bettes. »Sie sind sehr hartnäckig. Okay, Mr Haaviko, oder heißt es Parker?«

Thompson kam mir zuvor. »Sein Name ist Parker, und wir möchten etwas über seinen Gesundheitszustand erfahren.«

»Okay, Mr Parker. Ich kann Ihnen einige Fragen beantworten, aber ich bin kein ... Gerichtsmediziner, und Amtsarzt bin ich auch nicht. Daher wäre eine Aussage von mir vor Gericht für Sie nur von minimalem Wert. Also, Sie sind nicht in Lebensgefahr, Sie werden aber noch einige Zeit Schmerzen haben. Ihre Nieren sind geprellt, vielleicht gerissen, und wir werden Sie eventuell eine Weile an die Dialyse anschließen müssen.«

Ich nickte nur.

Leung verstaute das Krankenblatt und kam um das Bett herum, um mein Handgelenk zu halten. Seine Lippen bewegten sich, während er meine Pulsschläge zählte. Dann hörte er mit einem Stethoskop mein Herz ab. »Mal abgesehen von der Nierengeschichte, Ihr Allgemeinzustand scheint nicht sehr gut zu sein. Darf ich fragen, warum?«

Mein erster Impuls war, ihn wegzuschicken, aber ich hielt mich zurück. Vielleicht war es jetzt besser, die Karten offen auf den Tisch zu legen.

»Das ist kein Geheimnis«, sagte ich ruhig. »Ich war bis vor etwa neunzehn Monaten abhängig von Crystal Meth, Koks und anderen Aufputschmitteln. Ich habe sie auf die Haut gerieben, in meine Venen gespritzt, geschnupft und geraucht. Ich habe ab und zu Morphium, Heroin und andere Downer missbraucht, aber das war nie was Ernstes. Ich habe den Entzug geschafft, aber all das hat seinen Preis gefordert.«

Er stand da und blinzelte, als wollte er irgendeine Botschaft losschicken. »Das erklärt Ihre Aversion Drogen gegenüber.« Er betrachtete mich genau, schließlich drehte er sich um und sah Thompson an. »Also, was möchten Sie wissen?«

»Könnte er seine Nieren selbst so verletzt haben?«

»Nein. Die Schädigungen sind erheblicher Natur. Er hätte vorher das Bewusstsein verloren.«

Das reichte Thompson nicht. »Könnte es vor seiner Verhaftung passiert sein?«

»Natürlich, aber es ist schwer, genau festzustellen, wann sich jemand verletzt hat, es sei denn, der Patient ist daran gestorben«, sagte Leung. »Wenn der Tod eintritt, gibt es physikalische Vorgänge im Körper, die eine Bestimmung des Todeszeitpunkts ermöglichen. Die vorliegenden Verletzungen könnte er sich gestern zugezogen haben, möglicherweise früher, aber nur, wenn Mr Parker danach Ruhe hatte. Mit diesen Verletzungen wäre er nur kurze Zeit bei Bewusstsein geblieben, und dann wäre er kollabiert.«

Thompson malte wieder eine Weile, bevor er weiterredete: »Es gibt also keine Möglichkeit, zu beweisen, dass diese Schädigungen erfolgt sind, während er sich im Gewahrsam der Polizei befand?«

Das weckte eine Erinnerung in mir, und ich hustete, um die Aufmerksamkeit auf mich zu lenken. »Entschuldigen Sie, Doktor, aber könnte ich mit einer solchen Verletzung noch etwas Schweres heben oder schwere körperliche Arbeit verrichten und erst danach zusammenbrechen?«

»Nein. Dafür ist die Schädigung zu stark. Die Nieren weisen ausgedehnte Prellungen auf, und es haben sich in diesem Bereich auch Muskelrisse gefunden. Ich bin ehrlich gesagt überrascht, dass Sie das überhaupt überlebt haben, umso mehr, da ich jetzt Ihre Vorgeschichte kenne. Drogen schädigen die Nieren enorm. Sie sind in der Regel gestreckt und toxisch.«

Thompson sah mich lange an. »Und? Was soll das mit der körperlichen Arbeit?«

»Ich war in Edmonton vor meiner Abreise nicht sehr gern gesehen. Die Polizei war der Überzeugung, ich hätte irgendeinen Betrug vor, bevor ich verschwinde, und die meisten meiner kriminellen Freunde auch.«

»Und weiter?«

»Die Polizei hat mich überwachen und wahrscheinlich auch filmen lassen. Sie war fest entschlossen, mich bei der geringsten Gesetzesübertretung sofort wieder einzulochen, sobald ich aus der Entzugsklinik raus war. Wahrscheinlich hatte das Dezernat für Kapitalverbrechen die Sache in der Hand. Es gibt da einen Mann namens Theophillus, der mich beim letzten Mal verhaftet hat und der der Meinung war, ich müsste eigentlich viel länger sitzen. Er hatte bestimmt die Leitung der ganzen Operationen.«

Das schien auch den Arzt zu interessieren. »Wenn Sie sich also beeilen und in Edmonton anrufen«, fuhr ich fort,

»dann bekommen Sie vielleicht eine Kopie des Berichts, vielleicht sogar den Film.«

Mein Anwalt sah mich immer noch verständnislos an. »Ich wiederhole, und weiter?«

»Ich habe den Umzugswagen in Edmonton beladen. Allein.«

Jetzt endlich verstand er, worauf ich hinauswollte. »Wir könnten also einen Polizeifilm bekommen, der zeigt, dass Sie unverletzt waren, bevor Sie nach Winnipeg kamen. Und die hiesige Polizei erklärt, Sie wären, solange Sie in ihrem Gewahrsam waren, nicht verletzt worden, aber jetzt sind Sie es.«

Ich baute die Argumentation weiter aus: »Laut vorliegendem Beweismaterial habe ich die drei Männer in meinem Haus erschossen. Um zu beweisen, dass es *nicht* so war, müssen Sie durchsetzen, dass ein Paraffintest an mir durchgeführt wird, der belegt, dass ich in dieser Nacht keine Pistole abgefeuert habe. Sie müssten außerdem einige Nachbarn auftreiben, die mich vor dem Einbruch beim Ausladen beobachtet haben. Dann könnten Sie noch eine Aussage von dem Typen in dem Autoverleih kriegen, bei dem ich den Umzugslaster zurückgegeben habe. Das wäre noch eine weitere Person, die mich vor der Verhaftung wohlauf und gesund gesehen hat. Und das bedeutet?«

Thompson brachte es zum Abschluss. »Der Richter wird gar nicht anders können, als den Zeitpunkt der Verletzung in die Zeit Ihres Gewahrsams bei der Polizei zu legen. Es gibt schlüssige Beweise dafür, dass zu keinem anderen Zeitpunkt eine Verletzung vorlag. Wenn Dr. Leung aussagt.«

Der Arzt atmete leise aus und zog die Laken um meine Füße glatt. »Ich kann aussagen, dass jemand mit Mr Parkers Verletzungen nicht in der Lage gewesen wäre, irgendein größeres Gewicht zu heben. Das kann ich vertreten.« Dann richtete er sich direkt an mich. »Könnte die Polizei nicht einfach aussagen, Sie hätten sich die Verletzungen während Ihrer … Auseinandersetzung zugezogen?«

»Das könnte sie. Aber wenn das der Fall gewesen wäre, dann hätten sie mich gleich in ein Krankenhaus bringen oder zumindest Erste Hilfe leisten müssen. Das wäre protokolliert worden. Nichts davon ist geschehen.«

Leung sah mich durchdringend an. Wieder ergriff er mein Handgelenk, legte seinen Zeigefinger sanft auf die Unterseite, wo die großen Venen und Arterien verlaufen, und sah mich freundlich an. »Mr Parker, haben Sie die junge Dame betäubt, die in der Nacht bei Ihnen Wache hatte?«

Ich konnte meinen Pulsschlag fühlen, und er konnte das auch, und ich überlegte kurz, welche Konsequenzen es wohl haben würde, wenn der Doktor der Meinung war, dass ich ihn anlog. Ich konnte seine Frage jedoch beantworten, und das sogar ehrlich.

»Nein.«

Er sah mich etwas freundlicher an, und ich konnte die winzigen Lachfalten in seinen Augenwinkeln sehen. »Natürlich nicht. Die junge Dame wird übrigens wieder in Ordnung kommen. Der andere Gentleman auch. Er hat allerdings eine schwere Gehirnerschütterung.«

»Er könnte immerhin tot sein«, antwortete ich.

»Das stimmt auch wieder. Ich sehe Sie mir später an. Sind Sie wirklich von der Polizei geschlagen worden?« Das schien ihn echt zu interessieren.

»Ja.«

Mein Gott, zwei Fragen hintereinander, die ich beide ehrlich beantworten konnte, den Tag würde ich mir im Kalender rot anstreichen müssen.

Er ließ mein Handgelenk los. »Nun, dann haben die gründliche Arbeit geleistet. Ich melde mich bald wieder bei Ihnen. Essen Sie sehr wenig. Trinken Sie noch weniger. Versuchen Sie, sich auszuruhen«, sagte er, als säßen wir in seiner Praxis.

»Wie lange muss ich hierbleiben?«

Leung lächelte. »Eine Woche, vielleicht zwei. Das kommt ganz darauf an, wie streng Sie sich an die Anweisungen halten.«

Als er gegangen war, nahm Thompson seine Aktentasche und verstaute den Block darin.

»Wir haben viel zu tun, Monty – ich meine, Sam. Ruhen Sie sich aus, wie der Arzt gesagt hat. Ich informiere die Staatsanwaltschaft. Sie wird die Polizei zurückpfeifen, wenn sie schlau ist. Die Ereignisse von gestern Nacht könnten die Angelegenheit in einem ganz anderen Licht erscheinen lassen. Ich werde versuchen, den Haftprüfungstermin vorzuziehen. Brauchen Sie irgendetwas?«

»Etwas zu lesen.«

Er warf mir eine Zeitschrift auf das Bett, die irgendjemand in einem Regal vergessen hatte. »Wissen Sie, gewinnen werden wir wahrscheinlich trotzdem nicht.«

Er sah mich dabei genau an, um meine Reaktion einzuschätzen.

»Mit Prognosen ist das so eine Sache. Mir hat man prophezeit, ich würde meinen dreißigsten Geburtstag nicht erleben. Und ich würde es niemals schaffen, meine diversen schlechten Angewohnheiten abzulegen. Und meine Ehe würde auch niemals halten.«

»Schon gut. Nur, damit Sie Bescheid wissen.« Er drehte sich um, um zu gehen, aber dann fiel ihm noch etwas ein. Er schnippte mit den Fingern. »Was ist denn mit Ihren Nachbarn? Haben die vielleicht etwas gesehen?«

Ich hätte mir am liebsten einen Tritt in den Hintern gegeben. »Natürlich. Ich habe laut gerufen, dass ich einen Anwalt sprechen will, als Walsh mich verhaftet hat. Die Polizisten müssen es gehört haben, die Sanitäter auch, und vielleicht dreißig Nachbarn. Es könnte sich lohnen, ein paar Aussagen zu sammeln.«

Er wartete ab, aber ich war jetzt müde, und es kam nichts mehr. Er nickte mir mit einem dünnen Lächeln zu und ging. Ich stellte fest, dass ich trotz meiner Müdigkeit nicht schlafen konnte. Die Schmerzen plagten mich, und ich war durstig. Das ignorierte ich, und so machte ich mich daran, das Magazin durchzublättern. Es war ein Fachblatt für Bogenschützen, in dem einige Informationen mein professionelles Interesse weckten. Bögen waren offensichtlich mehr als das Spielzeug, für das ich sie bisher gehalten hatte.

Nach einer Weile kam ein neuer Polizist herein, diesmal einer in Uniform, setzte sich auf einen mitgebrachten Stuhl und ignorierte mich. Einige Stunden später kamen Claire und Fredrick zu Besuch, und dann endlich gab mir das Krankenhaus etwas zu essen. Es war kaum genießbar, aber Fred schien es zu schmecken. Claire hielt meine Hand und erzählte, wie sie die Möbel im Haus hingestellt hatte.

»Weißt du, das ist eigentlich eine ziemlich blöde Art und Weise, wie du den dritten Tag in deiner neuen Heimatstadt verbringst. Geradezu verdächtig ist das.«

Fred griff nach der Handschelle an meiner linken Hand und klapperte damit.

»Glaubst du, ich habe das gemacht, damit ich nicht beim Auspacken helfen muss?«

Sie nickte ernst, und dann lächelten wir beide.

7

Die Gerichtsgebäude in der Innenstadt von Winnipeg waren in einem hässlichen Gebäudekomplex aus hellem Kalkstein mit hohen, schmalen Fenstern aus getöntem Glas untergebracht. Innen war es, wie Thompson gesagt hatte, an allen Ecken und Enden mit Stahlbarrikaden, Gittern, kugelsicherem Glas und Metalldetektoren gesichert. Man hatte mir einen Kurzurlaub aus der Klinik gewährt, allerdings mit einer Polizeieskorte. Außerdem war ich mit einer Fußfessel an meinen Rollstuhl gekettet. Claire war zu diesem Termin nicht geladen und zu Hause bei Fred geblieben, und so war ich allein mit meinem Rollstuhl, den Thompson durch eine spärliche Zuschauermenge schob. Eigentlich waren es nur wir beide und sechs Polizisten in Zivil, die aufpassten, dass ich nicht weglief. Um dem Ganzen die Krone aufzusetzen, schien die Sonne, und Thompson hinter mir sang laut und falsch irgendetwas Undefinierbares.

»Muss das sein?« Mein Schoß lag voll mit drei Aktentaschen, und ich bemühte mich angestrengt, sie nicht herunterfallen zu lassen.

»Es könnte schlimmer sein. Seien Sie froh, dass Sie überhaupt hier sind.«

Er unterdrückte ein Rülpsen, beugte sich kurz vor, um seine Schürsenkel zu binden, dann sah er auf. »Wir müssen uns beeilen. Wir haben eine Verabredung mit Justitia. Eine Verabredung mit dem Schicksal. Eine Verabredung mit … Ach, du großer Gott!«

Ich schaute auf und sah etwa dreißig Personen mit Mikrofonen, Fernseh- und sonstigen Kameras vom Hofeingang her auf uns zukommen. Drei der Polizisten gingen vor uns her, um die Leute abzufangen, während die drei anderen dicht bei mir blieben. Einer von ihnen legte eine Hand auf meinen Arm, was meinen Anwalt zu einem verärgerten Blick und der Frage veranlasste: »Glauben Sie, er wird Ihnen weglaufen?«

Er drehte sich um, und seine Lippen bewegten sich, als würde er zählen. »Hinter uns kommen noch mehr. Die von den Zeitungen und vom Radio und noch andere Fernsehleute. Nicht schlecht. Mr Parker, das Reden überlassen Sie aber mir.«

In der vorderen Reihe des Rudels standen die Reporter mit Kassettenrekordern, dahinter folgten die Techniker mit größeren Aufnahmegeräten und Mikros an ausfahrbaren Teleskop-Galgen und ganz hinten die Aufnahmeteams mit den Kameras. Kabel schlängelten sich am Boden zu den Mikrofonen. Thompson, inzwischen etwas grauer im Gesicht geworden, meldete sich mit durchdringend lauter Stimme, die ihm offensichtlich selbst unangenehm war. »Meine Damen und Herren. Bitte entschuldigen Sie uns.«

Die Kameraleute drängten sich zu uns heran, während wir versuchten, vorwärtszukommen. Ein Mann mit Pomade im Haar und einem deutlichen Überbiss wedelte mit einem langen Mikrofon mit der Aufschrift »C43FM« vor meinem Gesicht herum und redete über meinen Kopf hinweg: »Wird Ihr Mandant einen Deal anbieten?«

Thompson ging mit weit ausgebreiteten Händen weiter, und die Mikrofone und Kameras richteten sich jetzt auf ihn. Alle schienen tief Luft zu holen, während Thompson sich voll auf den Mann direkt vor ihm konzentrierte. »Einen Deal? Was? Wer hat Ihnen das gesagt?«, fragte er aufgebracht. »Dagegen kann man klagen, wissen Sie das, solche Äußerungen können einen ordentlichen Prozess verhindern. Wie ist Ihr Name? Wer hat Ihnen solch eine Lüge erzählt?«

Das war eine gute Strategie. Immer nur mit einer Person sprechen. Genau wie bei einen Banküberfall, wo man sich einen aus einer Menge aussucht, bevor die Meute sich zu einer Gruppe zusammenschließen kann. Eine halbe Sekunde lang herrschte Ruhe. Dann drängte sich eine Wasserstoffblondine mit alten Augen und einem riesigen Busen vor. Sie hielt ein Mikrofon in der Hand, und direkt hinter ihr stand ein fetter Kerl in einem Overall mit einer Handkamera auf der Schulter.

»Mr Haaviko? Mr Haaviko? Haben Sie diese Männer bei einem Drogengeschäft ermordet?«

Thompson hatte noch immer den Mann von dem Radiosender in der Mangel, der sich langsam zurückzog, und drohte ihm ununterbrochen mit schwersten juristischen Konsequenzen. Ich betrachtete währenddessen die Frau, bis sich Thompson zu mir herunterbeugte und mir zuflüsterte: »Sie heißt Mildred Penny-irgendwas. Sie macht in Lokalnachrichten und Sport, hauptsächlich leichteres Zeug, und die Leute vertrauen ihr. Sie hat ausgezeichnete Verbindungen zur Polizei. Sprechen Sie nicht mit ihr.«

»Danke. Aber ich muss. Ich muss einfach.«

Und dann wandte ich mich direkt an sie. »Mildred? Guten Morgen«, sagte ich freundlich, aber laut und deutlich zu ihr. »Sie sollten wirklich Ihre Quellen besser überprüfen, und Sie sollten nicht alles glauben, was die Leute Ihnen erzählen. Ihre Frage will ich Ihnen aber trotzdem beantworten.«

Thompson verfolgte die Szene und versuchte, belustigt und selbstsicher dabei auszusehen.

Alle verstummten, niemand rührte sich mehr. Thompson sah betont auffällig auf seine Uhr, und ich fuhr fort: »Ich habe drei Männer getötet, die in mein Haus eingebrochen sind und versucht haben, meiner Frau etwas anzutun. Die Polizei ist darüber voll informiert. Ich werde jetzt gleich mit der Staatsanwaltschaft sprechen, damit der Gerechtigkeit Genüge getan werden kann. Es tut mir sehr leid, dass diese Männer tot sind, aber sie haben mir keine andere Wahl gelassen. Das ist alles, was ich zurzeit dazu zu sagen habe.«

Nun erschienen noch weitere Polizisten und einige Sheriffs in braunen Uniformen. Mit ihrer Hilfe schafften wir das Stück bis zu dem Gerichtsgebäude, ohne noch weitere Fragen beantworten zu müssen. Thompson überließ den Rollstuhl einem Deputy und ging neben mir her, sodass ich nun sein Gesicht sehen konnte.

»Was meinen Sie dazu?«

Er sah immer noch verärgert aus. Das war er schon, seit er im Krankenhaus angekommen war. Ich hatte erwartet, ihn erst im Gerichtsgebäude zu treffen. Er hatte schon im Krankenhaus und im Gefangenentransportwagen zweimal versucht, allein mit mir zu sprechen, aber die Polizei war eisern in Hörweite geblieben. Erst als sie versucht hatten, mich heimlich über einen Hintereingang für Häftlinge in das Gerichtsgebäude zu schleusen, war er energisch geworden, aber eine Möglichkeit für ein Gespräch unter vier Augen hatten wir noch immer nicht gehabt.

»Das haben Sie gut gemacht. Jetzt kann niemand mehr Ihre Aussage allzu sehr verzerren. Dazu waren zu viele Leute da mit Aufzeichnungsgeräten, sodass wir zumindest eine oder zwei einigermaßen korrekte Versionen veröffentlicht bekommen. Aber ich möchte nur zu gerne wissen, wie die Leute erfahren haben, dass wir heute Morgen kommen würden?«

Jemand machte die Türen zum Gerichtsgebäude auf, und wir betraten die große Eingangshalle.

»Ich habe Claire gestern Abend gebeten, allen Sendern in der Stadt telefonisch ein Exklusivinterview zu geben«, sagte ich.

Er sah mich mit Respekt an. »Daran hätte ich nie gedacht.«

Ich versuchte, ein bescheidenes Gesicht zu machen, was mir aber misslang. »Na gut, das ist der Unterschied zwischen einem kleinen Kriminellen und einem großen Anwalt«, sagte ich.

Thompson brummte etwas in sich hinein, und wir gingen weiter.

Die Staatsanwältin für meinen Fall hatte ihr Büro im zweiten Stock eines der älteren Gebäudeteile. Sie hieß Nancy McMillan-Fowler, und das war alles, was Thompson mir sagen konnte, während wir draußen auf dem Flur warteten. Er sah mich immer wieder an und öffnete den Mund, um mich anzusprechen, aber direkt neben uns standen Polizisten, und die Reporter waren auch nicht weit weg.

Schließlich machte sie uns die Tür auf und bat uns herein. Sie sah nach nichts aus, war fast hässlich, von hagerer Statur, aber mit einem gut geschnittenen Gesicht und schöner Haut. Sie trug ein einfaches graues Kostüm, das ihre Schultern betonte. Offensichtlich hatte sie hastig etwas Make-up aufgelegt, vielleicht weil sie anschließend ein Gespräch mit der Presse erwartete. Die Sprechanlage hinter ihr summte, und sie drehte sich um und nahm den Hörer ab. »Ja?«

Sie hatte eine klare Stimme, die sie auch einzusetzen verstand. Wahrscheinlich war sie in der Lage, je nach Bedarf Misstrauen, Leidenschaft oder Verachtung damit zum Ausdruck zu bringen. »Nein. Nein. Ja. Nein. Nie. Schön.«

Dann folgte eine lange Pause.

»Ich sagte, okay.«

Schließlich beendete sie das Gespräch und hatte sofort jemand anderen in der Leitung. »Bitte bringen Sie Ihr Aufzeichnungsgerät mit. Wir brauchen ein Protokoll.«

Sie beugte sich über den großen Schreibtisch aus Stahl in der Mitte des Zimmers und rückte ausgiebig ihre Akten zurecht. Schließlich stand sie auf, ging zu Thompson und gab ihm die Hand. Ich streckte meine aus, aber die ignorierte sie und setzte sich wieder hinter ihren Schreibtisch.

»Guten Morgen, mein Name ist Thompson, ich bin Mr Parkers Anwalt.«

»Und das ist ...?«

»Samuel Parker.«

Nun sah sie mich direkt an, und ihre Augen verengten sich zu Schlitzen. »Sie meinen Montgomery Haaviko.«

Ich grinste. »Haaviko war mal, jetzt nicht mehr. Freut mich, Sie kennenzulernen.«

Ich streckte wieder meine Hand aus, wurde aber weiterhin ignoriert. Dann trommelte sie kurz mit ihren Fingern, bis eine Frau in einem einfachen schwarzen Kleid mit einer Stenografiermaschine hereinkam.

»Also gut, Gentlemen. Ich hoffe doch, Sie haben nichts dagegen, wenn ich ein Protokoll von diesem Gespräch machen lasse.«

Thompson setzte sich auf einen auffallend billigen Stuhl, der misstönend knarrte. Er nickte, während er die Aktentasche auf seinem Schoß öffnete. »Natürlich nicht. Aber wir werden selbst auch einen Mitschnitt davon machen.«

Er machte einen sehr selbstsicheren Eindruck, was die Staatsanwältin ein wenig zu irritieren schien. Sie schob die Akten auf ihrem Schreibtisch hin und her, bis sie ihre kühle Sachlichkeit zurückgewonnen hatte. »Sie sind also auf einen Deal aus?«

Ich antwortete: »Nein.«

Thompson unterbrach mich. »Oh, nein. Kein Angebot«, sagte er hastig. »Wir wollen eine Verhandlung. Und zwar möglichst schnell. Wie wäre es mit nächster Woche? Oder vielleicht die Woche drauf?«

Sie richtete ihren Blick auf mich und schob wieder ihre Akten hin und her. »Wissen Sie denn überhaupt, was Sie da tun? Drei Morde zur Verdeckung einer Straftat? Sie waren ja schon öfter im Gefängnis. Wissen Sie wirklich, was Sie da tun?«

Thompson begann, in seiner Aktentasche herumzusuchen. »Wie wäre es in der Woche drauf? Das ginge auch.«

»Soll das hier ein Witz sein?«, fragte sie gereizt.

Thompson schob ihr eine Akte zu. »Kein Witz. Sehen Sie sich das an.«

Sie leerte den Umschlag und sah schnell den Inhalt durch. »Ein ärztliches Gutachten von einem Dr. Leung, in dem bestätigt wird, dass Mr Haaviko/Parker Nierenprellungen und verschiedene andere Verletzungen hat«, stellte sie fest.

Thompson gab ihr eine zweite Akte aus seiner Tasche.

»Ein Bericht der Abteilung für Kapitalverbrechen in Edmonton mit einem Überwachungsprotokoll für Haaviko/Parker. Und?«

»Einer meiner Kollegen in Edmonton hat eine gerichtliche Anordnung auf Aushändigung der entsprechenden Videobänder beantragt, bevor die Polizei sie vernichten konnte. Die Bänder sind unterwegs. Sehen Sie sich das Datum an.«

»Es handelt sich um einen Zeitraum, der dreizehn bis zehn Tage zurückliegt. War das eine Video-Überwachung Ihres Mandanten?«

»Richtig. Sie zeigt Mr Parker, wie er in Edmonton vor seinem Umzug hierher einen Lastwagen mit Möbeln belädt. Wir haben außerdem eine schriftliche Bestätigung von einer Suchtklinik, in der Mr Parker bis vor zwei Wochen stationär untergebracht war. Es ist nur ein Fax, aber dazu gehört ein medizinisches Gutachten von einem behandelnden Arzt. Mr Parker wurde dort wegen verschiedener Suchterkrankungen behandelt. Es liegen Angaben über wöchentliche Drogentests über einen Zeitraum von dreißig Wochen vor, alle negativ, alle ausgestellt vom Amt für Bewährungsauflagen und Strafverfolgung dieses Landes.«

Er zog ein kleines Plastikröhrchen mit einem flachen Deckel von ganz unten aus seiner Tasche und stellte es auf den Schreibtisch. Es enthielt eine trübe gelbe Flüssigkeit, in der mehrere dunkle Partikel schwammen. »Urinprobe«, sagte er lakonisch, deckte es mit einem Stück Papier ab und verzog angewidert das Gesicht.

Ich sagte: »Wir haben eine schriftliche Aussage der Schwester, die mir den Katheter abgenommen hat. Die Partikel darin sind Blut, aber das braucht Sie vorerst nicht zu kümmern. Mr Thompson hat übrigens die Schwester gebeten, diese Probe aufzubewahren und auf dem Siegel abzuzeichnen. Mit Datum.«

Nun meldete sich auch McMillan-Fowler wieder zu Wort. »Was soll das alles? Mir liegt ein unterschriebenes und bezeugtes Geständnis vor.«

Thompson lächelte verbindlich. »Nur Geduld. Nach Darstellung der Polizei hat mein Mandant drei Männer getötet. Er wurde bei dem Kampf verletzt, anschließend von seinem Schuldbewusstsein überwältigt, legte bei der Polizei ein Geständnis ab und wurde ins Krankenhaus gebracht. Richtig?«

Sie nickte, und er fuhr fort.

»Aus unserer Sicht ist die Sache aber ganz anders abgelaufen. Es war vielmehr so, dass die drei Männer einen Einbruch versuchten, mein Mandant tötete sie in Notwehr. Er wurde von der Polizei verhaftet und verprügelt, dann wurde ein falsches Geständnis aus ihm herausgepresst, und erst danach kam er ins Krankenhaus.«

Sie bekam schmale Lippen. »Glauben Sie wirklich, eine Jury würde einen solchen Unsinn glauben?«

»Vielleicht nicht. Aber vergessen wir das für den Augenblick. Ein Polizeivideo zeigt meinen Mandanten in guter Verfassung *vor* seiner Verhaftung, und ärztliche Gutachten beweisen eine schlechte Verfassung *nach* seiner Verhaftung. Und das führt uns zu der zweiten Frage: Wenn die Polizei wusste, dass mein Mandant im Verlauf des Kampfes verletzt worden war, warum wurde dann kein Krankenwagen gerufen?«

»Vielleicht hat die Polizei das nicht bemerkt.«

»Sicher. Sie haben ihn durchsucht, sie haben ihn ausgezogen, aber es wurden laut Protokoll keine Prellungen oder sonst irgendwelche Verletzungen festgestellt. Und dann hat mein Mandant ganz plötzlich angefangen, Blut zu pissen und zu schreien? Nach einer achtstündigen Befragung?«

Sie blinzelte nicht ein einziges Mal, und Thompson fuhr fort: »Wir haben Fotos, die im Krankenhaus aufgenommen worden sind, dazu Röntgenbilder, und außerdem liegen jede Menge Aussagen als Beweise vor. Beweise, die schwere innere Prellungen und Verletzungsspuren zeigen, die dazu führten, dass mein Mandant bewegungsunfähig wurde. Das würde bedeuten, dass die Polizei meinem Mandanten die medizinische Versorgung verweigert hat, was allerdings auf mangelnde Sachkenntnis zurückzuführen sein könnte. Das wäre eine Möglichkeit, aber es gibt auch eine zweite.«

Sie blätterte in den Unterlagen und wirkte dabei auf mich wie eine Kartenspielerin. »Und die wäre?«

»Die Polizei hat meinen Mandanten gefoltert, während er in ihrem Gewahrsam war. Eine mögliche Bestätigung für diese These ist die Tatsache, dass die Kamera in dem Befragungszimmer mehr als acht Stunden lang abgeschaltet war. Sie können gerne nach dem Band suchen, aber es gibt keins.«

Ich lächelte, und sie wandte hastig den Blick ab, während Thompson weiterredete. »In beiden Fällen ist das Geständnis ungültig. Im einen Fall, wenn mein Mandant ohne medizinische Versorgung gelassen wurde, ist die Gegenklage zivilrechtlicher Art. Im zweiten Fall, wenn es sich tatsächlich um Folter handelt, wird die Gegenklage sowohl strafrechtlicher als auch zivilrechtlicher Art sein. Sie können sich aussuchen, welche Version Sie haben möchten.«

Die Staatsanwältin warf mir wieder einen Blick aus dem Augenwinkel zu, ohne Thompson zu unterbrechen.

»Als Tatzeit für die Schießerei ist Montag, 23:07 Uhr festgehalten«, führte er seine Argumentation fort. »Zeitpunkt der Verhaftung war Dienstag, 01:35 Uhr. Meine Kanzlei wurde von Mr Parkers Ehefrau um kurz nach 03:00 Uhr benachrichtigt, und die Polizei hat mir erst um 09:40 Uhr an diesem Dienstag Zugang zu meinem Mandanten gewährt.«

Sie sortierte ihre Akten. »Vielleicht *wollte* Mr Haaviko ein Geständnis ablegen.«

»Parker. Mr Parker. Nicht Haaviko, nicht mehr.«

Thompson gab ihr eine weitere Akte. »Dies ist eine notariell beglaubigte Aussage, die vor vier Jahren in … in einer anderen Sache gemacht wurde. Darin wird Mr Haaviko von seinem amtlich bestellten Anwalt in Edmonton geraten, niemals bei der Polizei oder bei irgendeiner anderen Stelle eine Aussage zu machen, ohne dass er oder eine andere juristische Vertretung anwesend wäre. Mr Haaviko, oder vielmehr Mr Parker, kannte also durchaus seine Rechte.«

Sie zuckte mit den Achseln. »Das wird niemals für eine Verhandlung ausreichen. Vielleicht ist Mr Haaviko plötzlich von Schuldbewusstsein oder Reue überwältigt worden.«

»Das wollen Sie einer Jury weismachen? Von Schuldbewusstsein überwältigt? Nachdem vorher lang und breit betont worden ist, was für ein schlauer, gnadenloser und professioneller Krimineller Mr Haaviko war?«

»Ich habe nie gesagt, er wäre schlau … Ach so, das werden *Sie* sagen.«

»Ganz recht.« Thompson nickte. »Ich werde außerdem zur Sprache bringen, dass die Polizei acht Stunden gebraucht hat, um ein Geständnis, bestehend aus 308 Wörtern, von meinem Mandanten zu bekommen, das er dann nicht unterschrieben hat. Das wären dann insgesamt 28 800 Sekunden, umgerechnet alle circa neunzig Sekunden ein Wort. Mein Gott, vielleicht verlese ich persönlich das Geständnis, ein Wort alle dreiundneunzig Sekunden. Das dürfte die Jury überzeugen.«

Die Staatsanwältin nahm einen billigen gelben Bleistift in die Hand und tippte sich damit gegen die Zähne. Es klang unangenehm blechern. »Der Fall könnte kompliziert werden, das gebe ich zu. Aber gewinnen werde ich trotzdem.«

»Ach ja? Aber das ist noch nicht alles. Erstens wird mein Mandant nicht gegen die Polizei Strafanzeige stellen, sondern zivilrechtlich gegen die Stadt Winnipeg vorgehen, weil sie ihm keine medizinische Versorgung zukommen ließ, während er sich in Polizeigewahrsam befand. Das Bildmaterial und die medizinischen Gutachten werden beweisen, dass er vor der Verhaftung unverletzt war, dass er danach jedoch massive Verletzungen aufwies.«

Thompson stellte endlich seine Aktentasche ab und streckte die Beine aus. »Also, das kann so oder so ausgehen. Die städtische Polizei wird an Glaubwürdigkeit verlieren, wenn sie versucht, das Problem mit dem Geständnis selbst zu lösen und einen Strafprozess zu umgehen.«

Die Staatsanwältin lächelte. »Sie vergessen da etwas: die LERA. Wir haben schließlich die Law Enforcement Review Agency – alle Anschuldigungen gegen Angehörige der Polizei müssen zuerst diese Behörde durchlaufen.«

Mein Anwalt schüttelte nur den Kopf. »Nein. Wir verklagen die Stadt, nicht die Polizei als Organisation oder einen einzelnen Beamten. LERA ist mit dieser Angelegenheit nicht befasst, zurzeit nicht. Wenn Sie die Angelegenheit jetzt schon für verwirrend halten, warten Sie nur ab.«

»Das kann doch nicht Ihr Ernst sein!«

Nun meldete ich mich zum zweiten Mal zu Wort. »Doch. Das meinen wir ernst. Wir sind aber trotzdem gesprächsbereit.«

McMillan-Fowler war das allem Anschein nach nicht, reagierte aber trotzdem. »Sie meinen also doch einen Deal? Ich sehe da keine Möglichkeit. Wir haben Ihre Fingerabdrücke auf der Pistole, Testergebnisse, wonach Sie damit geschossen haben, ein Geständnis, dass Sie die Männer erschossen haben. Wir haben einfach alles.«

Thompson zog seine Krawatte gerade. »Sie haben eine Pistole, die in keinerlei Zusammenhang mit meinem Mandanten gebracht werden kann. Sie wurde von den Einbrechern mitgebracht. Diese Männer waren einschlägig vorbestraft. Es gibt Spuren an einer Tür, die zeigen, wo sie gewaltsam eingedrungen sind. Es gibt deutliche Spuren eines Kampfes, was die Version meines Mandanten stützt. Wir haben Aussagen von unbeteiligten Bürgern, dass mein

Mandant unmittelbar nach seiner Verhaftung einen Anwalt verlangt hat. Wir können beweisen, dass mein Mandant seine Rechte kannte und einen Anwalt wollte. All das widerspricht ganz eindeutig und zweifelsfrei der Version der Polizei. Außerdem haben wir Beweise, dass die Polizei beim Abfassen des Geständnisses nicht die Vorschriften befolgt hat.« Er wischte sich die Stirn mit einem roten Seidentaschentuch ab, das total fehl am Platz wirkte. Dann redete er weiter: »Wir haben zwei verschiedene Szenarien, die beschreiben, wie das Geständnis erzwungen wurde. Wir haben außerdem zwei Szenarien, die entweder kriminelles Verhalten oder Dummheit auf Seiten der Polizei zeigen.«

Ich meldete mich wieder zu Wort. »Suchen Sie sich eins davon aus.«

Sie starrte mich an. »Ich kann die Pistole, den Paraffintest und die Leichen zweifelsfrei erklären«, erinnerte ich sie. »In der Version der Polizei finden sich dagegen überall Widersprüche.«

Thompson signalisierte mir, zu schweigen, und gab ihr noch eine Akte. »Ms McMillan-Fowler, kommen wir zur Sache. Hier ist eine Kopie unserer offiziellen Beschwerde bei der LERA, weil meinem Mandanten nicht unverzüglich Zugang zu einem Anwalt gewährt wurde, und das trotz des anders lautenden Rats, den er zuvor von seinem amtlich bestellten Anwalt bekommen hatte. Hier ist eine Kopie der Anklage, die ich vor dem Zivilgericht wegen Misshandlung meines Mandanten durch die Stadt erheben werde. Hier ist eine Kopie der tatsächlichen Aussage meines Mandanten, die mir am Morgen nach dem Zwischenfall ausgehändigt worden ist. Und … Können wir ungestört reden?«

Die Staatsanwältin sah inzwischen müde aus. Die Sache würde offensichtlich entgegen ihren Erwartungen nicht einfach werden. Auf einmal war für sie kein Ende abzusehen. Sie nickte, und die Sekretärin klappte ihr Gerät zu und ging hinaus. Als sie draußen war, gab die Staatsanwältin Thompson ein Zeichen. »Nur zu.«

Thompson sprach leise. »Ich habe meinem Mandanten heute früh einen schriftlichen Rat erteilt. Er ist amtlich niedergelegt, bei mir und bei ihm, und ich äußere darin die Meinung, dass wir bis zur Abwicklung des Strafprozesses warten sollten, bevor wir irgendwelche Anklagen gegen die Polizei erheben. Ich habe ihm diesen Rat gegeben, weil ich der Überzeugung bin, dass die Polizei Beweismaterial gegen ihn fälschen wird, um ihn zu diskreditieren, falls er bereits zum gegenwärtigen Zeitpunkt seine Absicht erklärt, die Angelegenheit juristisch weiter zu verfolgen.«

Sie schob die Unterlippe vor und schnaubte verächtlich. »Das ist schon öfter versucht worden. Es hat bisher noch nie funktioniert, und es wird auch dieses Mal nicht funktionieren.«

Thompson nickte. »Es ist ein indirekter Angriff auf die Verfassungsmäßigkeit der LERA. Ein Anwalt hat soeben seinen Mandanten darüber informiert, dass seine verfassungsmäßigen Bürgerrechte verletzt werden könnten, falls er seine Beschwerde gegen eine Provinzbehörde aufrechterhält.«

Er schloss seine Aktentasche und sah mich an.

»Ich werde außerdem ein bisschen was von meinen heutigen Ausführungen beim Bürgermeister und beim Stadtrat durchsickern lassen, also machen Sie sich bereit. Weitere Einzelheiten werden an hiesige Parlamentsabgeordnete und sonstige Lokalpolitiker gehen. Sie sollten sich übrigens sehr schnell überlegen, wie Sie weiter vorgehen wollen, weil ich auch zur Presse gehen werde. Amnesty International. Gesellschaft für Opfer von Justizirrtümern. Und wer uns sonst noch so einfällt.«

Die Staatsanwältin sah wütend und frustriert aus, aber ich fühlte mich inzwischen todmüde. Also versuchte ich, die Sache endlich zum Abschluss zu bringen. »Sie sehen, dass wir Ihnen weiter entgegenkommen, als wir müssten. Denken Sie darüber nach. Betrachten Sie es als ein Zeichen unseres guten Willens, weil ich das alles so schnell wie möglich zu Ende bringen möchte.«

Wir machten uns daran, zu gehen. Sie tippte noch immer mit dem Bleistift gegen ihre Zähne. Ich konnte ihre Gefühle nachempfinden. Sie hatte gedacht, sie könnte pokern, aber dann hatte ihr stattdessen jemand das Kartenspiel um die Ohren geschmissen.

Im Flur verflog Thompsons Zuversicht. Er fragte: »Glauben Sie, sie lässt sich darauf ein?«

»Klar. Die Sache ist politisch geworden. Sie wird mit ihrem Chef reden, und der wird wiederum mit seinem Chef reden. Die Verantwortung wird weitergereicht. Mit jedem Schritt wird die Angelegenheit noch komplizierter, und zum Schluss werden sie bereitwillig das annehmen, was wir ihnen anbieten.«

Thompson schob mich in Richtung Fahrstuhl, und nach einer Weile stimmte er mir widerwillig zu. »Ohne das Geständnis steht das Ganze tatsächlich auf wackligen Beinen. Jede Menge Risiken für die Staatsanwaltschaft.«

»Richtig.«

Er schob mich in Schlangenlinien den Gang entlang, weil er tief in Gedanken versunken war und nicht darauf achtete, wohin er ging. »Es gibt da noch etwas, worüber ich mit Ihnen sprechen muss.«

»Nur zu.«

Thompson schob mich zu einer Bank, setzte sich mir gegenüber und nahm mir die Aktentaschen vom Schoß. Er strich sich über das Kinn, dann zeigte er mit einem Finger auf mich. »Gestern Abend habe ich zu Hause einen Anruf bekommen. Es war Walsh. Er hat sich meine Privatnummer und alle Ihre Vorstrafen herausgesucht.«

»Und …?«

Er lehnte sich zurück. »Er war ziemlich direkt, ziemlich drastisch. Wollen Sie mir vielleicht jetzt Ihre Version der Vorgänge schildern?«

Ich kannte diese Reaktion auf mein Strafregister. »Früher war ich ein schlimmer Finger. Jetzt bin ich es nicht mehr.«

»Schlimm?«

Seine Augen waren blutunterlaufen. Er sah kurz zur Seite, dann wandte er sich mir wieder zu.

»Das ging schon früh los. Als ich sechzehn war, habe ich eine Apotheke ausgeraubt. Als der Apotheker den Giftschrank mit den Betäubungsmitteln nicht aufmachen wollte, habe ich ihm mit der flachen Seite eines Beils das Schlüsselbein zerschmettert.«

Thompson nickte.

»Ein Jahr später habe ich in einem Hotel in Banff Ecstasy an einen weiblichen Bullen in Zivil verdealt. Sie hat ihre Pistole gezogen und versucht, mir die Handschellen anzulegen. Bis die anderen Cops die Tür aufgebrochen hatten, hatte ich sie schon dreimal mit einem spitz zugefeilten Schraubenzieher malträtiert, den ich in meiner Socke versteckt hatte.«

Thompson schluckte vernehmlich.

»Da gibt es noch mehr. Einmal wurde ich mit einer Tasche voller abgesägter Schrotflinten erwischt. Und dann natürlich Körperverletzung, Verkehrsgefährdung, Widerstand gegen die Staatsgewalt, Mordversuch, Schmuggel, Betrug, Drogen. Der ganze Scheiß eben.«

»Ich verstehe.«

»Ich war süchtig nach Kokain, Methamphetamin, Speed, Heroin und PCP. Alkohol auch. Gebrauch und Missbrauch von LSD, Gras, Äther und Peyote. Nennen Sie mir irgendein Gift, ich habe es genommen.«

»Haben Sie eine Entschuldigung dafür?«

»Nein. Es ist mir gleich, was Sie von mir halten.«

Er dachte wohl darüber nach. Ich tippte auf sein Knie, um seine Aufmerksamkeit wieder auf mich zu lenken. »Ich habe gelogen. Betrogen. Gestohlen. Getötet. Meine Eltern entehrt. Falsche Götter verehrt. Meines Nächsten Weib und Gut begehrt. Die Ehe gebrochen.«

Die Polizei hielt nach wie vor die Reporter in Schach. »Jetzt habe ich eine Frau. Einen Sohn. Haustiere. Ein Heim.« Ich lächelte bitter. »Das ist weit weg von allem, was ich bisher gekannt habe. Und diese Entfernung möchte ich halten.«

»Ich verstehe. War es denn wirklich so schlimm? Ein Ganove zu sein, meine ich?«

»Ja, es war so schlimm.« Ich öffnete mich ihm ein wenig. »Rechnen Sie es sich selbst aus. Wenn Sie ein Verbrecher sind, haben Sie keinen Job, kein Bankkonto, keine Wohnung. Sie wohnen in Hotels, sind viel unterwegs, essen in Restaurants. Aber Sie wohnen nicht in teuren Hotels, weil Sie darin auffallen, und außerdem brauchen Sie Papiere.«

Er folgte mir gespannt.

»Sie brauchen so etwa sechzig Dollar pro Tag, noch mal so viel und ein bisschen mehr für das Hotel und dann noch dreißig bis fünfzig für Nebenkosten. Und das jeden Tag.«

Ich versuchte, mich bequemer hinzusetzen, aber mein ganzer Unterkörper, und zwar genau dort, wo sich ein buntes Band von inzwischen roten und blauen Prellungen um meine Nieren zog, schmerzte noch grausam. Dieser Regenbogen aus Schmerzen beherrschte jeden Augenblick meines Lebens.

»Das wären etwa 180 pro Tag. Das Leben ist allerdings stressig, also fängt man an, hier und da etwas gegen den

Stress zu nehmen. Wenn man trinkt oder Gras raucht, um zur Ruhe zu kommen, dann sind das noch mal 20 bis 40 pro Tag. Aber es geht natürlich nicht die ganze Zeit so ruhig zu, ab und zu muss man auch mal schnell sein, das heißt, man muss Kokain oder Speed oder Meth bereithalten. Das wären dann noch mal 50 oder 100 täglich, wenn man keine Freunde hat. Damit wären wir bei insgesamt 300 pro Tag. Jeden Tag. Also 2100 pro Woche oder 8400 pro Monat, und das heißt 109200 Dollar pro Jahr. Punkt.«

Thompson starrte blicklos in die Ferne.

»Eine Woche lang macht das Spaß, einen Monat, vielleicht sogar ein Jahr. Wenn man das aber Jahr für Jahr macht, wird die Sache öde. Ich deprimiere Sie doch nicht, oder?«

Er hatte nichts dazu zu sagen.

»In so einem Leben ist nichts von Dauer.« Ich atmete tief durch. »Keine Freunde, und Liebe schon gar nicht. Sicher, man kann sich was fürs Bett kaufen, aber das kommt zu der Rechnung dazu. Und dann ist da natürlich immer die Möglichkeit, dass der Dealer oder die Nutte oder sonst irgendwer dich verpfeift.«

Thompson wartete darauf, dass ich endlich zum Ende kam.

»Es gibt eine zweite Möglichkeit: Du nimmst eine falsche Identität an. Dazu braucht man aber Geld und Zeit. Ein paar hundert Stunden und Dollar für den Führerschein, noch mal das Gleiche für die Geburtsurkunde, Sozialversicherungskarte, Kontobewegungen, das lässt sich alles hinkriegen, aber man braucht Wochen und Monate, wenn man es richtig machen will. Wie auch immer, wenn man ein halbes Jahr und vielleicht 10000 investiert, dann kann man sich ein Auto kaufen, eine Wohnung mieten, ganz wie ein Normalbürger.«

Er wischte sich das Haar aus den Augen, und ein dünner Schuppenregen ging auf seinem Anzug nieder.

»Natürlich kann jeder, und ich meine wirklich *jeder*, der nur eine Kleinigkeit über dich weiß, die ganze Sache auffliegen lassen. Dann ist man wieder auf der Flucht und braucht die 2100 pro Woche.«

Thompson hörte mir nur noch halb zu, er hatte wohl genug. Der Rest seiner Aufmerksamkeit war irgendwohin weit in die Ferne gerichtet, und ich wünschte, ich wüsste, wohin.

»Um dieses Leben zu finanzieren, stiehlt man; man raubt, man dealt. Und die Bargeldbeschaffung ist unter dem Strich auch nicht einfach. Der durchschnittliche Banküberfall bringt 1000 bis 3000, wenn es eine gute Bank ist, können auch mal bis zu 12.000 dabei rausschauen. Ein Geldtransport kann 30000 oder mehr bringen, aber das ist allein so gut wie nicht zu schaffen. Somit braucht man Partner, und das bedeutet, jemand wird dich verraten. Außerdem muss man die Beute teilen. Um Drogen zu dealen, braucht man Kapital, und der Profit für einen Kleindealer liegt bei vielleicht zehn Dollar pro Einheit. Wenn man große Mengen dealt, bringt das neue Probleme mit sich: Leibwächter und Bestechungsgeld und all den Scheiß. Wenn man mit Gras dealt, ist das nicht so schlimm, bringt aber auch nicht so viel, aber Koks-Dealer haben es nun mal mit Koksern zu tun, und die sind einfach voll Scheiße. Außerdem rufen sie einen zu jeder Tages- und Nachtzeit an und wollen ein bisschen auf Kredit.«

Ich war müde geworden und gähnte. »Zuhälterei ist in Ordnung, aber dazu muss man gut mit Frauen umgehen können und einige zur Verfügung haben. Schmuggeln ist auch okay, aber dafür muss man genaue Wege kennen, und bis dahin hat man viel Arbeit. Profi-Killer gibt es eigentlich nur in Büchern, und so gut verdient man dabei auch nicht.«

Thompson riss sich endlich von seinen Gedanken los und fing an zu lachen. »Sie sagen also, dass Sie aufgehört haben, ein Ganove zu sein, weil es zu viel Arbeit war.«

Ich hatte die Augen geschlossen, aber jetzt machte ich sie wieder auf und grinste breit. »Stimmt, und außerdem habe ich mich in meine Frau verliebt.«

Er schwieg, und so deutete ich auf den Gang, der vor uns lag. »Nach Hause, James.«

8

Offiziell brauchte die Staatsanwaltschaft drei Tage für ihre Entscheidung. Ich wusste, wie sie ausfallen würde; das war klar, als die Polizisten mir einen Tag nach der Besprechung mit McMillan-Fowler die Handschellen abnahmen. Sie ließen eine Wache am Fuß meines Bettes sitzen, aber das störte mich kaum, und außerdem garantierte es mir, dass ich von Reportern verschont blieb.

Etwa alle acht Stunden kam ein neuer Polizist, aber ich konzentrierte mich allein darauf, trotz der Schmerzen zu atmen, ohne dabei zu wimmern. Wenn ich ein Geräusch von mir gab, rief der Polizist die Schwester, und die brachte mir die geliebt-gehasste Pille, und die sorgte für Aufschub.

Am dritten Tag hatte die Polizistin Wache, die von Stiles betäubt worden war. Sie stellte sich neben mein Bett, sah in den Gang hinaus und redete sehr leise. »Hallo, Killer, man hat mir gesagt, dass ich mich bei Ihnen zu bedanken habe, weil Sie das Arschloch fertig gemacht haben, das mich betäubt hat.«

Wenn sie gedacht hatte, ich würde etwas dazu sagen, hatte sie sich getäuscht.

»Also … danke.«

Ich sagte noch immer nichts. Sie starrte mich noch eine Weile an, setzte sich dann wortlos auf ihren Stuhl und schlug die *Winnipeg Sun* auf. Ich wand mich in meinem Bett und spürte schmerzhaft, wie sich meine Blase entleerte. Sie hatten mir einen Katheter gelegt, und ich pisste nach wie vor unter Schmerzen Blut, aber die hatte ich auch, wenn ich atmete, schlief oder wach war. Als ich fertig war, atmete ich durch die Nase aus und zitterte dabei ein wenig, während die Schmerzen sich allmählich wieder legten.

»Und Sie, Killer, wie geht es Ihnen?«

Der Schmerz hatte mich abgelenkt. Sie stand über mich gebeugt, sodass ihre verschränkten Arme nur Zentimeter von meinem Gesicht entfernt waren. Sie sah erfreut aus.

»Spitze«, sagte ich mit unsicherer Stimme. In diesem Augenblick kam Thompson herein. Offensichtlich hatten die Polizisten inzwischen Anweisung erhalten, wie sie sich während seiner Besuche zu verhalten hatten, denn sie sah ihn desinteressiert an und ging wortlos zu ihrem Stuhl zurück.

»Officer, Sie können gehen«, sagte er nur, dann wandte er sich an mich: »Sam, die Staatsanwaltschaft lässt die Anklage gegen Sie fallen. Sie sind also frei.«

Frei. Fast hätte ich gelacht. Meine Nieren waren zermanscht, ich hatte hohes Fieber, und aus meinem Schwanz ragte ein Plastikschlauch, aber ich war frei. Mach was draus, Mann, FREI!

Die Polizistin war ganz und gar nicht begeistert. »Tut mir leid, aber ich kann nur von einem Vorgesetzten abgelöst werden. Bis dahin ist Ihr Mandant unter meiner Obhut.«

Der Anwalt nestelte sein Handy heraus und gab es ihr. »Rufen Sie Ihren Chef an.«

Sie ging zu ihrem Stuhl, und auch Thompson setzte sich. Er gähnte, und ich wandte meinen Kopf ab, um nicht seinen Atem abzukriegen.

»Haben Sie Claire angerufen?«

»Als Allererstes. Also, die Sache mit der Schießerei ist noch nicht ganz geklärt, aber die Mordanklage hat die Staatsanwaltschaft fallen lassen und das Geständnis weggeworfen. Es könnte sein, dass Sie noch Probleme bekommen, weil Sie innerhalb der Stadtgrenzen eine Schusswaffe abgefeuert haben oder so etwas. Da bin ich mir nicht sicher.«

Die Polizistin redete nach wie vor leise in das Telefon.

»Was ist mit Stiles?«, fragte ich.

»Der Ganove, den Sie daran gehindert haben, eine Polizistin zu überfallen? Das würden sie am liebsten ganz und gar vergessen. Es würde verdammt schwer werden, das einer Jury zu erklären.«

»Übrigens, Mr Thompson, das hinter Ihnen ist die Polizistin, um die es dabei geht.«

»Oh!« Er drehte sich um und betrachtete sie. Dann wandte er sich wieder an mich. »Hat sie danke gesagt?«

Die Polizistin wurde rot und konzentrierte sich ganz auf ihr Gespräch.

»Ja. Also, womit habe ich wegen der Schießerei zu rechnen?«

Er dachte übertrieben lange darüber nach. »Bei Ihren Vorstrafen könnte es bis zu einem Monat Haft werden. So was in der Richtung.«

»Nein. Das lasse ich mir nicht gefallen. Schließlich ist es im Interesse der Polizei, dass die Sache ganz fallen gelassen wird. Alles oder nichts.«

Die Polizistin kam zu uns herüber und ließ das Telefon auf das Bett fallen. Dann nahm sie mir die Handschellen ab und schlug damit gegen ihr Bein. »Es ist wahr. Wir sehen uns, Killer.«

Mein Anwalt sah ihr nach, wie sie hinausging, und gähnte wieder. »Ich glaube, die kann Sie nicht leiden.«

»Da bin ich aber traurig. Sie vertreten mich also weiter?«

»Ja. Ich habe über Sie nachgedacht. Sie sind eigentlich ein ziemlich übler Bursche.«

»Ja.«

»Wollen Sie denn nicht versuchen, sich wenigstens mir gegenüber zu verteidigen?«

Ich grinste und schüttelte den Kopf. »Sie können mich mal. Für Ihre Moralvorstellungen bin ich nicht verantwortlich. Die sind Ihr Problem. Ich habe mit meinen eigenen schon genug zu tun.«

Thompson tätschelte mir den Arm. »Schon gut, Sie haben ja recht. Außerdem bin ich eigentlich nur deshalb noch hier, weil ich es hasse, wenn man mich zu etwas zwingt. Ich hasse es, hereingelegt zu werden. Ich hasse es, wenn man mich manipuliert. Und vor allem hasse ich es, wenn man mich bedroht.«

»Und das hat Walsh getan? Und tut es weiterhin?«

»Ganz recht.«

Er starrte mich an. »Außerdem glaube ich Ihnen. Ein bisschen zumindest.«

»Danke.«

Er ging hinaus, und ich schaltete das Fernsehgerät am Fuß des Bettes ein. Ich hatte in der letzten Zeit viel ferngesehen, es war nicht gerade unterhaltend, aber immerhin. Die lokalen Sender, die Vormittag-Shows, die Talkshows am Nachmittag, die Nachrichten am frühen Nachmittag, sogar die Soaps und die Kindersendungen. Am Anfang hatten die Polizisten sich notiert, was ich mir ansah, aber bald hatte ihr Interesse nachgelassen, sowohl an den Sendungen als auch an mir. Für sie war ich nur noch irgendein Stück Fleisch, das sie beobachten mussten. Mehr nicht.

Ich hatte immer auf das Fernsehgerät gesehen, aber ich hatte nur bei den Namen im Abspann der Nachrichtenmagazine aufgepasst. Produzenten, Regisseure, Autoren, Experten, die Gesichter vor den Kameras und die Namen der Leute dahinter, die korrekte Schreibung ihrer Namen, ihre Titel. Die hatte ich mir eingeprägt, sie immer und immer wieder lautlos wiederholt.

Eine überaus schüchterne Schwesternschülerin kam herein und erstarrte, als sie bemerkte, dass kein Polizist mehr da war.

Ich sagte: »Kommen Sie nur herein. Die Anklagen sind fallen gelassen worden.«

Sie war hübsch und dunkelhäutig, eine Filipina mit einem wunderbaren Teint und den Bewegungen einer Tänzerin. Sie wurde rot und wechselte den Plastikbeutel aus, der von dem Katheter gefüttert wurde, und dann tänzelte sie auf Zehenspitzen hinaus.

»Wie vertrauliche Quellen berichten, wurde der Geschäftsinhaber im Wohnzimmer seines Hauses aufgefunden, nachdem er nicht wie sonst seinen Laden geöffnet hatte. Er war an einen Stuhl gefesselt und von mehr als einem Dutzend Kanister voller Benzin umgeben ...«

Ich schaltete das Gerät ab. Bei Kriminellen geht es immer um Geld oder Macht. Bei Amateuren geht es um Rache oder Sex. Wozu einen Geschäftsmann für eine Explosion verdrahten? Egal, mein Problem war es nicht. Also hörte ich auf, darüber nachzudenken, und versuchte einzuschlafen.

9

Was du nicht alles anstellst, nur damit du echter Arbeit aus dem Weg gehen kannst!«

Claire hielt mich am Arm fest, bis ich mein Gleichgewicht wiedergefunden hatte und mich in dem großen Park des Krankenhauses bewegen konnte. Von hier aus konnten wir die Frauenklinik auf der anderen Straßenseite sehen, aber ich konzentrierte mich darauf, nicht hinzufallen, und hatte keine Zeit für Besichtigungen. Fred wälzte sich im Gras herum und versuchte, einen schwarz-weißen Nachtfalter aufzuessen und gleichzeitig seinen Kinderwagen mit Tritten zu misshandeln.

Ich sagte: »Ich hasse diesen Kinderwagen, das weißt du doch, oder?«

Claire drückte meinen Arm. Der Kinderwagen war ein Geschenk ihrer Eltern, eine vorsätzlich gegen mich gerichtete Beleidigung, weil ich mir solche Sachen für meine Familie nicht leisten konnte. Aus diesem Grund hasste ich ihn.

»Ich weiß, aber praktisch ist er trotzdem.«

Ich schwankte und nickte, und das tat weh. Eigentlich tat alles weh. Hinter mir stand ein fahrbarer Tropf mit Glukose, die in eine Vene in meinem rechten Arm geleitet wurde. Ich hätte lieber meinen linken Arm dafür genommen, aber dort waren die Venen durch zahllose Injektionen von Heroin und Crystal Meth und Kokain schon längst zu lederartigen Panzerschläuchen vernarbt.

Dr. Leung hatte Bedenken gegen meinen kleinen Spaziergang angemeldet, aber Claire hatte ihm versprochen, ich würde mich benehmen, und so wartete sie wachsam neben mir. Frederick wollte Unterhaltung und sah sich nach irgendwelchen Gegenständen um, die er nicht essen sollte.

»Willst du hier stehen bleiben, oder was?« Sie grinste mir zu, um das nicht irgendwie vorwurfsvoll klingen zu lassen, und ich streckte ihr die Zunge raus.

»Nein. Pass auf.« Ich führte ihr eine Übung vor, die aussah wie ein Zwischending zwischen einer tiefen Kniebeuge und einem kontrollierten Zusammenbruch. Anschließend mühte ich mich wieder hoch.

Sie klatschte laut, und Fred rollte sich auf den Rücken, um den Grund für all die Aufregung zu betrachten.

»Bravo. Und was gibt es als Zugabe?«

»Ich könnte ohne Hilfe pinkeln.«

Sie schnitt eine Grimasse, während ich mühsam wieder in die Knie ging, was mir den Schweiß auf die Stirn trieb. Nachdem ich sechs solcher Kniebeugen absolviert hatte, setzte ich mich auf den Boden und begann, mich vorsichtig vor- und zurückzubeugen. Nach zehn dieser Übungen musste ich eine Ruhepause einlegen, und Claire küsste mich.

»Mein Held! Wie fühlst du dich?«

»Es tut weh«, keuchte ich. Mein Atem ging in kurzen Stößen, und vor meinen Augen tanzten helle Flecken.

»Sehr?« Ihre Stimme war leise und sanft. Ich schleppte mich zu einer Bank in der Nähe, und sie küsste mich wieder.

»Es fühlt sich an wie Messerstiche. Mit kurzen, breiten Klingen. Nicht tief genug, um zu töten, nur um zu verletzen.«

Fred machte sich daran, eine Löwenzahnblüte zu verspeisen, aber Claire konnte die hellgelbe Blüte gerade noch retten. Dann lehnte sie sich zurück und hörte zu. Sie war eine ausgezeichnete Zuhörerin und verstand alles.

Nach einer Weile stand ich auf und wiederholte die gesamte qualvolle Prozedur. Claire sah mir wortlos zu. Dann kämpfte sie ein bisschen mit Fred, und wir ließen uns dabei von der Sonne bescheinen.

Als wir wieder in meinem Zimmer waren, entdeckte Claire ein Tonband mit der angeklebten Aufforderung »Spiel mich ab« auf dem Bett und zeigte es mir. Auf unsere Bitte hin besorgte uns die Pfefferminz-Schwester einen Kassettenrekorder mit Kopfhörern, und ich verfolgte ein Gespräch. Es fing irgendwo in der Mitte an.

»Mag es auch noch so bescheiden sein«, sagte eine Frauenstimme.

Das war Claire, die da knapp und höflich sprach. Es war eine gute Aufnahme.

»Könnte schlimmer sein.« Das war Thompson. Dann folgte ein undefinierbares Geräusch, und er wiederholte: »Könnte schlimmer sein.«

Nun folgten eindeutige Geräusche, wie irgendeine Flüssigkeit und Eiswürfel in Gläser gegossen wurden, dann meldete sich Claire: »Hier. Ich trinke nicht gern allein.«

Es wurde angestoßen. »Anwaltsmittagessen«, sagte Thompson.

Wieder war zu hören, wie jemand trank. Danach wurde offensichtlich noch mal etwas in Gläser eingeschenkt.

»Wie schlimm ist es?«

»Ich habe schon Schlimmeres gesehen, aber Besseres auch. Die Staatsanwaltschaft dürfte merken, dass da irgendwas nicht stimmt, und hoffen kann man immer, vielleicht machen sie ja das Richtige.«

»Und das wäre …?«

»Sie lassen die Anklage fallen. Sie können natürlich auch hart bleiben, das kommt auf die kommunalpolitischen Machtverhältnisse an. Dann gehen wir in Berufung, und dann bleibt die Staatsanwaltschaft entweder weiter hart, oder sie lenkt ein. Wenn sie weiter hart bleibt, gehen wir vor das Appellationsgericht der Provinz. Danach kommt nur noch der Oberste Gerichtshof, wo ich noch nie war.« Thompson nahm noch einen Schluck. »Das ist vereinfacht dargestellt, aber im Prinzip läuft es so. Die Staatsanwaltschaft kann die Anklage gleich fallen lassen, oder sie kann es bei der Haftprüfung tun, oder vor Gericht bei der Verhandlung oder bei der Berufungsverhandlung oder bei der Nachverhandlung oder irgendwann, wenn es ihr passt.«

Nun folgte eine lange Pause. Danach war seine Aussprache schon undeutlicher. »Wir brauchen nur ein Mal zu gewinnen. Sie müssen das jedes Mal von Neuem schaffen.«

Claire meldete sich wieder, ernst und leidenschaftslos: »Monty hat irgendwann mal gesagt, das ganze System ist wie ein Seestern. Wenn es einmal angefangen hat, dich aufzufressen, dann kann es nicht damit aufhören, es ist einfach so gebaut. Also ist unser Ziel, zu verhindern, dass es auch nur einen Bissen von uns erwischt.«

»Genau. Das System kann es sich nicht leisten, Fehler einzugestehen. Mein Dad war in der Army, und er hat immer gesagt: ›Versuch nie, dich zu beklagen oder etwas zu erklären.‹ Das passt auch vor Gericht.«

Wieder wurde getrunken.

»Ich habe Sachen über Sam gehört. Harte Sachen. Schlimme Sachen. Irgendwie passt das nicht zu dem Bild, das Sie mir gerade vermitteln. Verheiratet, ehrlich, anständig. Sogar einen kleinen Sohn hat er. Wo ist der übrigens?«

»Ich habe ihn bei einer Freundin gelassen.«

»Ich dachte, Sie wären gerade erst in die Stadt gezogen? Trotzdem haben Sie so schnell eine Freundin gefunden? Kennen Sie denn hier jemanden von früher?«

»Nein. Eine Frau namens Ramirez passt auf Fred auf. Sie gehörte zu den Polizisten, die Sam verhaftet haben. Wir haben beide Kinder, und unterwegs zum Revier kamen wir ins Gespräch. Sie findet mich okay. Nur die Wahl meines Partners fand sie wohl nicht ganz so gut.«

»Das ist ja ein Ding, eine Polizistin! Da sehen Sie es, das hier ist eine nette Stadt. Ich wohne schon mein ganzes Leben hier, und ich kann Ihnen definitiv sagen, es ist wirklich eine nette Stadt. Was ist Sam also wirklich? Verheiratet? Ehrlich und treu? Respektabel? Ein Dieb? Ein Mörder? Ist er drogenabhängig? Was ist die Wahrheit?«

Claire lachte. »Früher war er das eine, und jetzt ist er das andere«, sagte sie. »Ich muss jetzt gehen. Danke für die Drinks.«

Jemand – eine Frau – schnappte nach Luft. Dann war zu hören, wie zwei Menschen sich küssten, dann rieb Stoff aneinander, dann Haut …

Ich sah zu Claire hinüber, die auf ihrem Stuhl am Fußende des Bettes saß und Fred auf einem Knie schaukelte.

Das Rascheln wiederholte sich, dann hörte ich wieder Küsse, dann ein Keuchen, ein Bett quietschte, jemand stöhnte auf, dann wieder rhythmisches Keuchen.

Auf der anderen Seite des Zimmers gab Claire Fred einen Stupser unter das Kinn und brachte ihn zum Lachen. Auf dem Band erstarben die Geräusche allmählich, und dann hörte ich Claire wieder. »Na schön, wir bleiben in Verbindung. Wenn Sie irgendetwas brauchen, rufen Sie mich einfach an.«

Darauf Thompson, der inzwischen nur noch lallte. »Klar doch.«

»Soll ich Ihnen ein Taxi rufen?«

»Nein, ich komme schon klar.«

Eine Tür ging auf und schloss sich wieder, und dann lachte Claire.

»Ich werde nie begreifen …«

Als das Band zu Ende war, gab ich es ihr.

»Mmmm. Liebling?«

Sie setzte die Kopfhörer auf und versuchte gleichzeitig, Fred daran zu hindern, dass er sich selbst in die Zehen biss. »Ja?«

»Hast du mit Thompson geschlafen?«

»Nein. Warum? Sollte ich?«

Ich sah zum Fenster hinaus, konnte dort aber keine Antwort finden.

»Dann haben wir ein Problem. Irgendjemand kann uns offenbar nicht leiden.«

Claire hörte sich das Band an und spulte es danach zum Anfang zurück. »Ich glaube, du hast recht.«

Sie sagte das ziemlich ruhig, aber ich sah deutlich, dass sie wütend war. Sie hatte ihre Augenbrauen zusammengezogen und ihre Lippen zu schmalen Strichen verengt. Sie atmete aus und sagte: »Was tun wir dagegen?«

Mein erster Impuls war, das Band in tausend Teile zu zerlegen, aber dann überlegte ich es mir anders. »Ich weiß es noch nicht.«

Zwei kleine rote Flecken bildeten sich auf ihre Wangen, ein untrügliches Zeichen dafür, dass sie erregt war. »Wenn du mit ihm oder ihr fertig bist, gehört er oder sie jedenfalls mir!«

Sie atmete durch die Nase aus und hörte sich das Band ein zweites Mal an. »Okay. Teilweise scheint es zu einem Gespräch zu gehören, das ich in der Nacht nach deiner Verhaftung mit Thompson in meinem Hotelzimmer hatte. Er ist vorbeigekommen, um sich vorzustellen und mich ein paar Sachen zu fragen.«

Ich sah sie stirnrunzelnd an. »In dein Hotelzimmer? Er ist zu dir ins Hotelzimmer gekommen?«

Sie lachte, aber sehr fröhlich klang es nicht. »Ja. So gar nicht wie ein Anwalt. Er hat angerufen, bevor er vorbeigekommen ist, um mir einige Fragen zu stellen, die er auch am Telefon hätte stellen können, aber er wollte es lieber persönlich tun. Ich hatte übrigens damals das Gefühl, dass er dich loswerden wollte.« Sie überprüfte Freds Windel. »Als er ins Hotelzimmer hochkam, war er erhitzt und wütend. Irgendwie schien er verängstigt zu sein, und nach Alkohol und Zigaretten hat er gerochen. Raucht er?«

Ich dachte nach. »Nein. Seine Hände sind sauber, sein Atem ist okay, und seine Zähne sind fast perlweiß. Außerdem habe ich nie gesehen, dass er sich eine angesteckt hat. Trinken tut er aber.«

»Und wie, er hat fast eine halbe Flasche Wodka getrunken. Er hat mir übrigens eine Menge Fragen über deine Vergangenheit gestellt, über meine auch.«

»Was hast du ihm erzählt?«

Sie lächelte süß. »Die Wahrheit natürlich. Erinnerst du dich nicht mehr an unsere Regel?«

Ich erwiderte ihr Lächeln. »Ja. Sag deinem eigenen Anwalt immer die Wahrheit, Lügen kannst du dem Anwalt deines Gegners erzählen.«

Wieder so eine goldene Regel unter Dieben. Ich dachte darüber nach und sagte langsam: »Walsh hat ihn unter Druck gesetzt. Ich glaube, er ist zu dir gegangen, um das zu verarbeiten.«

»Schön. Wird er einknicken?«

»Ich bezweifle es. Er ist zu wütend. Er wird noch wütender werden, wenn ich ihm das Band zu hören gebe.«

»Ja, das wird er.«

Wir sahen uns über das Bett an und lächelten. Zwischen uns lag das Band, und es strömte sein Gift aus.

10

Als ich aus dem Krankenhaus entlassen wurde, zwangen sie uns, ein Taxi zu nehmen. Ich diskutierte herum, und erst als Dr. Leung mir androhte, er würde mich sonst dabehalten, war ich schließlich einverstanden. Claire hatte sich eine Tasche mit meiner Kleidung über eine Schulter gehängt und schob den Wagen mit Fred vor sich her, während Leung mich im Rollstuhl schob und mit einer trockenen, ausdruckslosen Stimme seine Ermahnungen herunterrasselte.

» … und gönnen Sie sich Ruhe. Kein Stress, keine Anstrengungen und keine Übungen außer denen, die wir besprochen haben. Kein Alkohol, kein Kaffee, nichts Koffeinhaltiges. Das würde Ihren Kreislauf belasten, wenn man bei Ihnen davon überhaupt noch sprechen kann.«

Die Schwestern und Pfleger beachteten uns nicht, als wir an ihnen vorbeikamen, und schließlich hatten wir es bis zum Haupteingang geschafft.

»Kein rotes Fleisch. Fisch oder Hähnchen würden aber nicht schaden. Aber nur ein bisschen.«

»Doc?«

Er lehnte sich über mich, bis ich seine Nase sehen konnte.

»Ja?«

»Sie haben einen miesen Umgangston mit Ihren Patienten.«

Er lächelte und schob mich weiter.

Die Pfefferminz-Schwester holte uns ein und drückte mir etwas in die Hände. »Mr Haaviko? Das haben Sie vergessen …«

Das war ein kleiner Strauß Löwenzahnblüten, die Claire und Fred mir gepflückt hatten. Die Schwester atmete laut aus, wischte sich theatralisch die Stirn ab und ging wieder.

Claire unterdrückte ein Lachen. »Sie mag dich.«

Leung schob den Rollstuhl nach draußen zu einer Bank vor der Tür, dann hielt er Claire die Tür auf. Sie lächelte leicht und klappte den Kinderwagen zusammen. Mit viel Mühe wuchtete ich meinen Hintern auf die Bank und setzte mich.

»Wie kommst du darauf?«

Claire hatte den zusammengeklappten Kinderwagen unter den einen Arm geklemmt, den zappelnden Fred unter den anderen. »Sie hatte drei Knöpfe offen, und außerdem hat sie *so* gemacht.«

Sie holte tief Luft, und unter der Bluse hoben sich ihre Brüste. Ich spürte ein Kribbeln, den ersten wirklichen Drang nach Sex, seitdem ich verprügelt worden war. Claire entging das nicht, und sie zwinkerte mir zu, während Leung mir auf die Füße half.

Das Taxi wartete bereits, und ein rothaariger Junge von knapp zwanzig öffnete die Tür. Ich ließ meine Familie zuerst einsteigen.

Leung streckte eine Hand aus. »Also, Mr Haaviko oder Mr Parker oder was auch immer. Es war mir ein Vergnügen, und ich hoffe, ich sehe Sie nie wieder.«

Ich schüttelte seine eigenartig schlaffe und leblos wirkende Hand.

»Ganz meinerseits. Da ist übrigens gerade ein Buch erschienen, *Wie ich Freunde gewinne und Menschen beeinflusse*. Ich schicke Ihnen ein Exemplar.«

Das brachte ihn zum Lächeln, und er verbeugte sich leicht. »Viel Glück.«

Leung nickte dem Fahrer zu, und wir fuhren los. Etwa zehn Blocks weiter war das Krankenhaus nicht mehr zu sehen, und allmählich entspannte ich mich ein wenig.

»Können wir hier aussteigen?«

»Warum? Es sind doch noch fast sechs Blocks bis nach Hause«, fragte Claire.

»Ich brauche Bewegung.«

Also stiegen wir an der Ecke aus. Sie bezahlte das Taxi, während ich mühsam den Kinderwagen auseinanderklappte und Fred hineinsetzte. Die Main Street verlief parallel zum Red River, und zwischen der Straße und dem Flussufer war ein breiter Park mit Bäumen angelegt. Ein paar Leute angelten, andere gingen an den Läden vorbei. Die Autos parkten am Straßenrand, und die Leute sagten hallo und guten Tag zueinander. Die Sonne war hell und nicht zu warm, und wir gingen sehr langsam zum Fluss.

»Schau mal, da drüben, ein Coffee Shop mit Imbiss«, sagte ich. »Weit und breit kein Starbucks, keine kolumbianische Spezialmischung mit extra viel Koffein für den zusätzlichen Suchtfaktor, kein Smog, kaum Penner, wenig Straßenkriminalität. Zu viele Handys allerdings. Aber nicht so schlimm wie in Toronto, Gott sei Dank.«

Claire sagte nichts und ließ mich Fred schieben, bis sie sich schließlich bei mir einhängte und den Kinderwagen mit einer Hand schob. »Du machst das ganz falsch. Lass mich mal.«

Wir gingen schweigend weiter und kamen an einem leeren Baseballfeld und einem kleinen Sandkasten vorbei.

»Es tut mir leid, aber ich muss dir was sagen. Ich habe mir ein bisschen Geld von meinen Eltern geliehen.«

Es tat ihr nicht leid, nicht wirklich, sie wollte nur höflich sein, aber ich ließ es dabei bewenden. Wir gingen an

Ständen mit Hot Dogs und Pommes vorbei. Vom Fluss her drang Geschrei zu uns hoch, denn einer der Angler hatte offensichtlich etwas Großes gefangen. Also drehten wir uns um und beobachteten den Kampf zwischen einem sechsjährigen Jungen und einem dicken silbernen Karpfen. Wir suchten uns eine Bank und setzten uns hin. Sofort begann Fred zufrieden zu schnarchen.

»Sam, jetzt komm, lass uns darüber sprechen. Was bedeutet es für dich, dass ich das Geld geliehen habe? Was hast du für ein Gefühl dabei?«

Zuerst wollte ich sie anlügen, dann wurde ich wütend, aber ich ließ mir nichts anmerken. »Ein schlechtes. Als wäre ich ein Versager. Ich kann aber nichts daran ändern. Wie viel haben wir zurzeit in der Kasse?«

»Die Miete für diesen Monat ist bezahlt. Und dann haben wir noch genug für einen weiteren Monat und für Lebensmittel für drei Wochen. Für vier oder fünf, wenn wir uns das Essen für Bedürftige holen. Das soll gar nicht so schlecht sein.«

Lange Pause.

»Was gibt es denn da so?«

»Nudeln und Hackfleisch.«

»Oder Leber und Kartoffeln.«

»Igitt!«

Sie presste die Seite ihres Hinterteils an meine Hüfte.

Ich wechselte das Thema. »Nette Stadt.«

Claire tätschelte mein Knie und drückte dann meine Schulter. Fred bewegte sich schwerfällig und streckte irgendwann sein Hinterteil in die Luft. Sie betrachtete ihn nachdenklich und sagte: »Du klingst resigniert.«

»Na ja, wir werden wohl nicht hier bleiben, oder? Und das bedeutet, ich kann mir zwar alle möglichen Sachen ausmalen, die wir hier vielleicht erleben könnten, aber das nützt mir nichts.«

Auf der anderen Seite der Main Street konnte ich einen älteren Mann sehen, der vor einem Friseurladen mit einem Handbesen den Bürgersteig fegte. Ab und zu unterbrach er seine Tätigkeit für ein Schwätzchen mit einem Passanten. Ich wollte gerade etwas sagen, als Fred uns mit einem lauten Furz zum Lachen brachte.

Sofort wurden die stechenden Schmerzen wieder stärker. Als ich wieder Luft bekam, sagte ich: »Weißt du noch, was sie an der Küste sagen?«

»Was denn?«

Ich holte meinen schlimmsten Neufundland-Akzent hervor. »Also, mein Junge, dein Husten klingt aber wirklich schon besser.«

Claire schnaubte einmal und deckte Fred wieder zu. Der alte Mann auf der anderen Straßenseite machte sich wieder an seine Arbeit, dann putzte er eine Ecke seines Schaufensters mit dem Zipfel seines Ärmels und etwas Spucke. Ich beobachtete ihn weiter und sagte: »Weißt du, in Edmonton würdest du so etwas nie sehen.«

Claire nickte. »Oder in Calgary, oder in Vancouver, und schon gar nicht im großen, bösen alten Toronto. Da würde nie jemand seinen Bürgersteig kehren. Alle würden abwarten, bis die Stadt es macht oder der Wind stärker wird.«

»Ja. Es ist wirklich eine sehr nette Stadt. Freundlich, sauber, und vor allem haben wir hier keine Vergangenheit. Es tut einem richtig gut, hier zu sein.«

Fred wachte auf und nörgelte herum, bis ich ihm meinen Finger zum Beißen gab. Das beruhigte ihn, und er machte sich daran, darauf herumzukauen. Ich überlegte, wie oft ich diesen Finger benutzt hatte, um jemanden zu verletzen, um jemandem Schmerzen zuzufügen, um zu rauben oder zu stehlen. Fred war das egal, er wusste nichts davon, und er machte sich auch keine Gedanken darüber.

In diesem Augenblick spürte ich nichts anderes in mir als Liebe. Claire lehnte sich zurück, und ich konnte fühlen, wie sie sich entspannte. Wie immer wusste sie es vor mir. Als sie weiterredete, war ihre Stimme heiser. »Du bist sauber hier, und ich bin es auch.«

»Genau. Niemand sucht mich allzu intensiv. Außerdem hatte ich noch nie einen richtigen Job, und irgendwie würde ich gerne rausbekommen, wie das ist.«

Sie stand auf und half mir auf die Füße, während Fred von einem zum anderen blickte und mit seiner Spucke Blasen machte.

»Also gut«, sagte Claire schließlich. »Das wäre entschieden, gehen wir nach Hause. Ich bin sicher, dein verdammter Hund hat inzwischen das ganze Haus auf den Kopf gestellt.«

Als wir die Straße entlanggingen, hängte ich mich wieder bei ihr ein. »Wie kommt es, dass er *mein* Hund ist, wenn er etwas anstellt, und *dein* Hund, wenn er sich benimmt?«

Sie lachte und verweigerte mir die Antwort, was ich absolut unfair fand.

11

Und, wie sehe ich aus?«

»Wie ein Exhäftling auf Arbeitssuche.«

Ich trug einen teuren hellgrauen Anzug mit einem blassblauen Baumwollhemd und einem Paar Oxfords mit Stahlkappen, recht nützlichen Überbleibseln aus meinem Leben als Verbrecher, ungemein hilfreich, wenn man eine Tür eintreten oder eine Kniescheibe zerschmettern will, ohne sich dabei eine Zehe zu brechen.

»Aber ein attraktiver, zuverlässiger, ehrlicher Exhäftling auf Arbeitssuche, oder?«, fragte ich gereizt, denn die Kleidung ließ mich in meinen Augen wie einen Verlierer wirken. Diese Aufmachung, das war nicht ich selbst, das war meine Verkleidung für Gespräche mit Richtern und Staatsanwälten.

»Ich habe einen Witz gemacht. Nur einen Witz.« Claire ging um mich herum und rückte die Krawatte zurecht.

Frederick kam angekrochen und biss mich ins Knie, was mich etwas aufmunterte. »Wenigstens du liebst mich noch, Fred, oder?«

Er biss weiter. Ich setzte mich hin und fing an, mit ihm zu kämpfen, was ihm zu gefallen schien. Frederick hatte mein blondes Haar und Claires schokoladenbraune Augen geerbt, dazu eine aggressive Persönlichkeit, die er von weiß Gott woher hatte. Er war zehn Monate alt, und wir hatten ihn gezeugt, kurz nachdem Claire und ich beschlossen hatten, dass es für mich jetzt an der Zeit wäre, ehrlich zu werden. Der Hund kam herüber und leckte uns beide ab, was Frederick einige Grunzlaute entlockte.

»Uff, uff.«

»Claire, er hat ganz deutlich *Daddy* gesagt.«

»Er hat *Uff* gesagt, und das bedeutet *Hund.*« Genauer gesagt, *unser Hund*. Andere Hunde heißen *Uffa*. Ob das jetzt Plural ist oder nicht, kann ich dir nicht sagen. Du musst wirklich aufpassen, was so um dich herum passiert. Um das Thema zu wechseln, das ist wirklich eine hässliche Krawatte, aber das weißt du ja selbst, stimmt's?«

Ich ignorierte sie. Die Krawatte war acht Jahre alt, und ich hatte damals eine aus schwarzem Leder gewollt, aber das war gerade unmodern gewesen. Fred packte Renfield und umarmte ihn energisch, und ich musste ihn retten, bevor einer der beiden ernsthaft gebissen wurde. Der Junge wand sich heftig, bis ich ihn absetzte. Dann krabbelte er in Richtung Wohnzimmer davon, wie immer auf der Suche nach einem neuen Objekt für seine Zerstörungslust.

»Steh auf.« Claire band die Krawatte neu und trat einen Schritt zurück, um ihr Werk zu bewundern. Dann gab sie mir einen schmalen Aktenkoffer aus schwarzem Leder, auf dem in schmuckvollen Goldbuchstaben N.S.T. geschrieben stand. Es war ein altmodisches Stück, das Claire auf einem Flohmarkt in Edmonton gekauft hatte und das zurzeit meine Bewerbungsunterlagen, also größtenteils Lügen, enthielt. Bisher hatten wir uns noch nicht darüber einigen können, was N.S.T. bedeutete oder ob das auch nur die geringste Rolle spielte.

»Gehe hin und suche Lohnarbeit«, sagte sie feierlich. »Ich habe ein Haus zu putzen.«

Sie küsste mich, und ich küsste sie, und dann machte ich mich auf den Weg. Bevor ich das Ende der Einfahrt erreicht hatte, hatte sie bereits den Staubsauger eingeschaltet, und Renfield bellte diesen Eindringling in seinem Revier lautstark an. Am Ende der Einfahrt drehte ich mich um, betrachtete das zweistöckige Haus, das wir gemietet hatten, und schüttelte den Kopf. Es vermittelte mir noch immer nicht das Gefühl, als wäre es ein Heim. Ich war mir nicht sicher, was das Wort *Heim* bedeutete, aber dieses Haus war es nicht. Es war nicht gemütlich oder einladend. Nichts stand an seinem Platz, obwohl Claire den größten Teil der Kisten ausgepackt hatte. Sie kam ans Fenster und machte eine Handbewegung, als wollte sie mich wegscheuchen, und so ging ich weiter in Richtung Main Street und freute mich über die Sonne, die mir auf den Nacken schien.

Während ich ging, sah ich mir die Häuser auf beiden Straßenseiten an. Sie waren sauber, zwei oder drei Stockwerke hoch, mit mäßig gepflegten Vorgärten, überall lag Spielzeug auf dem Rasen herum. Bei einigen Häusern war der Rasen ungepflegt, sodass die nackte Erde zu sehen war, und von den Seitenwänden blätterte die Farbe ab. Um sich den Anblick dieser Schandflecken zu ersparen, hatten die Nachbarn hohe Zäune aufgestellt.

Auf der Main Street wandte ich mich nach rechts in Richtung Innenstadt. Ich wurde jetzt schon müde, aber ich musste einen Copy Shop finden. Claire hatte es geschafft, fingierte Bewerbungsunterlagen auf ihrer gebrauchten Underwood zu tippen, aber bisher gab es nur ein einziges Exemplar davon. Schließlich fand ich einen solchen Laden, ließ mir fünfzig Kopien machen und fragte das Mädchen an der Kasse, wo ich einen Kaffee bekommen könnte.

»Äh, weiß nicht. An der Ecke ist ein Imbiss. Hilft Ihnen das weiter?«

Die Kopien wurden in meiner Tasche verstaut, zusammen mit einer Schachtel Büroklammern, die zu bezahlen mir gerade noch rechtzeitig einfiel.

»Eigentlich suche ich was, wo man sich hinsetzen und eine Tasse Kaffee trinken kann. Ein Restaurant oder eine

Bar oder ein Hotel, so was in der Richtung. Aber kein Starbucks.«

Ihre Augenbrauen zogen sich wieder auseinander, und sie schickte mich zu einer Bäckerei einen Block weiter, die unter einer Markise fünf Tische aufgestellt hatte. Es gab vier Gäste, zwei alte Männer, sie saßen allein vor ihren kleinen Tassen Kaffee, und zwei Frauen mittleren Alters in Hosenanzügen. Ich setzte mich, und eine Minute später kam ein junger Mann mit dunklem lockigem Haar, blauen Augen und einem Goldohrring mit einer Speisekarte in der Hand heraus. Er trug einen weißen Overall mit Schürze, in einer Tasche steckte zusammengeknüllt eine Kochmütze.

»Guten Morgen, kann ich Ihnen etwas bringen?« Er rollte das R.

»Klar. Könnte ich die Speisekarte sehen?«

Als er sie mir gab, bemerkte ich das Mehl an seinen Händen. »Arbeiten Sie auch in der Bäckerei?«

»Ja. Mit meinen Brüdern und meinem Vater. Wir wechseln uns ab mit der Bedienung der Kunden hier draußen.«

»Das ist schön. Könnte ich bitte einen großen Kaffee mit Sahne und Zucker bekommen, und was Sie an Gebäck empfehlen.«

Er lächelte kurz, bevor er zurückging, um die Bestellung zu erledigen. Vielleicht hatte er gelächelt, weil er nicht oft nach seiner Meinung gefragt wurde. Ich musste an Smiley denken, einen Ganoven, den ich einmal gekannt hatte. Er war der Ansicht, dass die Leute es gern hätten, wenn man sich nach ihrer Meinung richtete, wenn man höflich zu ihnen war und ihnen persönliche Fragen stellte. Also saß ich hier und versuchte, nett zu sein, und das schien tatsächlich zu funktionieren.

Der Bäcker kam mit meinem Kaffee und einer Blätterteigtasche mit einer dunkelgelben Füllung zurück. Bevor er wieder verschwinden konnte, winkte ich ihn näher.

»Ist das eine Käsetasche?«

Er nickte.

»Eine echte Käsetasche? Die letzte echte Käsetasche habe ich in Chicago gegessen, und das ist Jahre her.«

»Ja, sie ist echt, und sie tut Ihnen bestimmt nicht gut. Lassen Sie sie sich aber trotzdem schmecken.«

Das tat ich. Als ich fertig war, lehnte ich mich zurück, leckte mir die Fingerspitzen ab und trank noch etwas Kaffee. Der war auch gut, aber er hatte nicht die Klasse der Käsetasche. Als der Bäcker wiederkam, ließ ich mir nachschenken. »Machen Sie auch Bagel?«

Er lächelte breit und nickte.

»Dann komme ich wieder.«

Nach dem zweiten Kaffee heftete ich die Kopien meiner Bewerbung zusammen und verstaute sie in meinem Aktenkoffer. Dann zahlte ich, gab die Hälfte des Betrags als Trinkgeld und ging weiter. Ich schätzte, ich würde heute fünf oder sechs Blocks schaffen, und morgen vielleicht wieder.

Als ich nach drei heimkam, fand ich Claire auf Händen und Knien mit dem Kopf im Backofen. Ich bewunderte ihr Hinterteil und hörte Fred zu, der auf einem Kissen unter dem Tisch im Esszimmer geräuschvoll schlief.

»Meine Lieblingsansicht.«

Sie drehte sich nicht um, schob aber eine Hand zwischen ihren Beinen nach hinten und zeigte mir den Stinkefinger. »Wie ist es gegangen?«

Unter dem einzigen Küchenfenster stand ein kleiner Tisch, und an den setzte ich mich und nahm einen Apfel aus dem Korb. »Sie waren höflich. Niemand hat sich geweigert, meine Bewerbung anzunehmen, aber was Konkretes ist noch nicht dabei rausgekommen. Es waren hauptsächlich Familienbetriebe und Tante-Emma-Läden.«

Sie zog ihren Kopf hervor und holte tief Luft. Sie hatte Fettflecken an ihren Unterarmen und ihrem Kinn, und es roch stark nach Backofenreiniger. »Was zum Teufel hast du erwartet?« Sie stand auf, ließ den Lappen fallen, kam zu mir herüber und sprang mir auf den Schoß. Ich zuckte mit den Achseln und legte eine Hand auf ihre Hüfte.

»Ich weiß es nicht, Baby. Ich hatte noch nie einen Job.«

Sie lehnte sich zurück und sah mich entgeistert an. »Meinst du das ernst?«

»Ja. Völlig. Ich habe entweder gestohlen oder war im Gefängnis. Einen richtigen Job hatte ich noch nie.«

Sie lachte leise, und dann nahm sie meine Hand und schob sie sich in den Ausschnitt ihrer Bluse. »Weißt du, was wir jetzt machen, damit es dir besser geht?«

Ich wusste es nicht, aber sie wusste es. Wir hätten es auf dem Küchentisch gleich noch ein zweites Mal gemacht, wenn Fred nicht aufgewacht wäre und angefangen hätte zu schreien.

12

Am nächsten Morgen war ich um sieben Uhr auf den Beinen und ging die Main Street entlang.

Ich schaffte noch dreißig Firmen, bis ich um die Mittagszeit eine Pause auf einen Bagel in der Bäckerei machte. Er war fast, aber nicht ganz so gut wie die Käsetasche. Der Bäcker lieh mir ein Exemplar der lokalen Gelben Seiten, und so saß ich damit in der kühlen Frühjahrssonne und machte mir Notizen auf der Rückseite einer der Bewerbungen.

»Noch Kaffee?«

»Bitte.«

Der Bäcker blieb trotzdem hinter mir stehen und las über meine Schulter hinweg mit. »Auf Jobsuche?«

»Ja.«

Er wartete, wahrscheinlich auf nähere Erklärungen von mir, aber da kamen keine. Schließlich schniefte er laut. »Es ist eine gute Jahreszeit dafür.«

Er sah zu den Wolken hoch, und als ich noch immer nichts sagte, schniefte er wieder und ging zurück in das Haus.

Mein Ärger verflog schnell. Es war merkwürdig, aber wenn man im Gefängnis jemandem zu sehr auf die Pelle rückte, dann lief man Gefahr, dass man zusammengeschlagen, abgestochen oder vergewaltigt wurde. Hier draußen schien das was ziemlich Alltägliches zu sein, und offensichtlich machte sich niemand viel daraus oder dachte auch nur darüber nach. Ich hatte außerdem den Verdacht, dass man mich schief ansehen würde, wenn ich jemanden zusammenschlug, weil er mir über die Schulter geschaut hatte. Allmählich ging mir auf, dass es schwer werden würde, gesetzestreu zu bleiben und sich in diese neue Welt einzufügen. Es gab weder Orientierungspunkte noch Richtungsschilder, die mir verrieten, wie ich mich zu verhalten hatte.

In den Gelben Seiten waren in der Nähe viele Betriebe aufgelistet: Werkstätten, Lebensmittelläden, Warenhäuser, Billigläden, Bars, Restaurants und dergleichen mehr. Sie alle brauchten ungelernte Kräfte, und dafür war ich eindeutig qualifiziert, aber sie bezahlten auch sehr schlecht, den Mindestlohn von etwa 7 Dollar 25, wie ich durch einen Anruf beim Arbeitsamt erfahren hatte. Ich rechnete mir das aus und kam, die Steuern abgerechnet, auf einen Gesamtlohn, der uns ohne die Miete etwa vierhundert Dollar im Monat zum Leben lassen würde. Allerdings nur, wenn ich vierzig Stunden in der Woche arbeiten konnte.

»Das kann doch nicht stimmen!«

Ich rechnete es noch einmal durch und sah mich dann um. An der Theke saßen zwei alte Männer, einer von beiden drehte sich langsam um und sah mich an. Also starrte ich zurück, wie ich das in der harten Schule hinter Gittern gelernt hatte. Er war klein, knapp über eins fünfzig, mit langen Armen. Büschel weißer Haare fielen ihm tief in die Stirn, bis zu den grauen Augenbrauen. Er trug eine Khakihose und ein weißes Hemd, das ihm bestimmt drei Nummern zu groß war. Seine Haut war dunkel gebräunt, und seine Augen waren klein und braun und hatten sehr schöne Wimpern, wie die eines jungen Mädchens.

»Kann ich Ihnen helfen?«

»Kommt drauf an. Suchen Sie Arbeit?«

Ich faltete die Bewerbung zusammen und nahm einen Schluck Kaffee.

Der alte Mann sah nicht so aus, als hätte er selbst einen Job, und schon gar nicht, als könnte er jemanden einstellen, aber ich konnte mich ja täuschen.

»Klar.«

»Viel Hilfe brauche ich nicht, aber ein bisschen schon. Vielleicht eine Stunde pro Woche. Ich zahle zehn Dollar bar auf die Hand.«

Er kam mit seinem Kaffee zu meinem Tisch herüber und setzte sich zu mir, bevor er weitersprach. »Ich habe einen Laden für Bogenschießen die Straße runter, und ich bekomme wöchentlich eine Lieferung rein. Ich muss die Tür im Auge behalten, während jemand die Kisten reinträgt. Ich bin zu alt dafür. Der scheiß Fahrer rührt nichts mehr an, sobald sein Laster steht. Was halten Sie davon?«

Zehn Dollar würden den Kaffee von gestern und heute abdecken, also war ich einverstanden.

Der Laden des Alten hieß »The Buttes«, und ich versuchte, einen Witz darüber zu machen, weil »butt« ja auch Arsch heißt.

»Das ist eine aus der Mode gekommene englische Bezeichnung für eine Zielscheibe beim Bogenschießen.«

»Ach so.«

»Jetzt kommen Sie sich bestimmt ziemlich doof vor, oder?«

Ich ignorierte ihn, und er zeigte mir, wo der Laster hinter seinem Laden halten würde und wo ich die Kisten aufstapeln sollte. Dann führte er mich zurück zu der Vorderseite und schloss mit einem Schlüssel an einem großen Schlüsselring auf. Drinnen entfernte er ein lackiertes Schild von der Tür und hängte es zu anderen an einen Haken. Während er nach hinten ging, um das Licht einzuschalten, las ich die anderen Schilder. »Jagdsaison für Rehe«, »Bin zum Angeln«, »Bin zum Kaffee beim Griechen. Bin gleich zurück« und »Mittagspause. Bin bald wieder da«.

»Man muss den Kunden immer gleich sagen, woran sie sind.«

Ich hängte meinen Mantel und meine Weste an ein Drehgestell mit merkwürdig aussehenden Bögen und sah mich in dem unglaublichen Chaos um. An den Wänden hingen Unmengen von Bögen; die einen waren zum Ausleihen, die anderen zum Kaufen, und verschiedene große Modelle mit Rollen und Gegengewichten standen in der Nähe der Kasse. In Regalen in der Mitte des Verkaufsraums waren Tarnkleidung für Jäger, Taschen, Zubehör, Köcher und eine verwirrende Vielfalt von Pfeilen und anderen Ausrüstungsgegenständen gestapelt. Das hintere Ende des Raums bildeten zwei Schießbahnen von etwa zwanzig Metern Länge, die in übereinandergestapelten, mit Industrieklammern verbundenen Pressspanplatten endeten.

»Schöner Laden, was?«

»Mir fehlen die Worte. Gibt es wirklich eine so große Nachfrage nach Zubehör zum Bogenschießen?«

Der alte Mann hörte den Anrufbeantworter ab und machte sich Notizen auf einem Klemmbrett, das an der Wand hing. »Oh ja! Zu mir kommen Jäger. Möchtegern-Olympiasieger, Präzisionsschützen, Schulen, Clubs. Mein Gott, heutzutage treffen sich bei mir sogar Verliebte zu einem Date. Mir geht es gut.«

Er kratzte sich an der Nase und fuhr fort. »Na ja, verstehen Sie mich nicht falsch. Das Geschäft könnte besser gehen. Es könnte immer besser gehen, das ist doch klar. Ich schließe Ihnen die Hintertür auf.«

Er ging die Einfahrt entlang bis fast zur Hausecke und blieb bei einer alten, zerschossenen Zielscheibe stehen. Daneben befand sich eine Stahltür mit einem komplizierten Schloss. Er schloss auf, öffnete die Tür und stellte sie mit einem Keil fest.

»Der Laster müsste jeden Augenblick hier sein. Mein Name ist übrigens Frank, und Ihrer …?«

»Oh. Sam Parker. Freut mich, Sie kennenzulernen.«

Wir gaben uns die Hand, dann kratzte er sich wieder an der Nase. »Also schön. Wenn der Lieferant kommt, laden Sie den Kram in der Mitte dieser Schießbahn hier ab, und dann sind wir quitt, und ich bezahle Sie. Okay?«

Die Glocke im vorderen Teil des Ladens kündigte Kundschaft an. Also ging Frank hin, während ich auf die Auslieferung wartete. Zwanzig Minuten später traf der Fahrer ein, stieß einen Fünftonner-Diesel in die Einfahrt zurück und schrammte dabei auf beiden Seiten an der Wand entlang. Der Fahrer sprang heraus. Er brachte eine Wolke aus getrocknetem Urin, Testosteron und Mundgeruch mit, als er mit dem rollenden Gang eines Seemanns auf mich zukam. Er war klein und dick und hatte eine Warze direkt in seinem linken Augenwinkel.

»Wo ist der Alte?«

Von drinnen konnte ich Wortfetzen hören, dazwischen in regelmäßigen Abständen der wuchtige Aufschlag eines Pfeils auf der Zielscheibe. Ich zeigte über meine Schulter. »Er ist vorne. Muss er was unterschreiben?«

Der Fahrer drückte mir ein stark gebrauchtes Klemmbrett in die Hand und rülpste. »Ja.«

Während ich die Lieferscheine zu Frank brachte, blätterte ich die Formulare durch und stellte fest, dass der Fahrer eine Seite aus einem Porno-Magazin auf das Klemmbrett geklebt hatte. Das Bild zeigte eine fette, hässliche Frau, die sich beide Hände in die Vagina geschoben hatte und sie auseinanderzog, was ihr offensichtlich sehr gut gefiel. Ich schüttelte mich, schlug die Formulare wieder zurück und ließ Frank quittieren.

»Sie sehen genervt aus.«

»Achten Sie nicht drauf.«

»Sie haben sich das Bild angesehen, nicht wahr?«

»Ich sagte, achten Sie nicht drauf. Das meine ich ernst.«

Frank kratzte sich mit der breiten Spitze eines Pfeils an der Nase. »Ich glaube, das könnte sogar seine eigene Frau sein.«

Ich machte mich auf den Rückweg, und er rief mir hinterher: »Oder seine Schwester.«

Als der Fahrer seine Unterlagen zurückhatte, öffnete er die Seitenklappe und trat zurück.

»Fangen Sie an mit dem Scheiß. Die ersten beiden scheiß Platten, und lassen Sie keine scheiß Verpackung zurück. Scheiße.«

Die Paletten waren etwa zwei Meter im Quadrat und drei Meter hoch und bestanden aus bunten Kisten mit Ausrüstungsgegenständen für Bogenschießen und Camping, dazu Zelte, Taschen und Tarnanzüge. Sie waren alle mit einer dicken Plastikfolie eingepackt. Ich stieg hoch und betrachtete den Stapel.

»Na los, ich habe nicht den ganzen scheiß Tag Zeit!«

Es führte kein Weg dran vorbei. Ich packte eine Ecke der Plastikfolie und machte mich daran, sie aufzureißen.

Als ich die oberste Lage ausgewickelt hatte, nahm ich die erste Kiste herunter und sah mich nach einer Stelle um, wo ich sie abstellen konnte. Schließlich musste ich wieder heruntersteigen und sie neben der Tür abstellen. Währenddessen hatte sich der Fahrer eine kleine Kühlbox aus dem Fahrerhaus geholt, trank eine Dose Bier daraus und aß dazu ein riesiges Sandwich mit Frikadellen, von dem eine dünnflüssige rote Brühe vor ihm auf den Boden tropfte. Er bemerkte meinen Blick und wedelte mit der Dose durch die Luft.

»Keine Sorge, das ist nur amerikanisches scheiß Bier. Das ist wie Pisse.«

Ich brauchte fast eine Stunde, um beide Paletten auszuladen. Als ich fertig war, knallte der Fahrer die Seitenklappe zu und klemmte mir dabei fast die Finger ein.

»Für den Scheiß hast du ja lange genug gebraucht.«

Er war sowieso schon klein, vielleicht dreißig Zentimeter kleiner als ich, und um einiges schwerer, aber er schmolz noch weiter zusammen, als ich auf ihn zuging. Ich lächelte ihm ins Gesicht, und er griff an seinen Gürtel, an dem irgendein Werkzeug oder vielleicht ein Klappmesser in einem Futteral aus Lederimitat hing.

»Weißt du …«

Er zog die Schultern hoch und öffnete den Verschluss des Futterals. Er brauchte dazu beide Hände. Das eröffnete mir ungeahnte Möglichkeiten, und mein Lächeln wurde noch bösartiger.

»… ich könnte dir zeigen, wie man einen kolumbianischen Schlips trägt. Der würde dir stehen. Zuerst schneide ich dir die Kehle durch, aber nur ein bisschen, direkt unter deinem Kinn. Dann ziehe ich dir die Zunge richtig fest durch den Schnitt, bis sie außen am Hals runterhängt. Du verblutest dann nicht, du erstickst. Es ist schon eine Weile her, seit ich das zum letzten Mal gemacht habe, aber wir können es ja mal versuchen, es wird mir schon wieder einfallen.«

Er erstarrte, dann zog er sich rasch zurück, und innerhalb von Sekunden war er in seinen Laster gesprungen und weggefahren. Nun machte ich mich daran, die Kisten in den Laden zu schaffen. Frank sah mir eine Weile dabei zu, dann kam er nach hinten, um sich von meinen Fortschritten zu überzeugen.

»Fehlt Ihnen was?«

»Ich hatte neulich was am Rücken. Deshalb muss ich vorsichtig sein. Ich hoffe, das macht Ihnen nichts aus.«

Frank kratzte sich wieder an der Nase und dachte darüber nach. Er hatte einen großen Bogen aus Fiberglas und Aluminium in der Hand, der mit Tarnfarben angestrichen war. An beiden Enden waren große Zugrollen, die Sehne dazwischen war stramm gespannt. Er wechselte das Thema.

»Haben Sie je geschossen?« Frank sah mich über die eine Seite des Bogens hinweg an.

Ich antwortete: »Mit einem Bogen? Nein.«

»Sie sollten das mal versuchen, es ist sehr entspannend. Richtig friedlich sogar.«

Ich stellte die letzte Kiste ab und streckte mich, um meine Rückenmuskeln zu lockern. »Ist es schwer?«

»Überhaupt nicht. Nehmen Sie den hier. Der hat einen Zug von fünfzig Pfund, aber Sie brauchen am Scheitel nur fünfundzwanzig zu halten. Damit darf man legal auf Rehe, Elche, Bären, überhaupt auf alles schießen, was Sie in Kanada oder den Staaten finden können. Mit einem Pfeil können Sie auf Kaninchenjagd gehen, dann die Pfeilspitze wechseln und einem Grizzly ein fünf Zentimeter großes Loch durch die Brust schießen. Dann wechseln Sie wieder und zielen auf Fische. Bögen sind vielseitig, im Gegensatz zu Schusswaffen.«

»Na ja …« Ich nahm die letzte Kiste von dem Laster hoch.

»Lassen Sie mich die noch verstauen, und dann können wir reden.«

Frank nickte. »Und schießen.«

»Solange es nichts kostet.«

»Beim ersten Mal kostet es nie was.«

Ich machte mit meiner Arbeit weiter. Beim ersten Mal kostet es nie was. Weder drinnen noch draußen.

13

Claire hielt mich mit ausgestreckten Armen von sich weg, als ich an diesem Nachmittag nach Hause gekommen war, und schnüffelte vernehmlich.

»Mein Gott, ich rieche Schweiß, ich glaube wirklich, der Junge hat geschwitzt.«

Eine Antwort darauf schien sie nicht zu erwarten, denn sie drückte mir Fred, der mitten in seiner eigenen Geruchswolke steckte, in die Arme, drehte sich um und ging zurück in die Küche.

»Das ist nicht fair! Frederick hat sich vollgeschissen!«

Fred nickte ernst und versuchte, sich kopfüber auf den Boden zu stürzen. Ich wickelte ihn, ging nach oben zum Duschen, baute aber vorher sorgfältig das Babygatter in die Tür von Freds Zimmer und verriegelte es trotz seiner empörten Schreie.

»Ich gehe duschen!«

»Du weißt ja gar nicht, wie sehr mich das freut. Das Essen ist in zehn Minuten fertig.«

Zuerst kam nur kaltes, dann heißes und schließlich warmes Wasser. Ich zog eine schwarze Hose und ein ärmelloses weißes Hemd an. Als ich herunterkam, fand ich das Esszimmer von Kerzen erleuchtet. Fred war inzwischen wieder befreit worden und döste in seinem hohen Kinderstuhl.

»Monsieur.« Claire führte mich zu meinem Platz an dem wackligen alten Spieltisch, den wir benutzten, seit die Polizei unseren Esstisch beschlagnahmt hatte. Gott weiß, warum. Wahrscheinlich, um ihn auf Blutspuren oder anderes wichtiges Beweismaterial zu untersuchen, und das trotz meiner zwei Geständnisse. Aus Erfahrung wusste ich, dass wir den verdammten Tisch frühestens in einem Jahr wiederbekommen würden. Wahrscheinlicher war es allerdings, dass wir ihn nie wieder sehen würden, oder höchstens zufällig im Privathaus eines Polizisten oder bei einer Fundsachenversteigerung.

Ich setzte mich hin, und Claire brachte einen Teller mit einem sehr großen, noch recht blutigen Stück Fleisch und einer großen Menge Peperoni, die in einer ebenfalls blutig aussehenden Sauce schwammen. Neben dem Fleisch lag eine einzelne dampfende Folienkartoffel, dazu gab es eine kleine Schale Blattspinat.

Claire nickte mir wahrhaft königlich zu, und ich platzte heraus: »Willst du mich umbringen? Weißt du noch, was der Arzt gesagt hat? ›Kein Fleisch, höchstens vielleicht ein wenig Hähnchen.‹ Hilfe, Hilfe, meine Frau will mich umbringen!« Ich nahm das Besteck auf und stocherte in dem Fleisch herum, nur damit Claire mir den Teller wegnahm.

»Na gut, wenn du es nicht willst …«

Als ich sie anknurrte, schob sie mir den Teller zurück und ging in die Küche, um ihren zu holen. Als sie wiederkam, war ich bereits am Essen.

»Mein Gott! Das ist besser als Sex!«

Als sie mir einen Blick zuwarf und eine Augenbraue hochzog, fügte ich hastig hinzu: »Anwesende natürlich ausgenommen.«

Sie gab Butter, Schnittlauch und Sauerrahm auf ihre Kartoffel und schob mir die Beilagen zu.

»Na gut. Du hast gerade noch die Kurve gekriegt. Ich glaube, meine Mama hat doch unrecht gehabt. Du bist lernfähig.«

Ich aß weiter. »Ich will ja nicht einer geschenkten Kuh ins Maul schauen, Liebling, aber das hier stammt wohl kaum von der Armenspeisung, oder?«

Sie wedelte mit einem kleinen Stück Fleisch in der Luft herum, und ich sah, wie Renfield ihm mit hungrigem Blick folgte, während sich ein dünner Speichelfaden von seinem Maul löste und zu Boden fiel.

»Das, mein tugendhafter kleiner Exganove, ist deine Belohnung. Während du geschwitzt und weiß Gott was gemacht hast (wobei ich hoffe, dass es legal war), habe ich eine Nachricht bekommen. Offensichtlich konntest du mit deinem Charme einen gewissen Steven Marquez dazu bringen, dass er dich in seinem Laden einstellt. Du fängst morgen früh um Punkt sieben an.«

Ich stand auf und gab ihr einen Kuss auf die Wange. Bevor ich mich wieder hinsetzte, stahl ich ein kleines Stück Fleisch von ihrem Teller. »Was das Steak betrifft, das war ganz, ganz billig. Heutzutage kennt sich niemand mehr mit Fleisch aus, und so lag dieses arme kleine, wunderbar marmorierte Steak nackt und unbeachtet da, weil sein Verfallsdatum seit drei Tagen überschritten war. Ich habe heute endlich erkannt, wie viel Gutes darin steckt.«

Sie machte eine Pause, schnitt einen beachtlichen Bissen von ihrem Steak ab und betrachtete ihn. »Also habe ich es wunderbar abgehangen und gleichzeitig spottbillig bekommen.«

Claires Vater war in Banff Metzger mit einem eigenen Laden gewesen, und bei ihm hatte sie gelernt. Wenn sie sagte, dass das Fleisch gut war, dann war es auch gut. Also nahm ich noch einen Bissen, und sie forderte mich auf: »Erzähl mir von deinem Tag.«

Das machte ich auch, und eigentlich war das recht langweilig, aber sie hörte mir zu und stellte Fragen, und wir unterhielten uns. Nach einer Weile sahen wir uns nur noch in die Augen und aßen in der angenehmen Stille, die das ganze Haus erfüllte. Draußen wurde es dunkler und kälter und ruhiger. Plötzlich klopfte jemand erschreckend laut an die Tür, und ich fuhr zusammen. Renfield bellte kurz auf. Claire sah mich ausdruckslos an und führte eine Gabel Spinat zu ihrem Mund. »Gar nicht drauf achten!«

Ihre Stimme klang tot. Vorahnung? Angst? Wusste sie etwas? Ich wartete ab, aber das Klopfen wiederholte sich nicht. Schließlich stand ich auf und nahm das Stemmeisen in die Hand, das ich für alle Fälle in den Schirmständer gestellt hatte.

»Das bringe ich nicht fertig. Ich muss einfach nachsehen.«

Ich stellte mich auf die Seite und schob mit der scharfen Kante des Stemmeisens vorsichtig die Tür auf, aber es war niemand draußen. Claire hatte inzwischen die Bajonettklinge geholt und hielt sie hinter ihrem Rücken, als sie sich hinter mich stellte.

»Was ist das?«

»Eine Flasche Whiskey und ein Schnapsglas«, antwortete ich mit unsicherer Stimme.

Die Knöchel der Hand, die das Stemmeisen festhielt, traten weiß hervor, als ich mich vorbeugte und den Zettel aufhob. Darauf stand mit Bleistift geschrieben: »Trink mich!«

Ich knüllte den Zettel zusammen, überlegte es mir dann aber anders und strich ihn glatt, bevor ich ihn an Claire weitergab, die ihn wortlos las. Ich sah die Straße hinauf und hinunter. Als ich wieder etwas sagte, hatte ich meine Wut unter Kontrolle.

»Da hat irgendjemand einen bösartigen Sinn für Humor.«

Die Flasche gluckerte, als ich sie hochnahm. Ich hielt sie gegen das Licht, um die dunklen, fast rot schimmernden Brauntöne der Flüssigkeit darin zu betrachten.

»Sam? Vergiss es einfach«, forderte mich Claire nervös auf. Ganz so einfach war es für mich jedoch nicht, das Zeug einfach wegzuschütten. Eine nicht besonders gute Tänzerin in einem Nachtclub hatte mich mit Jack Daniels Kentucky Bourbon bekannt gemacht, und umgekehrt.

Ich war damals sechzehn gewesen, und seitdem hatte er mich fast immer begleitet. Ich hatte ihn benutzt, um Kokainreste hinunterzuspülen und um LSD-Paranoia zu dämpfen. Ich hatte ihn als Erstes am Morgen getrunken und als Letztes am Abend, auf jede nur irgendwie erdenkliche Art. Ich hatte ihn pur getrunken, mit einer Kanone in meiner anderen Hand, während eine fantasievolle junge Frau nach einem Überfall auf einen Juwelierladen exklusive Sachen mit meinem Komplizen machte. Ich hatte ihn heruntergewürgt, während ein Praktikant aus einer Tierklinik mir Schrotkugeln aus einem Polizeigewehr aus der Hüfte pulte. Der Bourbon war ein fester Bestandteil meines Lebens gewesen.

»Ja. Irgendjemand hat einen äußerst bösartigen Sinn für Humor.« Meine Stimme kippte leicht, während ich auf die Flasche starrte. Dann schüttelte ich mich und warf sie in hohem Bogen weg. Meine Wut trug sie weit durch die Luft, bis sie auf der Straße vor dem Haus zersplitterte. Das Licht der Straßenbeleuchtung spiegelte sich in allen Farben des Regenbogens auf dem Glas und der Flüssigkeit wider.

Claire nahm mich am Arm, während ich die Tür schloss. »Komm, essen wir weiter.«

Ich stellte das Stemmeisen wieder an seinen Platz, und sie führte mich zurück zum Tisch. Ich grübelte über Nachbarn und Polizisten und gute und böse Menschen nach und versuchte, dabei nicht an den Alkohol zu denken.

»Der Schnaps. Das könnten Hunderte gewesen sein.«

Wir setzten uns wieder, und schließlich sagte sie nachdenklich: »Das ist wahr. Trotzdem, wer es auch ist, wir müssen etwas gegen ihn oder sie unternehmen, oder?«

Ich sah sie nur an und lächelte dünn, während sie fortfuhr.

»Aber das sollten wir auf die ehrliche Art machen. Ehrlich und ganz vorsichtig. Ich mag es lieber, wenn wir dich hier draußen haben, und du kommst rein, und nicht umgekehrt.«

Druck. Ich spürte, wie er sich von allen Seiten aufbaute und immer stärker wurde. Wie er mir auf das Trommelfell drückte, an der Haut zog und das Leben veränderte. Claire lächelte mir zu, und ich lächelte zurück. Sie hob ihr Glas Wasser, ich hob meins, und wir tranken uns zu.

In dieser Nacht schlief ich schlecht. Die Erinnerungen an den Whiskey hatten mich fest im Griff und wollten mich nicht mehr loslassen. Schließlich wachte ich noch vor fünf Uhr auf und ging in die Küche hinunter. Ich suchte mir einen Zettel und machte mich daran, all die Namen mit Telefonnummern und Adressen zusammenzustellen, die ich mir im Krankenhaus eingeprägt hatte. Es dauerte nicht lange, bis ich eine Liste zusammen hatte. Neben jedem Namen stand ein Fernseh- oder Radiosender oder eine Zeitung.

Als ich fertig war, lehnte ich mich zurück und wartete auf die Morgendämmerung.

14

Marquez war ein dünner Mann mit braunem Haar, brauner Haut und braunen Augen. Um 6 Uhr 55 fuhr er vor seinem Laden vor und parkte am Haupteingang. Ich stand da in meinem Anzug, das Jackett über einen Arm gehängt, und versuchte, einen lässigen Eindruck zu machen. Der Laden war in einem eingeschossigen Haus mit Backsteinfront und großen Fenstern untergebracht, die zum größten Teil dick vergittert waren.

Marquez verschloss die Tür seines Cadillac Eldorado und drehte sich dann zu mir um. »Sam Parker?«

Ich trat zwei Schritte vor, lächelte und streckte einen Arm aus, um ihm die Hand zu geben.

»Ja. Sind Sie Mr Marquez?«

Marquez beachtete meine ausgestreckte Hand nicht, sondern starrte mich an, als wollte er versuchen, sich etwas einzuprägen. Ich fragte mich, was er sah: einen Mann mit blasser Haut, als wäre er lange krank gewesen, aber insgesamt recht kräftig. Überlegte er, ob er weiter nach Personal suchen sollte? Wahrscheinlich war ich älter als alle anderen Bewerber um den Job. Das konnte für mich sprechen. Schließlich fiel ihm wieder ein, weshalb er hier war, und er nickte.

»Ja, ich bin Marquez. Kommen Sie rein.«

Die dicken Plexiglastüren waren mit Alarmdrähten verstärkt, und auch die Schaufenster hatten Gitter auf der Innenseite. Er bemerkte, dass mir diese Sicherheitseinrichtungen auffielen, und lachte.

»Hier in der Gegend gibt es nicht viel Kriminalität, falls Sie das denken. Ich habe das Haus der Stadt abgekauft, die es beschlagnahmt hatte, weil eine Gang von hier aus Schnaps und Zigaretten geschmuggelt hat. Die Leute hatten den Laden zu einer Festung ausgebaut, und die Polizei hat ihn bei ihrer Razzia ganz schön auseinandergenommen. Deshalb habe ich das Haus billig bekommen. Gab natürlich eine Menge Renovierungsarbeiten.«

Innen deutete Marquez auf seine Waren. »Ich will ehrlich sein, wir verkaufen zum größten Teil Müll. Gebratene Schweineschwarte, Nachos, Dips, Schokoladenmilch, Drinks mit zu viel Kohlensäure, Sexmagazine, solchen Kram.«

Er winkte mich zu der Kasse, die wie eine Insel auf einem breiten Linoleumtresen mitten im Laden stand. »Wir sind zum Beispiel der einzige Laden in einem Umkreis von zehn Blocks, der den *Hustler* verkauft. Ich bin allerdings nicht ganz sicher, ob ich darauf stolz sein soll.«

Er machte die Kassenschublade auf und zog sie heraus. Dann begann er, methodisch kleine Säckchen mit Wechselgeld darin auszuleeren und Scheine in die dafür vorgesehenen Fächer zu füllen. »Ich nehme das Geld abends mit nach Hause und zähle es morgens vor der Arbeit«, sagte er, ohne seine Tätigkeit zu unterbrechen. »Ich mache die Bücher nicht gerne am Ende der Schicht. In der Kasse sind jeden Morgen zweihundert Dollar, und wir machen morgens um halb acht auf und schließen um elf. Ich übernehme die Schicht von drei bis elf, und ich brauche jemand für die Schicht von sieben bis drei. Ich zahle sieben Dollar fünfundzwanzig die Stunde, und Sie können Wasser oder Kaffee trinken, so viel Sie wollen. Interessiert?«

Ich lächelte und machte eine unverbindliche Geste.

»Ich brauche jemanden, der ehrlich und sauber ist und hart arbeitet. Sie sind die ganze Zeit allein, verkaufen an die Kunden, kümmern sich um die Beschwerden und stellen sicher, dass alles funktioniert. Es gibt keine feste Mittagspause. Die machen Sie, wie es sich gerade ergibt.«

Jemand versuchte, die Tür zu öffnen, aber Marquez sah hinüber, schüttelte übertrieben heftig den Kopf und deutete auf sein Handgelenk. Der Mann draußen stampfte fluchend davon. »Als ob das einen Unterschied macht, ob er seinen Lotterieschein jetzt oder fünf Minuten später bekommt. Auch wenn das einer meiner Stammkunden war.«

Marquez schob die Kassenschublade zu, gab *Kein Verkauf* ein, und dann machte er sich daran, eine tiefe Schublade aufzuschließen, die an den Seiten und am Boden mit Stahlplatten verstärkt war. Sie war voller bunter Rubbel-Lotterielose. Er blätterte sie durch und verstaute sie in einem Schaukasten über seinem Kopf. Danach schaltete er den Computer an, der seinen Laden mit der Zentrale der Lotteriegesellschaft verband.

»Das ist sowieso Dummheitssteuer. Könnten Sie die Kaffeemaschine in Gang setzen? Sie ist allerdings schon ziemlich alt.«

Ich ging hinüber, hängte mein Sakko an ein Gestell und schraubte die Abdeckung der großen Kaffeemaschine neben einem kleinen Waschbecken ab. Marquez beobachtete mich, wie ich in den großen Behälter sah und dabei leise vor mich hinpfiff.

»Kein Problem.«

Ich kannte dieses Modell aus praktisch jedem Gefängnis, in dem ich je gesessen hatte. Einige Monate lang hatte ich in der Cafeteria der Strafanstalt Drumheller gearbeitet und dort diese Maschine sogar selbst bedient. Man lernt bei einer solchen Beschäftigung, die Kundschaft ernst zu nehmen. Wenn Häftlinge ihren Kaffee nicht bekommen, kann das jemanden das Leben kosten, und zwar gewöhnlich zuerst die Person, die den Kaffee machen soll. Marquez beobachtete mich, wie ich routiniert das Wasser einfüllte, den Edelstahlfilter kontrollierte, reinigte und zum Schluss gemahlenen Kaffee aus einer Folienpackung einfüllte.

»Haben Sie Salz?«

Marquez beobachtete mich noch immer, und irgendwie machte es mich nervös, so angestarrt zu werden.

»Nein. Keine Sorge, es ist den Leuten egal, ob er bitter ist, solange Sie ihn stark machen.«

Ich legte den Schalter um und setzte die Maschine in Gang. Das rote Licht leuchtete auf, und ich drehte mich um.

»Also gut, Mr Parker, haben Sie irgendwelche Erfahrungen mit Gemischtwarenläden?«

»Sagen Sie Sam zu mir. Nein, ich habe noch nie in einem Gemischtwarenladen gearbeitet.«

Das schien ihn nicht zu stören. »Sie sind eingestellt. Heute arbeite ich Sie ein, bis Sie es beherrschen. Gehen wir und machen die Türen auf.«

Das war der Beginn meines ersten Tages in meinem allerersten richtigen Job, und für einen zweiunddreißigjährigen Mann mit Familie war es dafür höchste Zeit.

Als ich mit der Arbeit fertig war, wechselte ich bei Marquez für drei Dollar Quarter ein und ging in westlicher Richtung los, bis ich die nächste größere Straße erreichte, die Salter hieß. Einen Block weiter fand ich eine Telefonzelle für meine Anrufe bei den Nachrichten-Redakteuren.

15

Auf dem Heimweg sprach mich eine junge Frau in dem Park in der Nähe unseres Hauses an.

»Mr Robillard will mit dir reden.«

Sie stand etwa drei Meter von mir entfernt im Schatten einer großen Ulme. Irgendwo zwischen achtzehn und fünfundzwanzig, ein gefährliches Alter, in dem man gerne Risiken eingeht. Sie war schlank, mit schmalen Hüften und Schultern, einem tiefbraunen Teint, großen grünen Augen und gerade geschnittenen schwarzen Haaren, die ihr bis unter das Kinn reichten.

»Mein Gott, Lady! Machen Sie das nicht noch mal. Sie haben mich erschreckt.«

»Wie ich gesagte habe, Mr Robillard will mit dir reden.«

Automatisch sah ich mich nach allen Richtungen um und trat in den Schatten der Bäume. Sie trug Handschuhe, einen Stetson aus Leder, einen mit schwarzen Knöpfen verschlossenen olivgrünen Overall, dunkelblaue hohe Sportschuhe und eine locker sitzende Lederjacke. Ich erkannte das als Arbeitskleidung, und mein Herz fing an, schneller zu schlagen.

»Ich bin dir heute Morgen gefolgt. War interessant, wie du der Kundschaft Kaffee und Snickers hergeschleppt hast.«

War das ein Mordauftrag? Würde sie mich hier töten? Der Overall war zwei Nummern zu groß. Sie könnte andere Kleidung darunter tragen, und in der Jacke war Platz für das Berufswerkzeug.

Ihre Arme hingen locker an der Seite herunter. Wenn sie mich töten wollte, hätte ich sowieso keine Chance, und so nahm ich mir vor, abzuwarten, bis die Hände sich bewegten, um dann nach vorne zu hechten. Die Frau lächelte, als könnte sie meine Gedanken lesen. »Nur ruhig, heute bringe ich dich nicht um. Ich nehme dich nur zu einer Fahrt mit. Das Auto steht hinter der Kirche. Robillard will mit dir reden.«

»Das haben Sie bereits gesagt«, antwortete ich. Ich wollte die Initiative nicht ganz aus der Hand geben. »Er will was mit mir besprechen, oder?«

Sie brummte etwas in sich hinein und führte mich aus dem Park und um die Kirche herum. »Ich meine, was ich gesagt habe.«

»Und ich sage, was ich gemeint habe.« Dann stieg ich ins Auto.

Während der Fahrt redete die Frau. Robillard hätte für das Treffen ein leer stehendes chinesisches Restaurant in der Innenstadt vorgesehen, an dem er beteiligt sei. Das vermittelte mir das unangenehme Gefühl, er wollte mich beeindrucken, mir seine Verbindungen und seine Macht vorführen. Solche Gesten hatte ich bisher fast immer als Zeichen für gefährliche Unsicherheit erlebt.

Wir beendeten unsere Fahrt in einem Viertel mit fünf- bis sechsstöckigen Backsteingebäuden, die bis weit nach oben mit alten Holzverkleidungen verziert waren. Die Fenster hatten große schmiedeeiserne Rahmen, aber ihr Glas war verdreckt und wies überall Schäden und Sprünge auf. Papierfetzen wehten über die Bürgersteige und sammelten sich in Wirbeln mit Blättern, Zigarettenstummeln und anderem Abfall.

»Das kommt mir irgendwie bekannt vor.«

Sie steckte sich mit dem Anzünder in dem Auto eine Zigarette an. »Das wundert mich nicht. Dieser Teil der Stadt war bestimmt schon in hundert Filmen.«

Ich sah zum Fenster hinaus und tippte an das Glas. »Bestimmt.«

»*Framed* mit Sam Neil. *Twilight of the Ice Nymphs. Acceptable Risk. The Adventures of Shirley Holmes.*«

Ich drehte mich auf meinem Sitz herum und sah sie skeptisch an. »*Adventures of Shirley Holmes?*«

»War eigentlich ganz gut.«

Ich schwieg eine Weile. »*Adventures of Shirley Holmes?* Wirklich?«

»Vergiss es. Wir sind da.«

Sie bog in eine Tiefgarage unter einem Häuserblock ein, dann stiegen wir aus dem Auto. Die Frau nahm einen tiefen Zug von ihrer Zigarette und schnippte sie an die Backsteinmauer, von der sie abprallte und mit einem Funkenregen wie der Schweif eines Kometen auf den Boden fiel.

»Hast du was dabei?« Ihre Stimme klang beiläufig.

»Nein.«

Sie musterte mich skeptisch, als würde sie mir das nicht glauben, es aber trotzdem durchgehen lassen.

»Kenne ich Sie?«, fragte ich.

»Ich bin früher mal auf den Strich gegangen. Könnte ja sein, dass ich dich mal als Freier hatte. Ich erinnere mich aber nicht an dich.«

»Wie heißen Sie?«

»Sandra. Also, du brauchst hier nicht nervös zu sein. Robillard will nur mit dir reden.«

»Na schön. *The Adventures of Shirley Holmes.* So ein Scheiß.«

Sie kniff die Augen zusammen und spitzte verstimmt die Lippen. »Hast du das je gesehen?«

»Ehrlich gesagt, nein.«

»Dann halt den Mund! Es war nämlich gut.«

In die Wand war eine schwere Stahltür eingelassen. Sandra klopfte sechsmal langsam dagegen, dann wurde sie von einem mürrischen halbwüchsigen Jungen geöffnet.

»Hallo, Sandy. Gott sei Dank bist du da, dein Mann wird allmählich lästig.«

»Guten Tag, Tom, du siehst süß aus heute.« Sie sah ihn an und lächelte leicht. Der Junge warf mir einen Blick zu. Erst jetzt bemerkte ich, dass er eine schmale Pistole mit langem Lauf vor sich in der Hand hielt, die er nun fester packte. Ich versuchte, das Eis zu brechen.

»Hey, schöne Pistole. 38er Colt Super, stimmt's?«

Der Junge nickte widerwillig.

»Gute Pistole, angenehm zu handhaben. War in den dreißiger Jahren, als sie angefangen haben, sie zu bauen. Heutzutage wirkt sie irgendwie altmodisch.«

Der Junge kam mir keinen Millimeter entgegen, sondern starrte mich nur weiter an. Also versuchte ich es noch mal.

»Wo ist Robillard?«

Sandra drehte sich halb herum und sah mich direkt an. »Mein Mann ist unten.«

Sie ging vor mir her eine schmale Treppe hinunter in das Kellergeschoss. Unterwegs musste ich niesen, und es hallte laut. »Blöde Allergie.«

Sandra führte uns in eine mit grauen Industriekacheln verkleidete Küche, die voller Edelstahltische und Küchengeräte war. In der Mitte des Bodens lag ein Metalldeckel mit Lochmuster über einem Ablauf, und ich überlegte mir, dass mein Blut problemlos hindurchlaufen würde.

Als ich wieder aufsah, stand ein dicklicher Weißer vor mir. Er trug ein kastanienbraunes Seidenhemd über einer Khakihose und hielt in einer Hand eine große Dose Bier. Er wedelte beim Sprechen damit herum, und dabei schwappte immer etwas heraus und fiel wie Tropfen von geschmolzenem Gold auf den gekachelten Boden.

»Guten Tag, Mr Haaviko, so war das doch, oder? Oder ist Ihnen Parker lieber?«

»Parker.«

»Ausgezeichnet. Wissen Sie, wer ich bin?«

Er klang noch nicht bedrohlich. Ich trat zwei Schritte in den Raum und wartete ab, während der Junge mit dem Colt die Tür zumachte und sich dagegenlehnte. Sandra ging drei Schritte nach rechts und setzte sich auf eine Arbeitsfläche neben einem schweren Metzgerblock.

»Robillard. Sie sind ein Ganove.«

Er nickte, als sei ich ein braver Schüler. »Ausgezeichnet. Ja, der bin ich. Ich habe Anteile an drei oder vier Restaurants, zwei Werkstätten, einer Spielhalle und einigen anderen Geschäften. Ich bin Schmuggler, Hehler, ich züchte und verkaufe Gras, ich verleihe Geld, ich arrangiere auch mal, dass bestimmten Leuten was passiert. Ich sage Ihnen all das aus Höflichkeit, damit wir wissen, wo wir stehen.«

Mein Blick wanderte zu Sandra und dann wieder zurück zu ihm. »Sind Sie außerdem auch Zuhälter?«

Sein Lächeln flackerte wie ein Neonlicht. Ein Zittern durchlief sein Gesicht und legte sich wieder. Seine Stimme wurde lauter. »Nein.«

Er nahm einen Schluck Bier, und ich sah, dass seine Hand leicht zitterte, sodass ein paar Tropfen herausspritzten. Sie hingen kurz in der Luft, und dann fielen sie auf den Boden.

»Sandra ist meine Frau. Sie sollten sich entschuldigen.«

Die Betonung lag auf *meine*. Ich nickte ihr zu und sagte sehr leise: »Entschuldigung.«

Robillard machte eine kurze Pause und fuhr sich mit seiner freien Hand durchs Haar. »Ich bin nicht der schlechteste Mensch auf der Welt, der beste aber auch nicht. Ich bin kein Hai zwischen kleinen Fischen. Ich bin ein Hai zwischen anderen Haien. Wir haben alle scharfe Zähne, und ich lasse mich nicht ficken.«

Das Zittern in seiner Hand meldete sich wieder, nur dieses Mal stärker. Er holte tief Luft, und allmählich legte es sich. »Und doch ficken Sie mich.«

So wie er das sagte, klang es nicht gerade obszön. Irgendwie fehl am Platz, als würde ein Pfarrer einen schmutzigen Witz erzählen.

»Es geht hier um Ihren Cousin, nehme ich an.«

»Sie nehmen richtig an. Ihr Verhalten zeigt Missachtung.«

Der Junge mit dem Colt bewegte sich ein wenig, und Sandra starrte auf einen Punkt an der Wand über meinem Kopf. »Und wenn Sie mir gegenüber Missachtung zeigen, dann wird es für mich viel schwerer, meinen gewählten Beruf weiter auszuüben. Ich stehe wie ein Schwächling da. Irgendein anderer Hai wird es bei mir versuchen. Was zu Gewalt führen wird. Und das wiederum zu Blutvergießen. Und das will niemand.«

Er wartete darauf, dass ich dazu etwas sagte, aber den Gefallen tat ich ihm nicht.

»Ich sollte Sie also eigentlich töten. Um zu beweisen, dass ich nicht schwach bin.«

»Das ist eine Möglichkeit.«

Eines seiner Augen zuckte, und kurz kam das Zittern wieder. Ich hätte schwören können, dass Sandra ein Grinsen unterdrückte.

»Was soll das heißen?« Robillards Stimme klang nun kehlig, voller Zorn.

»Es ist schwer, mich zu töten. Suchen Sie sich eine andere Möglichkeit aus.«

Unauffällig schob ich mich nach rechts und drehte mich leicht, sodass ich die Tür und den Jungen mit dem Colt aus den Augenwinkeln beobachten konnte. Die Frau neigte den Kopf zur Seite, als würde die ganze Angelegenheit sie amüsieren. Ihr Lächeln war jetzt deutlich zu erkennen. Robillard redete weiter, zuerst zu mir, dann zu Sandra. Dabei machte er noch eine Dose Bier von der Theke vor ihm auf.

»Ich bin zu dem Entschluss gekommen, dass ich Ihnen nichts mehr zu sagen habe.«

Sie nieste.

»Ich will diesen Mann tot ...«

Ich unterbrach ihn. »Na schön. Bevor es so weit ist, hören Sie sich meine Version an. Ihr Cousin ist zusammen mit seinen Freunden in mein Haus eingebrochen, und dabei sind sie ums Leben gekommen.«

Robillard nahm einen Schluck Bier. Wasserklarer Rotz lief ihm aus der Nase in den Bierschaum an seiner Oberlippe. Er zitterte, vielleicht hatte er Drogen genommen. Seine rechte Hand ruhte direkt neben seiner vorderen Tasche, die eine Wölbung aufwies, wie sie etwa eine Pistole verursachen würde.

Ich redete weiter. »Sie hätten es genauso gemacht.«

Klick-klick. Der Junge mit dem Colt schob immer wieder die Sicherung vor und zurück. Die Frau schaute sich an, was da passierte, und plötzlich brüllte Robillard los: »Scheiß drauf und scheiß auf dich. Du hast ihn ohne einen verdammten Grund umgebracht.«

Wieder nieste Sandra.

Klick-klick. Der Junge ging mir langsam auf die Nerven.

»Tut mir leid.« Vielleicht wollte er nur eine Entschuldigung. »Hören Sie, es tut mir leid, dass er tot ist.«

Robillard kreischte nur noch: »Scheiße. Das ist unwichtig!«

»Was ist denn wichtig?«

»Respekt«, brüllte Robillard. »Du zeigst mir gegenüber kein bisschen beschissenen Respekt!«

Ich hatte mein Gewicht verlagert und beobachtete mein Spiegelbild in einer Reihe von Edelstahlpfannen, die über Robillards Kopf hingen.

Klick-klick. Der Junge hatte inzwischen ein echtes nervöses Zucken entwickelt.

»Scheiß drauf.« Ich sagte das laut, und alle starrten mich an. Der Junge war näher gekommen. Ich überraschte ihn damit, dass ich mich auf meinem rechten Fuß herumdrehte, meine rechte Hand dicht vor meine Brust hob und sie mit offener Handfläche gegen seine Nase trieb, die ich dadurch in Pudding verwandelte. Zugleich packte ich den Colt mit der linken Hand am Lauf, drehte ihn um, sodass der Junge ihn losließ, und nahm ihn in die rechte Hand. Ich zog den Hahn zurück und überprüfte, ohne hinzusehen, die Sicherung. Dann zielte ich auf Robillard.

»Lass es.« Ich sagte das ganz sanft, und Robillard hörte auf. Zu trinken. Zu reden. Sogar zu atmen.

»Du auch.« Das galt Sandra, die von irgendwoher eine schmale Pistole gezogen hatte. Sie erstarrte und legte die Pistole auf dem Tisch ab. Ich entspannte mich ein wenig, bevor ich weiterredete, als wäre inzwischen nichts geschehen.

»Also, habe ich deinen Kerl da hinten getötet, oder ist er nur angeschlagen?«

Robillards Blick war starr auf den Lauf der Pistole gerichtet. Die Dose fiel zu Boden, kippte um, und Bier schäumte heraus.

»Ich habe gefragt, ob er tot ist?« Meine Stimme klang schärfer.

Als ich ein kleines Stück zurücktrat, hatte ich den Jungen am Rand meines Gesichtsfelds. Er war an der Tür hinunter zu Boden gesunken und presste seine linke Hand auf die Stelle, an der eben noch seine Nase gewesen war. Zwischen seinen Fingern war das kräftige Rot von arteriellem Blut zu sehen. Die Nase selbst aber war verschwunden. Der

Schock hatte ihn völlig außer Gefecht gesetzt. Nun endlich antwortete Sandra. »Schlecht drauf, aber nicht tot.«

»Na bitte.«

Ich ging rückwärts zu dem Jungen, um ihn abzutasten. Ich fand zwei Ersatzmagazine und ein billiges Klappmesser. Während ich damit beschäftigt war, streckte Sandra ihre Finger nach der Pistole aus, und Robillard griff in seine Tasche. Beide stellten ihre Bewegungen ein, als ich den Kopf schüttelte.

»Keiner von euch beiden ist auch nur annähernd schnell genug. Trotzdem, einen guten Jungen hast du hier, weißt du das?«

Niemand antwortete. Ich ging zu der Frau und nahm ihr die Waffe ab. Aus der Nähe fiel mir auf, wie viel hübscher sie war, als ich ursprünglich gedacht hatte. Sie war außerdem unheimlich ruhig. Ihre Pistole war ein Colt Woodsman Kaliber .22 mit einem zwölf Zentimeter langen Lauf und abgefeiltem Korn. Die Pistole eines Killers. Etwas für jemanden, der oder die kurze Entfernungen bevorzugt und viel Selbstvertrauen besitzt. Als ich ihr die Pistole abnahm, sagte ich: »Nichts Persönliches.«

Sie nickte, und ich ging zu Robillard hinüber und nahm auch ihm seine Pistole ab, bevor ich wieder zurücktrat. Er hatte einen großen Revolver von Smith & Wesson im Kaliber .41 Magnum, bei dem der Lauf an der Trommel abgesägt und der Griff mit schwarzem Isolierband umwickelt war. Ungenau. Laut. Destruktiv.

Ich ging wieder dahin, wo ich vorher gewesen war, und hielt beide mit ihrer Waffe und dem Colt des Jungen in Schach. Robillards Zimmerflak steckte ich in meine Gesäßtasche. Vielleicht wollte ich ja später noch einen Wal abknallen.

»Damit ist unsere Unterhaltung fast beendet.« Mit zwei Schritten war ich bei Robillard.

Er sah mich durchdringend an, und aus lauter Wut machte er seinen Mund auf und zu, bis ich ihm den Lauf des .22er Colt in ein Auge drückte. Er ging rückwärts, bis er schließlich an die Wand stieß und stehen blieb.

»Nur noch ein paar Ratschläge. Geh mir aus dem Weg, oder du stirbst. Halte dich von meiner Familie fern, oder du stirbst. Wenn du mir in die Quere kommst, stirbst du. Oder wenn du irgendetwas unternimmst, was mich auch nur im Geringsten persönlich betrifft, stirbst du.«

Mit jeder Drohung drückte ich noch ein bisschen fester in Robillards Auge. Dann ging ich ohne ein weiteres Wort die Treppe hinauf. Oben sah ich mich in der Einfahrt um, ging zu Sandras Auto, klappte die Motorhaube hoch und riss eine Handvoll Drähte heraus. Ein paar Nebenstraßen weiter wischte ich die Pistolen mit einem Stofffetzen aus einer Mülltonne ab. Dann warf ich sie nacheinander in Müllcontainer und in Gullys.

Im Bus nach Hause dachte ich über Shirley Holmes nach.

16

Als ich nach Hause zurückkam, konnte ich mich nur mühsam von dem Sturmangriff des überglücklichen Renfield lösen und rief: »Hallo, Süße, ich bin zu Hause. Was gibt's zum Essen?«

»Sehr komisch und äußerst originell«, rief Claire. Sie kam auf allen vieren um die Ecke des Esszimmers gekrochen. Fred saß wacklig auf ihrem Rücken und klammerte sich aufgeregt und ängstlich an ihrer Bluse fest. Sie hielt an, und ich nahm den Jungen herunter. Fred stieg ohne allzu viele Proteste auf meine Schultern um, und wir drei machten uns auf den Weg in die Küche.

»Und, wie war dein Tag?«

Noch bevor ich den Mund öffnete, hatte ich beschlossen, auf jegliche Erwähnung des Jungen, Robillards und seiner Frau, der Exhure mit dem professionellen .22er, zu verzichten. »Langweilig, aber irgendwie hat es auch Spaß gemacht. Und deiner?«

»Diese Teufel hier machen mich fertig. Ich spiele jetzt schon seit einer Ewigkeit Pferd. Das Essen ist in ungefähr zwei Stunden so weit. Ich habe Lasagne gemacht, und ich hoffe, sie ist gut. Ich habe so was bisher noch nie gemacht, also tu so, als wäre sie gut, auch wenn sie furchtbar ist. Also, was ist mit deinem Job?«

Ich setzte Fred in seinen Laufstall im Esszimmer und goss mir ein Glas Wasser ein.

»Es ist ein Gemischtwarenladen, ungefähr sechs Blocks von hier. Die Arbeit ist ziemlich langweilig. Positiv ist aber, dass sie leicht und der Besitzer einigermaßen erträglich ist. Die Kasse ist allerdings ziemlich alt und launisch.«

»Genau wie du. Wann arbeitest du wieder?«

»Morgen, gleiche Zeit.«

Claire überprüfte den Backofen und stellte die Temperatur ein. »Wäre es also okay, wenn ich morgen Abend ausgehen würde?«

Auf einmal kam ich mir alt vor, und ich antwortete mit künstlicher Freundlichkeit. »Natürlich.«

Sie seufzte und wischte sich die Hände an ihren Jeans ab. »Das passt dir nicht, oder?«

Die erste Grundregel bei zwischenmenschlichen Beziehungen: im Zweifelsfall immer lügen. »Nein, das macht mir natürlich gar nichts.«

Sie seufzte wieder und lehnte sich an die Arbeitsfläche. »Das haut nicht hin. Du weißt doch, ich merke immer, wenn du lügst.«

Die zweite Grundregel bei zwischenmenschlichen Beziehungen: Wenn du bei einer Lüge erwischt wirst, lüge weiter. »Nein, ehrlich.«

Sie starrte mich wortlos an, bis ich einknickte. »Also gut. Vielleicht macht es mir ein bisschen was aus. Ich fühle mich im Augenblick eben unsicher.«

Sie lächelte. »Keine Sorge. Ich komme zurück. Es ist nur so, dass Elena mich auf einen Kaffee eingeladen hat, und ich würde gern hingehen.«

»Elena? Die Polizistin?«

»Ja.«

»Geh nur, geh! Fred und mir wird es wunderbar gehen, wir brauchen dich nicht, das wirst du schon merken.«

Sie schüttelte den Kopf und biss sich auf die Unterlippe. »Da ist noch eine Sache. Ich wollte es dir eigentlich nicht sagen, aber jetzt bin ich mir nicht mehr sicher.«

»Was denn?«

»Ich habe Drohungen bekommen, sehr drastische sogar. Offensichtlich hatten die drei Typen Freunde.«

Renfield war mit seinem Frisbee hereingekommen, und ich kraulte ihn geistesabwesend hinter den Ohren, bis er aus lauter hundemäßiger Wonne seinen Kopf an mein Bein drückte.

»Jeder hat Freunde. Sogar ich hatte die mal. Hast du die Mitteilungen behalten?«

»Ja.«

»Wie viele waren es?«

»Vier. Sie kommen schon, seit du ins Krankenhaus einliefert worden bist.«

Sie bewahrte sie in einem Topf auf dem Kühlschrank auf, und ich legte sie auf dem Küchentisch aus. Sie waren alle ähnlich, mit Buntstift geschrieben, in Großbuchstaben und ohne Zwischenraum zwischen den Wörtern, entweder auf Pergamentpapier oder auf braunem Packpapier. Interessehalber ging ich in unser Zimmer hinauf, holte mir die Mitteilungen, die mit der Whiskeyflasche und dem Band gekommen waren, und legte sie dazu.

»Verschwinde, Kindermörder«, las ich laut vor. Claire sah mir dabei über die Schulter. »Bleib weg.« »Mörder.« »Geh dahin zurück, wo du hergekommen bist.« »Trink mich.« »Hör mich an.«

»Mindestens zwei verschiedene Personen«, sagte ich.

»Woher willst du das wissen?«

»Das sehe ich an der letzten Mitteilung, und vor allem an der vorletzten. Das Papier ist anders, und statt Buntstiften ist ein Kuli benutzt worden. Außerdem sind sie nicht verdreckt oder irgendwie markiert. Das spricht für zwei Personen, vielleicht mehr.«

Ich gähnte, und Claire tätschelte mir die Hand. »Du hättest Polizist werden sollen.«

Ich gähnte noch einmal und streckte mich.

»Nein. Sogar mit den Bestechungsgeldern reicht die Bezahlung nicht. Kann ich mich kurz hinlegen? Nach dem Essen mache ich die Runde und sorge dafür, dass das Haus dicht ist. Vielleicht finde ich dann sogar unseren mitteilsamen Irren.«

Sie tätschelte wieder meine Hand und entließ mich. »Ach, kannst du das Radio einschalten?«

Wir hatten ein altes Radio mit einem Kassettenteil auf ein Brett neben der Tür gestellt. Ich schaltete einen Lokalsender ein, der Rockmusik aus den Fünfzigern und Sechzigern spielte, die einzige Art Musik, über die wir einer Meinung waren.

»... soeben gemeldet, dass sich ein Bewohner der Stadt in seinem Haus in der Ridge Road verbarrikadiert und einige Schüsse abgegeben hat. Die Polizei von Winnipeg wartet gegenwärtig am Tatort auf die Ankunft der Eingreiftruppe. Die Nachbarn sind sich nicht sicher, ob der Mann Geiseln genommen hat. Angeblich wohnt er mit seiner Frau und zwei halbwüchsigen Töchtern zusammen. In diesem Augenblick ...«

Claire sah mich an. Ich ging zurück zu meinem Stuhl und setzte mich, um dem atemlosen Sprecher zuzuhören.

»... ist ein schwarzer Kastenwagen vorgefahren. Schwer bewaffnete Polizeibeamte sitzen ab ...«

Claire sah mich an und bildete »Sitzen ab?« mit ihren Lippen.

»... darunter auch Detective Sergeant Enzio Walsh, der Leiter der Eingreiftruppe ...«

Ich sah Claire an und schüttelte den Kopf.

»Wir werden Sie auf dem Laufenden halten.«

Also blieben wir sitzen, und mein Schläfchen war vergessen. Wir warteten, hörten leichte Musik, und ab und zu schalteten wir auf einen anderen Sender, um weitere Nachrichten zu hören. »Ich werde das nie verstehen«, sagte sie schließlich.

»Was denn?«

Sie hatte sich ein Glas Wasser eingegossen und nippte nachdenklich daran, während ich neben dem Radio saß und versuchte, dem Drama einen Sinn abzugewinnen, das sich da abspielte.

»Erst bringt einer seine Frau und seine Kinder um, und dann lässt er sich von den Polizisten erschießen. Warum? Du bist doch ein Mann, sag du mir den Grund.«

»Nur weil ich Eier habe, heißt das nicht, dass ich automatisch alle Männer verstehe.«

Sie lächelte. Fred kroch herum, hellwach und unternehmungslustig, wurde lästig und jagte den Hund mit eiserner Entschlossenheit.

»Du musst doch eine Meinung haben. Du hast doch zu allem eine Meinung.«

Die Nachrichten gingen weiter, und sie brachte mich mit einer Handbewegung zum Schweigen.

»Der Mann, der sich in der Ridge Road verbarrikadiert hatte, hat sich der Polizei ergeben. Im Verlauf der halbstündigen Konfrontation wurde ein Polizeiroboter eingesetzt, der in das Haus eindrang und den Mann lokalisierte. Es wurden zwar mehrere Schüsse abgegeben, aber verletzt wurde niemand. Wir haben Simon Maniuk am Tatort, und er versucht, von dem verantwortlichen Beamten ein Statement zu bekommen. Simon?«

»Danke«, meldete sich Simon Maniuk. »Ich spreche gegenwärtig mit Detective Sergeant Enzio Walsh, einem hoch dekorierten, erfahrenen Polizeibeamten aus der Abteilung Kapitalverbrechen, dem Leiter der Eingreiftruppe. Also, Detective, können Sie uns sagen, was passiert ist?«

»Selbstverständlich. Nachdem wir eine Meldung über Schüsse erhalten hatten, sind Polizeieinheiten angerückt und haben die Umgebung abgeriegelt. Wir haben gleichzeitig versucht herauszubekommen, ob Geiseln genommen worden waren. Wir haben *Baby* eingesetzt, einen ferngesteuerten, gepanzerten Roboter mit akustischen und optischen Infrarotsensoren. Er ist in das Haus eingedrungen.«

Nun folgte eine Pause.

»Nachdem wir festgestellt hatten, dass keine Geiseln genommen worden waren, haben wir den Roboter eingesetzt, um ein Gespräch mit dem Verdächtigen in Gang zu bringen. Der Verdächtige eröffnete daraufhin das Feuer auf *Baby*. Wir haben also nicht tödliche Gewalt angewendet, um den Verdächtigen außer Gefecht zu setzen und es uniformierten Beamten zu ermöglichen, die Verhaftung vorzunehmen.«

»Officer, wenn Sie *nicht tödliche Gewalt* sagen, was meinen Sie damit?«

Claire warf mir einen kurzen Blick zu, und ich wiederholte lautlos die dämliche Frage des Reporters. Sie unterdrückte ein Lachen.

»*Baby* ist dafür konstruiert, verschiedene Kampfmittel einzusetzen. Das wären zum Beispiel Signalpatronen, Pfefferspray und sogenannte *Fladengeschosse*, Geschosse aus Weichplastik, die einen Straftäter nur vorübergehend außer Gefecht setzen. Das Risiko einer permanenten Schädigung ist dabei minimal. Wir haben dieses Mittel erst eingesetzt, als der Verdächtige mit einem großkalibrigen Gewehr das Feuer eröffnete und damit Polizeibeamte und Anwohner einem erheblichen Risiko aussetzte.«

»Ich verstehe. Es geht Ihnen also darum, auch Straftäter nicht unnötig zu verletzen.«

»Ich muss jetzt gehen. Bitte sagen Sie Ihren Hörern, dass sie sicher sind. Die Polizei der Stadt Winnipeg hat den Fall im Griff.«

»Danke, Officer. Hier Simon Maniuk, zurück zu den News.«

Claire schaltete das Radio aus. »Irgendwelche Kommentare?«

»Hmmm? Die Polizisten hier haben ein Spielzeug, und das benutzen sie gern, aber das ist keine große Überraschung, Polizisten haben immer Spielzeuge. Walsh ist es gewöhnt, interviewt zu werden, und es gefällt ihm. Sonst noch was?«

»Richtig. Eigentlich hatten wir von den Männern gesprochen, die sich von den Präzisionsschützen der Polizei töten lassen. Was sagst du dazu?«

»Das sind Feiglinge. Sie wollen sterben, aber sie trauen sich nicht, selbst den Abzug zu drücken.«

Sie hob Fred hoch, drückte ihn fest an sich.

»Männer meinen oft, die Welt dreht sich nur um sie«, sagte ich schließlich. »Da gab es mal diesen Fall eines alten Mannes in Milhaven. Er hat seine Kinder nach der Scheidung mit einer Axt getötet.«

»Warum?«

»Er hat behauptet, seine Frau wäre ohne ihn ruiniert, und das könnte er den Kindern nicht antun. Es wäre nicht fair, sie dabei zusehen zu lassen, wie ihre Mutter allmählich vor die Hunde geht.«

»Was ist passiert?«

»Mit dem alten Mann? Er war auf starken Beruhigungsmitteln, ein echter Zombie. Eines Nachts haben sie sich bei ihm mit der Medikamentenvergabe vertan, und er hat sich die große Vene in der Leiste mit dem Deckel einer Dose Diätcola geöffnet. Oder war es Pepsi? Auf jeden Fall ist er verblutet.«

Claire schwieg. Sie hatte ihre Stirn gerunzelt, bis ihr plötzlich ein Licht aufging. »Ach ja, ich weiß schon, die Theorie vom magischen Penis.«

Unwillkürlich musste ich lachen. »Dem was?«

»Dem magischen Penis. Wenn man den der Frau reinschiebt, ist sie auf ewig verwandelt. Alle Männer glauben das ganz fest. Der Kerl in Milhaven auch, und er hat sich entsprechend verhalten.«

Ich konnte einfach nicht anders, ich sah an mir herunter. »Du meinst, er ist nicht magisch?«, fragte ich entgeistert.

Sie drückte Fred wieder an sich, der entzückt aufquietschte.

»Er ist gut, aber so gut auch wieder nicht.« Sie stand auf, küsste mich und flüsterte mir dann ins Ohr: »Sag das aber nicht dem Penis.«

»Ich versprech's. Ich mache einen Spaziergang. Ich bin gleich zurück.«

Sie nickte. »Ich stelle dein Essen in den Backofen.«

»Scheiße, das habe ich vergessen ...«

Claire streckte mir die Zunge heraus. »Ich weiß, da gibt es vieles, worüber du nachdenken musst. Geh nur.«

Also ging ich mit meiner Tasche voller Quarter und dem Kopf voller Ideen los, um weit weg vom Haus eine Telefonzelle zu suchen. Die meisten dieser Ideen waren unangenehm und manche sogar richtig bösartig.

17

Der Spaziergang erwies sich als recht produktiv. Nachdem ich ein Münztelefon gefunden hatte, sorgte ich durch detaillierte Berichte über meinen Fall bei ein paar Reportern für Beschäftigung. Außerdem sah ich mir meine Gegend etwas genauer an – es ist eine kriminelle Angewohnheit, sich Fluchtwege zu suchen, denn vielleicht wird man sie ja mal brauchen können. Ich war gerade zehn Minuten wieder zu Hause, als das Telefon klingelte. Ich nahm ab. Als ich den Hörer auflegte und mich umdrehte, stand Claire gerade am Spülbecken und trank eine Tasse aufgewärmten Kaffee.

»Ich bin gefeuert.«

Sie stellte ihre Tasse ab. »Warum?«

»Das hat Marquez nicht gesagt. Er meinte nur, einen Dreckskerl wie mich braucht er nicht, und morgen brauche ich nicht mehr zu kommen.«

Ich ließ das eine Weile wirken. »Ich bin noch nie gefeuert worden.«

Ihre Augen wurden einen Moment ausdruckslos, dann nahm sie noch einen Schluck. »Geh hin und rede mit ihm.«

»Warum?«

Sie gab einen wenig damenhaften Grunzlaut von sich und goss den Rest ihres Kaffees in den Abfluss. »Warum nicht? Es ist jedenfalls besser, als hier rumzusitzen und darüber nachzugrübeln.«

Ich sah zum Telefon hinüber und streckte eine Hand danach aus, aber sie sagte: »Geh persönlich hin.«

Ich nickte und drehte mich um, um meine Windjacke wieder anzuziehen.

»Ich habe damit nicht gemeint, dass du das sofort machen sollst.«

»Warum denn nicht?«

Draußen hatte es wieder angefangen zu regnen. Ich schlug meinen Kragen hoch und wünschte, es wäre ein bisschen wärmer. Ich brauchte zehn Minuten für die Strecke. Bevor ich hineinging, beobachtete ich den Laden. Ich konnte zwei Kunden durch das Schaufenster sehen, also wartete ich ab, bis sie gegangen waren.

»Hallo, Mr Marquez.«

Er sah auf, als die Tür zufiel. Seine Hand zuckte nach unten und kam mit einem abgesägten Billardstock wieder hoch. Ich hob die Hände und trat zurück, bis ich mit dem Rücken die Eingangstür berührte. Als er mir antwortete, zitterte seine Stimme vor Wut und Angst.

»Machen Sie, dass Sie hier rauskommen!« Es klang wie ein Schrei.

Ich antwortete ihm mit ruhiger Stimme. Eine solche Aggression war mir vertraut. Damit konnte ich umgehen. »Sicher. Wird gemacht. Sofort.«

Ich stand nur da und rührte mich nicht. Als Marquez' Hand aufgehört hatte zu zittern, redete ich weiter. »Warum bin ich gefeuert?«

»Warum? Sie sind ein verdammter Dieb, *un meurtrier, un apache*!«

Französisch war nicht gerade meine Stärke. Ich konnte mir ein Bier bestellen oder eine Frau, oder ich konnte jemandem sagen, er solle den Safe aufmachen, aber das war es dann auch schon.

»Also, Dieb und Mörder verstehe ich, aber was ist das Letzte?«, erkundigte ich mich höflich.

Der Billardstock zitterte im Takt seines Pulses, während er antwortete: »Ein Gangster. Ich habe erfahren, dass Sie einmal in einer Rocker-Gang waren.«

Ich sagte kein Wort, und er fragte weiter: »Es ist also wahr, oder?«

Mein Blick ruhte auf dem Billardstock, während ich antwortete: »Zum größten Teil. Zu einer Gang habe ich aber nie gehört. Ich bin wohl kein Herdentier, nehme ich an.«

Marquez' Finger wurden weiß, und ich wusste, dass er gleich zuschlagen würde. Wenn er das tat, würde ich seine Schläge einstecken, und dann würde ich um die Theke herumgehen und ihn auseinandernehmen. Ich war schon öfter geschlagen worden, und allein schon der Gedanke an den Schmerz und dass man sich davon befreit, wenn man sich wehrt, sorgte dafür, dass es mir besser ging. Er musste wohl etwas in meinem Gesicht gesehen haben, denn er zuckte zurück und ließ den Stock ein wenig sinken. »Aber der Rest hat gestimmt?«

»Ja. Ich habe gesessen. Jetzt versuche ich einfach nur, durchzukommen.«

Er dachte angestrengt nach, und seine Stirn runzelte sich. »Aber Sie waren doch ein Krimineller, oder?«

Mein Kopf begann zu schmerzen. Abrupt stellte sich bei mir das Verlangen nach etwa acht Linien gutem Koks und einem Dreiviertelliter Grand Marnier ein, und das machte mir eine Höllenangst.

»Sie können mich mal! Also, ich will Ihnen mal was sagen, es ist so, und glauben Sie bloß nicht, dass sich daran etwas ändern wird.«

Marquez stand wortlos da. Schließlich sagte ich in etwas freundlicherem Tonfall: » Vergessen Sie's. Sie sind mir das Geld für einen Tag schuldig. Schicken Sie es mir morgen. Meine Adresse haben Sie ja.«

Damit ging ich. Der Regen hatte nachgelassen, und ich konnte meilenweit in alle Richtungen sehen. In der Gegend gab es keine Hochhäuser, und der Regen hatte den Dreck aus der Luft gewaschen. Der Präriehimmel erstreckte sich endlos und ließ die Stadt und meine Probleme zu einem Nichts zusammenschrumpfen. Eine Sekunde lang wünschte ich mir eine Schlägerei herbei, irgendjemanden, auf den ich einprügeln konnte, und er auf mich. Dann legte sich auch dieses Gefühl.

Ich ging in irgendeine Richtung los. Der Regen setzte wieder ein, wurde heftiger, prasselte auf den Beton und durchnässte Schuhe und Socken. Ich streckte meine Zungenspitze aus, um ein paar Tropfen aufzufangen. Sie schmeckten süß und sauber, wie salzlose Tränen. Als die Wut wieder in mir hochstieg, ging ich noch ein Stück weiter. Schließlich hatte ich genug über Feuer und Blut und Rasierklingen nachgegrübelt, also drehte ich mich wieder um und ging nach Hause.

18

Claire wurde wütender, als ich es je gewesen war. Sie steigerte sich in eine Stimmung hinein, die eher zu einem Folterknecht der spanischen Inquisition gepasst hätte. »Gottverdammtes Arschloch! Ich ziehe ihm die Haut vom Schwanz und mach mir ein Cape daraus!«

Dabei bin ich derjenige mit dem schlechten Ruf und den Vorstrafen.

»Was für ein elender Wichser!« Sie tobte wie einer dieser Riesen im Märchen, einer von der Sorte: »Ich breche ihm die Knochen und backe mein Brot damit.« Ich schmunzelte über diesen Gedanken, doch sie sah mich wütend an. »Warum lächelst du? Warum bist du nicht sauer?«

»Ich kann nichts daran ändern. Ich bin drüber weg, und jetzt finde ich es höchstens noch interessant.«

Sie blieb stehen und setzte sich auf den Boden. Renfield fasste das als Einladung auf und kam zu ihr herüber, um sich den Bauch kraulen zu lassen. Als sie das nicht zu verstehen schien, half er ihr auf die Sprünge, indem er sich auf den Rücken rollte und mit den Beinen in der Luft herumwedelte, bis es ihr endlich aufging. Während sie ihn kraulte, setzte ich mich zu ihr. Allmählich entspannte sie sich. Dafür sind Hunde gut.

»Wieso interessant? Was interessiert dich daran?«

Jetzt kam Renfield zu mir herüber. Ich begann, ihn hinter den Ohren zu kraulen. Sein Hundelächeln wurde immer breiter.

»Hauptsächlich, wer Marquez über mich informiert hat.«

»Derselbe, der diese Mitteilungen geschickt hat, das ist doch klar.«

»Wahrscheinlich hast du recht. Trotzdem denke ich noch immer, dass mehr als eine Person hinter diesen Botschaften steckt. Außerdem ist da noch das Band, und dafür braucht man Sachkenntnis und Geräte. Und eine gemeine Fantasie.«

»Na schön. Denken wir darüber nach.«

Wir saßen beide da und streichelten abwechselnd den Hund, bis sie sich schließlich wieder meldete: »Es gibt mehrere Möglichkeiten: jemand aus deiner Vergangenheit, die Cops oder Freunde von den Kerlen, die du getötet hast. Habe ich wen vergessen?«

»Nein.«

»Jetzt zum Motiv: jemand aus deiner Vergangenheit, der das aus Rache oder wegen des Profits macht (wobei ich allerdings nicht weiß, wie jemand daraus Profit schlagen könnte), Freunde der Kerle, die du getötet hast, weil sie auf Rache aus sind, und die Cops, weil sie dich in Verruf bringen wollen.«

»Das mit dem Profit kannst du vergessen. Mir fällt absolut nichts ein, womit man bei der Sache Geld verdienen könnte. Damit bleibt Rache, und um mich in Verruf zu bringen. Rache erklärt sich von selbst, und darum kümmere ich mich.«

Ich dachte über all das nach. »Also, die Polizisten haben ein gutes Motiv. Wenn ich aus irgendeinem Grund die Stadt verlasse oder unglaubwürdig werde, dann kommen die Cops ungeschoren davon.«

Renfield wälzte sich auf den Bauch, und ich kraulte ihn weiter, während Claire hinausging und mit einer Hundebürste wiederkam. Sie bürstete den Hund eine Weile. Schließlich gähnte sie.

»Wir haben also drei mögliche Verdächtige«, sagte ich.

»Erzähl mir genau, was Marquez gesagt hat.«

Ich berichtete es ihr so genau, wie ich konnte.

»Also wusste Marquez, weshalb du im Gefängnis warst, ja?«

Mir ging auf, dass meine Vergangenheit mich nun auch hier eingeholt hatte.

»Ganz recht. Er hat mich einen Mörder, einen Dieb und einen Gangster genannt. Also, ich habe getötet, hier in Notwehr und an anderen Orten aus anderen Gründen, aber deswegen bin ich nie verurteilt worden. Ein Dieb, gut. Den größten Teil meiner Zeit habe ich deshalb gesessen. Die Ganoven wissen über beides Bescheid. Aber ein Gangster? Ich habe nie direkt zu einer Gang gehört und auch kein Abzeichen getragen. Die Leute aus meiner Vergangenheit würden mir das nicht vorwerfen. Aber die Mitteilungen, den Schnaps und die Lauschaktion – hinkriegen würden die das schon.«

»Okay.« Sie spitzte die Lippen. Ich dachte an Küsse, aber sie war noch ganz bei der Arbeit.

»Man kann mit ziemlicher Sicherheit sagen, dass Marquez nicht von Freunden dieser toten jungen Einbrecher aufgesucht worden ist. Die wissen nichts über deine Vergangenheit, das ist lange her und weit weg. Freunde der Toten könnten es fertigbringen, die Mitteilungen und den Whiskey dazulassen. Und vielleicht könnten sie auch ein Hotelzimmer abhören und ein Band zusammenschneiden.«

Claire sah mir ins Gesicht, tätschelte mein Knie und lehnte sich über den Hund, um mir einen Kuss zu geben.

»Ich sollte diese Diebe nicht *jung* nennen. Überleg mal, wenn du von heute dich mit sechzehn bei einem Einbruch erwischen würdest, was würde das du von heute tun?«

»Das ist mir zu kompliziert.«

»Weich nicht aus.«

»Na gut. Ich würde mich wahrscheinlich erschießen. Aber Schuldgefühle hätte ich trotzdem.«

Claire tätschelte wieder mein Knie. »Richtig. Mir aber steht der Sinn nach Blut. Ich hätte die Kerle umgebracht, wenn ich die Chance gehabt hätte. Ich glaube nur nicht, dass ich je eine Chance gehabt hätte.«

»Danke. Trotzdem ist unser Briefschreiber und Abhörer wahrscheinlich nicht ein Freund der toten Einbrecher. Wahrscheinlich ist es auch niemand aus meiner Vergangenheit, weil meine kriminellen Freunde nämlich alle fest überzeugt sind, dass ich ganz von allein auf die Schnauze falle und keine Hilfe dabei brauche. Wie ist es aber mit deiner Familie?«

Claire antwortete darauf nicht sofort. Sie machte sich stattdessen wieder daran, den Hund zu bürsten, bis sie schließlich sagte: »Meine Familie liebt mich, Punkt, und deshalb tolerieren sie auch dich. Im Augenblick machen mir deine alten Freunde viel größere Sorgen, vor allem die, die dich hassen. Ich denke aber, sie würden dich erschießen, wenn sie wütend auf dich wären, und diese ganze Sache hier kommt mir viel zu kompliziert vor. Dafür zu sorgen, dass du deinen Job verlierst, das ist doch irgendwie sinnlos.«

»Ganz recht. Okay, damit wären wir bei den Polizisten. Die Staatsanwaltschaft wird sie jetzt genau im Auge behalten, und sie können sich einen direkten Übergriff oder eine andere große Dummheit nicht leisten. Sie haben Zugang zu meinem Vorstrafenregister, und den Rest können sie mit Leichtigkeit schaffen. In meiner Polizeiakte ist sicher von Beziehungen zu Gangs die Rede, aus uralten Zeiten zwar, aber es hat welche gegeben.«

»Geht es vielleicht noch ein bisschen ungenauer?«

Sie grinste, und ich verdrehte die Augen.

»In Edmonton habe ich Hasch-Öl, LSD, Gras und Crystal Meth verkauft. Mit dem Geld habe ich Waffen gekauft, Ausweise und Schmuck, und die habe ich nach Osten oder nach Westen geschafft, um was zu verdienen. Von Vancouver aus habe ich Gras nach Süden zu verschiedenen unabhängigen Dealern geschafft, und dort habe ich Pistolen gekauft und nach Edmonton geschafft, um sie dort weiter zu verkaufen. Ein richtig schönes Geschäft über mehrere Ecken. Zufrieden?«

»Überglücklich. Damit kommen wir zu den Polizisten, die jetzt Probleme haben. Sie haben Zugang zu den Akten, und diesen Vorteil können sie einsetzen. Wenn sie dich diskreditieren, kommen sie davon. Sie könnten auch das mit dem Whiskey, den Briefen und vielleicht die Abhöraktion hinbekommen.«

Sie dachte nach. »Der Schnaps! Ich wusste doch, dass ich was Wichtiges vergessen hatte! Wer auch immer dir den Whiskey hingestellt hat, der wusste, dass du in der Richtung Probleme hast. Wer wusste von dir und deinem Alkoholproblem?«

Ich lachte, aber das klang selbst in meinen Ohren irgendwie unsicher. »Na ja, jeder aus meiner Vergangenheit.«

»Richtig. Aber hast du nicht gesagt, die meisten würden denken, du tust nur so, als wolltest du ehrlich und trocken werden?«

Endlich fiel auch bei mir der Groschen. »Ja. Sie denken alle, dass ich noch trinke. Damit würde es aus ihrer Sicht nichts bringen, wenn sie mir Schnaps hinstellen. Wer den Whiskey auch immer hergebracht hat, der wusste, dass ich nichts mehr trinke, und der wusste auch, dass er mir damit wehtun würde.«

»Richtig! Also, die Polizisten wissen das, oder?« Sie führte ihren Gedanken fort, ohne meine Antwort abzuwarten. »Und irgendwelche Freunde der toten Einbrecher oder Leute aus deiner Vergangenheit wissen dagegen nichts von deinen Alkoholproblemen.«

Sie brachte die Sache zügig zum Abschluss. »Das bedeutet, dass die Polizisten diejenigen sind, die diese Scheiße abziehen.«

»Wie kommst du darauf?« Wie üblich kapierte ich es nicht. »Ich widerspreche dir nicht, aber warum?«

Claire tätschelte mir sanft den Arm, als wollte sie mir sagen, dumm bist du ja nicht, nur langsam.

»Die einfachste Lösung ist immer die richtige. Außer, wenn sie es nicht ist. Die Polizisten sind die einfachste Lösung.«

»Na schön. Polizisten sind im Allgemeinen tatsächlich ziemlich einfach gestrickt.« Ich dachte darüber nach und nickte schließlich. »Die Idee könnte stimmen.«

»Natürlich tut sie das. All das könnte sogar einer allein schaffen. Es könnte also ein einzelner Polizist sein.«

»Toll. Du bist richtig gut. Sogar logisch.«

Bescheiden akzeptierte sie dieses Lob. Ich stand auf und nahm sie bei der Hand.

»Und als Lohn bekommst du eine Stunde Oralsex.«

Sie folgte mir nach oben ins Schlafzimmer und sah mir zu, wie ich mich auszog. »Zwei Fragen. Was ist mit Fred?«

Ich grinste und machte mich daran, den Reißverschluss ihrer Hose aufzuziehen. »Soll er sich doch selbst eine Freundin suchen. Und die zweite Frage?«

Sie bedeckte ihre Brüste mit einem Arm und blinzelte mich mit großen Augen an.

»Nun, mein Bester, kriege ich diese Stunde Oralsex, oder gebe ich sie?«

Später küsste mich Claire und klopfte mir anerkennend auf die Schulter.

»Gar nicht so schlecht für einen alten Mann.«

»Vielen Dank.«

»Eines würde mich interessieren. Warum hast du nicht auch gegen Walsh Anzeige erstatten lassen?«

»Das ist kompliziert. Weil es einfacher ist, mit einer Anzeige gegen einen Polizisten mit niedrigerem Rang durchzukommen. Walsh hat in der Stadt den Ruf eines Helden, und das ist eine Karte, die sich nur schwer übertrumpfen lässt.«

Ich wünschte, ich hätte eine Zigarette oder sogar eine Pfeife oder Kautabak. Wenn man aufgehört hat zu rauchen, weiß man nicht recht, was man nach dem Sex tun soll. Außer schlafen, und die Frauen hassen es, wenn man gleich einschläft, was ich eigentlich für ungerecht halte, weil sie das eher als Kompliment auffassen sollten. Claire unterbrach meine Gedanken. Sie stieß mich an, und ich fuhr zusammen.

»Ich habe nicht geschlafen. Jede Jury will, dass Polizisten hart mit Verbrechern umspringen. Deshalb muss man zunächst immer davon ausgehen, dass die Jury voreingenommen ist. In diesem Fall müsste es uns gelingen, sie davon zu überzeugen, dass Walsh nichts mit den Prügeln selbst zu tun hatte. Dann könnte die Jury wütend auf ihn werden, weil er das nicht gleich gemeldet hat. Oder er könnte die anderen Polizisten fallen lassen und behaupten, er hätte versucht, sie davon abzuhalten.«

Sie wartete ab.

»Bevor es vor die Jury kommt, muss der Fall aber der LERA vorgelegt werden. Gott allein weiß, was da passieren wird. Nach allem, was man so hört, ist das ein Rattennest mit politischen Grabenkämpfen und Vetternwirtschaft. Die Provinzverwaltung hat am ehesten ein Interesse daran, Walsh als Polizisten aufzubauen, der Gewalt nicht angewendet, sondern sie vielmehr zu stoppen versucht hat. Dafür müssen sie aber zuerst einmal zugeben, dass überhaupt geprügelt worden ist.«

»Du hast recht. Das ist kompliziert. Was ist eigentlich diese LERA?«

»Die *Law Enforcement Review Agency*, die Innenaufsicht der Polizei. Sämtliche Beschwerden gegen Polizisten müssen dort erst bewiesen werden, bevor es zum Prozess kommen kann.«

»Das klingt mir aber ganz nach zwei Verhandlungen in einer Sache. Das ist doch verboten, oder?«

»Ist es auch. Man muss eine Anklage gegen Polizisten zuerst beweisen, bevor man anfangen kann, eine Anklage gegen Polizisten zu beweisen.«

»Beschissen! Aber damit lässt du Walsh laufen. So klingt es zumindest.«

»Nein. Nicht wirklich, aber ich kann nicht beweisen, dass er mich geschlagen hat, und außerdem stimmt es ja auch nicht. Walsh hat mich tatsächlich nicht geschlagen. Zumindest nicht sehr. Er hat Fitzpatrick und Cairns dazu gebracht, die Drecksarbeit zu übernehmen.«

Fred fing unten an zu schreien, aber noch ignorierten wir ihn.

»Es muss dir außerdem klar sein, dass jeder andere Polizist Walsh hassen wird, weil wir ihn nicht auch angezeigt haben. Wahrscheinlich läuft es auf einen Handel hinaus.«

Ich drückte sie einen viel zu kurzen Augenblick lang an mich und ging dann hinunter, um Fred zu holen.

»Das alles wäre mir nie in den Sinn gekommen«, sagte sie, küsste mich und lachte.

19

Am nächsten Tag machten wir Hausputz, lasen die letzte Nachricht an unserer Eingangstür (»Vergewaltiger!«) und sprachen alles noch einmal durch. Wir waren uns einig, dass wir mehr über Walsh, Cairns und Fitzpatrick sowie die drei toten jungen Männer herausbekommen mussten. Um die Mittagszeit schickte ich Claire los, um eine Telefonzelle zu suchen und mit dem Archiv der *Winnipeg Free Press* zu sprechen. Sie kam eine Stunde später wieder und grinste wie ein Teenager. »Auftrag ausgeführt, *mon Capitaine.*«

»Was ist passiert?«

»Also, in das Archiv der *Free Press* kommt man nicht rein«, berichtete sie. »Aber in der Hauptzweigstelle der Stadtbücherei in der Innenstadt ist die Zeitung auch archiviert. Sowohl in der Datenbank als auch auf Mikrofilm.«

Ich verzog das Gesicht. Ohne ein Stichwortverzeichnis würde ich Jahre brauchen, bis ich die archivierten Zeitungen durchgesehen hatte.

»Was hast du denn?«

Ich sagte es ihr.

»Da hast du recht. Deshalb habe ich mir diese Liste von Artikeln über ganz bestimmte Gesetzesbrecher zusammenstellen lassen.«

»Dafür bekommst du einen Kuss.«

Anschließend machten wir weiter mit der Hausarbeit.

Allmählich wurde ich wegen Claire und ihrer Verabredung mit Elena immer nervöser. Als sie sich am Abend zum Ausgehen fertig machte, folgte ich ihr mit Fred nach oben.

»Nein, nein, geh nur. Fred und ich kommen schon klar. Denk nicht einmal daran, was für Härten wir hier durchzustehen haben werden.«

All das ließ Claire völlig ungerührt.

»Wo ist mein BH?«

Fred krabbelte mit dem BH in der Faust herum und wollte ihn nicht hergeben.

»Netter Versuch.«

Ich setzte mich mit Fred aufs Bett, und wir beide beobachteten, wie Claire sich anzog.

»Also, wo geht ihr beiden hin?«

»Aus. Elena wusste es noch nicht. Ich habe ein Café vorgeschlagen. Kannst du irgendwas empfehlen?«

»Klar. In der Main Street gibt es eine Bäckerei, die ein Grieche führt. Guter Kaffee und Spitzen-Gebäck, aber ich weiß nicht, wie lange die aufhat.«

Claire war fertig und küsste uns beide. »Warte nicht auf mich.«

Frederick war inzwischen von meinem Schoß heruntergekrabbelt und kämpfte mit einem Sofakissen. Draußen jaulte Renfield. Wir hatten ihn im Vorgarten an eine Kette gelegt, um ihn daran zu erinnern, dass er eigentlich ein Hund und kein Mensch war, was ihn zutiefst erbitterte. Ich küsste Claire.

»Viel Spaß.«

Claire kam nach Hause, als die Sonne gerade aufging, und ich begrüßte sie oben an der Treppe. Sie hatte einen Schluckauf und presste beide Hände auf den Magen.

»Oh mein Gott!«

Ich nahm ihren Arm und führte sie ins Schlafzimmer, wo sie leicht schwankend stehen blieb, während ich ihr die Kleider auszog. Alles roch nach Zigarettenrauch und Bier und Whiskey. Als sie nackt war, legte ich sie aufs Bett und deckte sie zu.

Sie hatte bereits angefangen zu schnarchen, als ich hinausging. Unten schien die Sonne hell zum Wohnzimmerfenster herein. Ich blieb stehen und lauschte angestrengt in die Stille hinein. Dann holte ich mir das Stemmeisen aus dem Schirmständer und hielt es fest, bevor ich Renfield durch den Hintereingang hereinließ. Er kam zu mir gerannt, wedelte heftig mit dem Schwanz und sprang dankbar an mir hoch.

Ich gab ihm einen Hundeleckerbissen aus Reis und getrocknetem Fleisch, den er mit offensichtlichem Genuss hinunterschlang. Er folgte mir, als ich die Kaffeemaschine einschaltete und danach zum vorderen Teil des Hauses ging. Dort fand ich den erwarteten Zettel, er war mit einem billigen Klappmesser ohne Feder unter dem Briefkasten an die Hauswand geheftet. Ich zog das Messer heraus, nahm den Zettel an mich und ging hinein, um ihn zu lesen.

»Verschwinde mörder!«

Wieder war es mit rotem Buntstift auf Packpapier geschrieben. Ich faltete den Zettel zusammen und legte ihn zu den anderen in die Küche. Dann sah ich mir das Messer an. Es war noch neu, aber die Klinge war aus billigem Stahl. Also brach ich sie ab und warf die Stücke in die Mülltonne.

In der Küche schaltete ich das Radio ein und erwischte zwei gute Songs, Dean Martins schnellere Version von »Ain't that a Kick in the Head« und »Boris the Spider« von The Who. Dann kam ein Sprecher zu Wort und meldete, dass die Polizei von Winnipeg nach einem Mann aus Vancouver fahndete, der in der Stadt vermutet und für »bewaffnet und gefährlich« gehalten wurde. Sogar das Auto, das er fuhr, kannten sie. Ich hörte mir den Rest der Nachrichten und die nächsten Songs an, goss mir noch etwas Kaffee ein und wartete darauf, dass Fred aufwachte.

20

Fred und ich saßen im vorderen Zimmer auf dem Teppich, sahen den Gewitterwolken zu und lauschten dem Regen draußen, als Claire irgendwann kurz nach ein Uhr aufwachte. Sie kam im Bademantel herunter. Ihr Gang war unsicher.

»Guten Morgen«, sagte sie matt.

Fred gab ein Geräusch von sich, das wohl Freude ausdrücken sollte, und bekam einen Kuss, danach war ich dran. Der Hund winselte erbärmlich und versuchte angestrengt, aus Angst vor dem Gewitter seinen Kopf unter dem Kaffeetisch in den Boden zu bohren.

»Guten Nachmittag. Komm, setz dich. Ich hole dir Kaffee.« Sie setzte sich. Fred krabbelte auf ihren Schoß und versuchte, ihre Aufmerksamkeit auf den Regen zu lenken, der draußen herunterprasselte. In der Küche schaltete ich die Kaffeemaschine ein und steckte zwei Scheiben Brot in den Toaster. Bis es fertig und geschmiert war, war der Kaffee durchgelaufen. Ich legte den Toast auf die Tasse mit dampfendem Kaffee und balancierte beides zurück ins Wohnzimmer.

»Oh, danke«, hauchte sie. Sie klang sehr angeschlagen und aß nur winzige Bissen von dem Toast. Ich setzte mich hinter sie und begann, ihr die Schultern zu massieren. Dabei rutschte ein Ärmel herunter, und ich konnte den oberen Teil ihrer rechten Schulter sehen.

»Oho!«

Sie nahm einen sehr kleinen Schluck Kaffee und richtete ihre blutunterlaufenen Augen auf mich. »Was ist denn?«

»Wenn das nicht ein waschechter Knutschfleck an deinem Hals ist.«

Sie verrenkte sich den Hals und versuchte, ihre Schulter anzusehen. »Schön wär's. Wir waren tatsächlich tanzen. Da war dieser große Typ, ein Möchtegern-Cowboy, der hat mich angebaggert und wollte mir jedes Mal eine Massage verpassen, wenn die Musik langsamer wurde.«

Ich massierte ihr die Schulter und wich dabei dem blauen Fleck aus, während sie weiterredete: »Es war eine beschissene Massage.«

»Hast du dich denn sonst gut amüsiert?«

»Wunderbar. Da waren Elena und ich und die Besitzerin der Hotelbar und ihr Barmixer. Die kamen später. Alles war toll, bis wir auf Wodka Paralyzer umgestiegen sind.«

Sie schüttelte sich.

»Wodka und Kahlua und Cola und Milch. Niemals wieder. Gott kann nicht gewollt haben, dass das jemals zusammengemixt werden sollte.«

Als sie nichts mehr essen wollte, schickte ich sie unter die Dusche. Ich blieb unten sitzen und sah in den Regen hinaus. Das wirkte sehr beruhigend auf mich. Schließlich schlief Fred ein, und ich legte ihn in sein Kinderbett. Claire kam in Jeans und Pullover herunter. »Also, wie sehen deine Pläne für heute aus?«

»Na ja, der größte Teil von heute ist schon vorbei. Ich dachte, ich könnte weitere Bewerbungen kopieren und dann in dem Bogenschützen-Laden nachfragen, ob der Besitzer vielleicht wieder Hilfe braucht.«

Ich trug das Geschirr in die Küche und stellte es in den Ausguss. Dann machte ich mich daran, aus Tomaten und Salat ein Sandwich zu machen. Claire kam hinter mir her, holte einen Beutel tiefgefrorene Erbsen aus dem Tiefkühlfach und drückte ihn sich an die Stirn.

»Dann wollte ich in die Stadtbücherei gehen und mich über unsere Freunde informieren.«

Sie stand mit geschlossenen Augen da und drückte sich weiter die Erbsen an die Stirn. Sie schmeckten grauenhaft, und wir aßen sie nie, bewahrten den Beutel aber für solche Gelegenheiten auf oder wenn sich jemand verletzt hatte. Sie spürte, dass ich sie ansah, und machte ein Auge auf. »Was willst du?«

Ich winkte ab, ohne ihr zu antworten. Sie wartete, aber ich sagte nichts mehr, und so küsste sie mich halbherzig. Dann ging ich.

In dem Bogenschützen-Laden gab es ein halbes Dutzend Kisten abzuladen, und das hatte ich in einer knappen halben Stunde geschafft. Der Fahrer war blass geworden, als er mich nur gesehen hatte. Dann hatte er sich dazu herabgelassen, mir dabei zu helfen, die Kisten von dem Laster zu ziehen. Er roch nach altem Schweiß und Urin.

Ich sagte: »Danke.«

Er ignorierte mich, stieg in seinen Laster und jagte mit quietschenden Reifen davon. Als die Kisten im Lager waren, meldete ich mich wieder bei dem Besitzer. Er war gerade mit einem Bogen an einer großen Werkbank neben der Kasse beschäftigt.

»Fertig?«

»Alles erledigt.«

Er schnaubte. »Mein Gott, ich sollte Ihnen nicht die volle Summe zahlen.«

Ich sagte nichts und wartete mit hinter dem Rücken verschränkten Händen ab.

»Aber Vereinbarung ist Vereinbarung. Hier, probieren Sie mal den hier.« Er gab mir den Bogen, an dem er gearbeitet hatte, und ich hielt ihn unbeholfen in der Hand.

»Verbundbogen für Bären, Größe zwei. Etwa zehn Jahre alt und absolut keine Schäden. Der Besitzer hat ihn für einen neuen in Zahlung gegeben. Bogenschützen sind wie Kameraliebhaber, sie müssen immer das neueste und beste Modell haben. Sie geben dann gerne ihren alten Bogen für einen neuen in Zahlung.«

Ich hob den Bogen und zog die Sehne bis zu meinem Ohr zurück.

»Sie sind ein Naturtalent. Wollen Sie den Bogen haben?«

Es klang beinahe desinteressiert, und ich musterte ihn misstrauisch.

»Wie viel?«

»Achtzig Dollar. Ich gebe noch drei Pfeile dazu. Steuerfrei.«

Ich legte den Bogen ab und schüttelte den Kopf. »Tut mir leid, das Geld habe ich im Augenblick nicht.«

»Sechzig? Sie brauchen sich noch nicht zu entscheiden. Probieren Sie ihn doch erst mal aus.«

Er zeigte mir, wie man den Bogen richtig hält, und maß meinen Arm ab. Dann zog er zwei Pfeile aus Glasfaser aus einem Köcher an der Wand. Ich ging bis zu dem Strich zurück, den er auf den Boden gemalt hatte, und visierte die Zielscheibe am Ende des Raums an. Sie war zwanzig Meter weit weg und kam mir etwa so groß vor wie ein Geldstück. Ich erschrak, als der Alte plötzlich etwas sagte. Ich hatte gar nicht gehört, dass er sich hinter mich gestellt hatte.

»Jetzt legen Sie den Pfeil direkt auf diese Messingauflage hier. Ziehen Sie die Sehne zurück bis an Ihr Ohr. Zielen Sie durch den kleinen Ring, und dann bringen Sie ihn mit dem Ziel und mit dem hier auf eine Linie.«

Er deutete auf einen Stift in der Aluminiumschiene direkt oberhalb des Griffes.

»Und lassen Sie die Sehne über Ihre Finger gleiten.«

Das tat ich, schoss daneben und versuchte es noch einmal. Ich versuchte es wieder und wieder. Als ich schließlich aufhörte, tat mir mein ganzer Oberkörper weh. Ich sah auf die Uhr. »Mein Gott!«

Es waren zweieinhalb Stunden vergangen. Ich senkte den Bogen, ging in den vorderen Teil des Ladens zurück und legte ihn auf den Ladentisch. Der alte Mann hatte sich wieder auf seinen Stuhl gesetzt und sah nicht einmal auf, sondern klebte sorgfältig eine neue Kerbe an einen Pfeil in Tarnfarben.

»Also achtzig, okay?«

Ich rieb mir die linke Hand, wo die Sehne mir die Haut aufgescheuert hatte.

»Ich dachte, es seien sechzig.«

Seine Hände blieben weiter beschäftigt. Er hob seinen Kopf nicht, als hätte er mich nicht gehört.

»Wie wäre es damit? Ich komme die nächsten zwei Monate jede Woche rein und helfe Ihnen umsonst mit Ihren Lieferungen.«

»Vier Monate.«

»Zweieinhalb?«

»Drei?«

»Drei.«

Damit schien der alte Mann einverstanden zu sein, denn erst jetzt sah er auf und lächelte. Bevor er antworten konnte, sagte ich noch: »Und ich bekomme sechs Pfeile.«

»Na schön. Aber ich behalte den Bogen im kommenden Monat noch als Sicherheit hier.«

Wir besiegelten das Geschäft per Handschlag. Während ich später die Main Street entlangging, versuchte ich, mir zu überlegen, wie ich Claire beibringen konnte, dass ich ein neues Spielzeug hatte. Ich hatte die Adresse der Stadtbücherei im Telefonbuch des Bogenschützen-Ladens nachgesehen. An einer Bushaltestelle sah ich mir die Fahrstrecken an. Kein Problem, ein Bus fuhr direkt dorthin.

Unterwegs hielt ich die Augen offen. Vielleicht wurde ich beschattet, von Polizisten oder von Ganoven. Polizisten würde ich wahrscheinlich nicht erkennen, weil sie ein ausgeklügeltes System hatten. Ein ganzer Trupp in Zivil wäre vor und hinter mir. Sie stünden über Funk miteinander in Verbindung und würden ständig die Position wechseln. Sie könnten ihre Kleidung untereinander austauschen, vor mir hergehen oder Autos benutzen, um an mir vorbeizukommen. Alles Maßnahmen, gegen die ich kaum etwas machen konnte.

Eigentlich gab es nur zwei Dinge, die sie nicht ändern konnten, die Schuhe und die Körpersprache, und beides konnte ich zu Fuß noch am ehesten im Auge behalten. Schuhe, weil niemand sie gern immer und immer wieder von Neuem wechselt. Und Körpersprache, weil ein Polizist ein Polizist ist und bleibt. Außerdem tragen alle Waffen, und die erkennt man durch ihre Hosen oder Mäntel.

Als der Bus kam, zahlte ich den Fahrpreis von 1,85 $, setzte mich in die Nähe des hinteren Ausgangs und behielt die Fahrgäste unauffällig im Auge.

Wenn ich von Ganoven verfolgt wurde, von Freunden der toten Einbrecher, dann würden sie sich wahrscheinlich amateurhaft verhalten. Es ist sehr schwierig, jemanden zu beschatten, dafür sind Geduld, Geschicklichkeit und Begabung notwendig. Außerdem viel Übung, die den meisten Kriminellen wohl fehlen dürfte. Deshalb würde ich sie wahrscheinlich sofort bemerken.

Während der nächsten zwanzig Minuten und acht Haltestellen stiegen zwölf Fahrgäste zu, und schließlich begannen all die Gesichter und Schuhe miteinander zu verschmelzen. Der Bus fuhr zwischen der Stadtbücherei und einer Kirche durch. Kurz danach tauchte am Ende der Straße ein Gebäude auf, das aussah wie eine riesige Hochzeitstorte aus grauen Kalksteinmauern und Fenstern mit Messingrahmen. Es war fünf Stockwerke hoch und füllte einen gesamten Block aus. Auf der linken Seite erstreckte sich eine Parkgarage, sie war halb offen.

Das war perfekt, und so stieg ich aus.

21

Jemanden zu verfolgen macht Spaß. Auch jemanden abzuschütteln. Für den, der verfolgt wird, ist es allerdings schwierig, weil er nie sicher sein kann, ob er wirklich alle Verfolger abgeschüttelt hat. Er weiß meistens nicht einmal, ob er überhaupt verfolgt worden ist. Trotzdem, auch Leute mit Verfolgungswahn haben Feinde, und so verhielt ich mich so, als würde ich verfolgt werden, was an sich keine schlechte Idee ist, auch wenn man dabei unter Umständen wie ein Vollidiot aussieht.

Ich war in der Hauptfiliale der Kaufhauskette von Hudson Bay, einem großen, offenen Areal voll von Spiegeln und Kameras und teuren Artikeln. Wenn ich beschattet wurde und es Polizisten oder gut organisierte Kriminelle waren, waren sie dem Bus im Auto gefolgt und hatten über Funk oder per Handy Kontakt gehalten. Sie würden sich also an den Ein- und Ausgängen postieren, um mich abzufangen, wenn ich herauskam. Und da das Kaufhaus vier Seiten hatte, waren dafür vier Aufpasser nötig.

Ich blieb bei einem Fahrstuhl stehen und sah mir auf einem großen Lageplan an, wo ich in dem Kaufhaus war. Im Erdgeschoss gab es drei Ausgänge zu drei verschiedenen Straßen und im ersten Stock einen Zugang zu dem Einkaufszentrum am Portage Place, außerdem von allen Stockwerken aus Ausgänge zu den Parkdecks. Also fuhr ich mit der Rolltreppe in den ersten Stock. Dort ging ich kreuz und quer durch die Abteilung für Herrenoberbekleidung, zog dabei meine Nylonjacke aus und faltete sie zu einer kleinen Tasche zusammen. Jetzt trug ich nur ein einfaches weißes Hemd. Ich querte einen breiten Gang und erreichte eine schmale Treppe, die nach unten zum Parkdeck führte. Als ich das Gebäude verließ, stand ich fast genau gegenüber der Bushaltestelle, wo ich ausgestiegen war. Seitlich öffnete sich eine schmale Straße. Ich ging hinein und erreichte nach kurzer Zeit die Stadtbücherei, ohne auf die Hauptstraße zurückzumüssen.

»Guten Tag.« Die Bibliothekarin im zweiten Stock lächelte mich an. Ihre Lippen waren leuchtend rot geschminkt.

»Ich kenne mich nicht aus. Ich interessiere mich für einige alte Nummern der *Free Press*. Was muss ich da tun?«

»Wissen Sie das Datum? Manche sind nämlich auf Mikrofilm, andere sind archiviert.«

Ich sah auf dem Zettel in meiner Tasche nach und nannte ihr die ersten drei Ausgaben, für die ich mich interessierte, und dazu für den Fall, dass jemand nachfragte, was ich hier gesucht hatte, noch ein paar zusätzliche, um die Sache komplizierter zu machen.

»Hmmm. Die sind noch in Papierform archiviert. Davon darf ich Ihnen jeweils nur drei Nummern geben. Schreiben Sie mir die ersten drei hier mit Namen und Adresse auf.«

Sie schob mir einen Zettel herüber, und ich notierte drei Ausgaben, dazu den Namen *Archie Tiers* und die Adresse *Corydon Avenue*. Der Name war genauso echt wie die Adresse und die Telefonnummer, denn ich hatte sie mir gerade eben aus dem Telefonbuch im Erdgeschoss eingeprägt. Ein paar Augenblicke später brachte sie mir die ersten drei Zeitungen. Ich setzte mich an einen Tisch in einer Ecke des Lesesaals, von dem aus ich den Fahrstuhl im Auge behalten konnte.

Ich hatte Papier und einen Stift mitgebracht, und für längere Artikel gab es einen Kopierer.

Der erste Artikel war fünf Jahre alt. Es ging darin um einen Fall, in dem Walsh beschuldigt worden war, einen Verdächtigen misshandelt zu haben. Ich schrieb mir Namen und Daten auf und las den Bericht durch. Er bestand fast nur aus Lobeshymnen, was für ein guter Polizist Walsh sei. Außer einem knappen Bericht enthielt der Artikel eine ausführliche Biografie. Er war ein Junge aus Winnipeg, High School, Polizeischule, gute Noten, mit 21 jüngstes Mitglied der Mordkommission, mit 23 Mitglied der Sondereingreifgruppe, Detective schon in diesem oder jenem Alter und so weiter. Abschluss in Computerwissenschaften, außerhalb der Dienstzeit am Red River College absolviert. Keine Angehörigen. Keine Kinder. Ein Feind von Gangs (»Schläger und Feiglinge«), Drogen (»Das ist was für Verlierer, man muss einfach nur Nein sagen«), Hetze gegen die Polizei (»Man muss ihnen Freiraum lassen, damit sie ihren sehr, sehr schweren Job tun können«) und milden Urteilen (»Wer Verbrechen begeht, der muss sitzen, und das sollte kein Urlaub sein«).

Über den Mann, der die Misshandlung angezeigt hatte, hieß es, er sei Drogenhändler, Dieb und Zuhälter, auf dessen Konto auch Überfälle auf Tankstellen gingen. Der Mann behauptete, Walsh hätte ihn nach der Verhaftung mit vorgehaltener Pistole in einem neutralen Auto aus der Stadt gefahren. Dann hatte Walsh ihn angeblich gezwungen, Schuhe, Socken und Hose auszuziehen und sechzehn Kilometer weit zurück in die Innenstadt zu laufen. Es war damals Januar gewesen, 25 Grad unter Null, mit beißendem Wind. Walsh hatte behauptet, die ganze Geschichte sei erfunden und lächerlich.

Aktenkundig aber waren folgende Tatsachen: Der Mann hatte durch Erfrierungen zwei Zehen verloren, und er war eine Woche im Krankenhaus. Danach ließ er die Anklage fallen und zog weg aus der Stadt. Die Wartungsabteilung für Polizeifahrzeuge vermerkte eine Lücke von über dreißig Kilometern in Walshs Fahrtenbuch. In dem Artikel wurde nebenbei erwähnt, dass die Polizei von Saskatchewan Mitte der siebziger Jahre auf gleiche Weise mit Eingeborenen umgesprungen war. Damals waren mindestens sechs Todesfälle wegen Unterkühlung gemeldet worden.

Die Kopien kosteten 50 Cents. Dann machte ich mich an die nächsten drei Zeitungen.

Ein pensionierter Polizist hatte einiges über Walsh zu berichten. Als junger Kollege im Morddezernat hatte Walsh einen Mann angegriffen, der angeblich seine Frau erstochen hatte. Im Verlauf des Kampfes hatte Walsh ihm mit einer brennenden Zigarre ein Auge ausgebrannt. Der Zwischenfall war als Unfall eingestuft worden.

Weitere Zeitungen, weitere Geschichten. Walsh beim Abschluss seiner Computer-Ausbildung. Walsh bei einer Aussage, nachdem ein Bankräuber erschossen worden war. Walsh vor dem Stadtrat, wie er sich dafür einsetzte, einen Roboter anzuschaffen, um mit »festungsartigen Drogen-Umschlagplätzen, Bomben, Gangs und anderen Problemen fertig zu werden, die für Polizeibeamte zu gefährlich sind«. Walsh bei einer Aussage zu Gunsten eines Polizisten, der beschuldigt wurde, einen Politiker der Eingeborenen erschossen zu haben. Der Mann hatte sich offensichtlich die Frage erlaubt, warum er um drei Uhr früh von einem Polizisten in einer Seitenstraße verhört werden sollte. Walsh, wie er seinen neuen Roboter benutzte, um während eines Streiks in einer Flugzeugfabrik eine Rohrbombe zur Detonation zu bringen. Walsh, wie er ein Computerprogramm im Dezernat für Kindesmisshandlung installierte. Walsh auf einem Dutzend Bilder mit dem Roboter, wie das Wundergerät mit Straßensperren und Geiselnahmen fertig wurde. Walsh bei der Zusammenarbeit mit der Royal Canadian Mounted Police in einer

Task Force zur Bekämpfung von Gangs. Walsh und seine Beteiligung an der Verhaftung von dreißig Mitgliedern der Straßengang Manitoba Warriors.

Und die Folgeberichte dazu: Der Mann mit dem ausgebrannten Auge hatte seine Frau nicht erstochen und wurde freigesprochen. Der tote angebliche Bankräuber war fünfzehn Jahre alt und hatte Papier und einen Stift in der Hand, nicht eine Pistole. Die RCMP hatte verlangt, dass Walsh von der Task Force abgezogen wurde. Als der Mammutprozess gegen die Warriors zu Ende war, hatte er drei Millionen Dollar gekostet, und den meisten Angeklagten war kein schlimmeres Verbrechen nachzuweisen gewesen als der Besitz von weniger als dreißig Gramm Gras. Irgendein vorlauter Reporter von der *Free Press* hatte Walsh als einen Polizisten beschrieben, der »Verbrechen höchstpersönlich erfindet«.

Niemand hatte das witzig gefunden.

Ich notierte mir die Reporter, die auf Walshs Seite waren, und die, die ihn kritisch behandelten, und las weiter.

Fitzpatrick und Cairns wurden nicht so oft erwähnt. Beide waren alte Polizisten aus alten Polizisten-Familien, die von polizeifreundlichen Reportern gern als »alte Schule« bezeichnet wurden, treue Mitglieder der Polizeigewerkschaft, freundliche, solide Männer, solange man selbst Polizist oder ein blindwütiger Verfechter von Gesetz und Ordnung war. Der Stammbaum dieser Leute reichte bis 1919 zurück, als die damaligen Stadtpolizisten während des großen Streiks in Winnipeg zu den Streikenden überliefen und die Stadtverwaltung eine komplett neue Polizeitruppe aus Ersatzleuten aufstellen musste, die den Abtrünnigen die Köpfe blutig schlug.

Über die drei Einbrecher war nichts zu finden. Über Robillard dagegen eine Menge. Bei einer Großrazzia gegen Hehler verhaftet, keine Anklage erhoben. Verhaftet wegen schwerer Körperverletzung (mit einem Holzfällerhaken), Anzeige vom Opfer zurückgezogen. Verhaftet wegen Besitzes von nicht registrierten Schrotgewehren, Anklage niedergeschlagen, als ein anderer die Schuld auf sich nahm. Vier Verhaftungen wegen Landfriedensbruch bei verschiedenen Schlägereien in Bars in der Stadt, in allen Fällen Bußgeld bezahlt. Schließlich ein paar Zeilen, dass er vor drei Jahren eine gewisse Sandra, geborene Simcoe, geheiratet hatte.

Um etwa zehn vor neun kam die Bibliothekarin zu mir herüber und tippte mir auf die Schulter. »Zeit zu gehen.«

Ich brachte die Mikrofilmrollen zurück zur Ausgabe, und die freundliche Bibliothekarin machte sich daran, sie wegzuräumen. Ich lachte ihr zu und fuhr nach Hause.

22

Am nächsten Tag. Claire und ich waren uns inzwischen einig, dass höchstwahrscheinlich die Polizei, speziell Walsh, für unsere Probleme verantwortlich war. Ich ging im vorderen Wohnzimmer auf und ab und dachte darüber nach, als ich jemand die Einfahrt entlangkommen hörte.

Ich hatte die Tür schon geöffnet, bevor die Frau draußen den Klingelknopf auch nur berühren konnte. Ich kannte sie nicht, und sie glotzte mich mit einer Mischung von Angst und abgrundtiefer Dummheit an. »Ja, bitte?«

Sie starrte mich nur an und drückte mir einen Umschlag in die Hand. »Hier.«

Sie drehte sich um, um wieder zu gehen, und ihre Schultern spannten sich an, als wollte sie einen Schlag abfangen. Auf dem Bürgersteig drehte sie sich noch einmal um und sah mich mit dem ungeöffneten Brief in der Hand dastehen. Dann glitt sie hinter das Steuer eines ziemlich neuen Autos und fuhr schnell weg.

Claire trat hinter mich, während ich las, dann gab ich ihr den Brief wortlos weiter. Sie las ihn schnell durch und schnaubte: »Rausgeworfen?«

Fred führte unter dem Kaffeetisch wieder einen Ringkampf mit einem Kissen aus, und der Hund kaute an einem Stück Rohleder in Knochenform. Ich ging in die Küche, um mir ein Glas Wasser zu holen. Claire kam hinter mir her und betrachtete den Umschlag.

»Wer hat ihn gebracht?«

Ich ließ das Wasser laufen, bis es kalt wurde. »Eine kleine Frau mit grünen Augen und braunem Haar. Sie hatte einen hellgrünen Hosenanzug an und fuhr einen silberfarbenen Lexus.«

»Hatte sie einen großen Busen?«

Ich grinste. »Nein. Überhaupt nicht.«

»Dann war es Ms Gantz, unsere Vermieterin. Das bedeutet, es ist offiziell.«

Ich trank einen Schluck Wasser und las den Brief noch einmal durch. »Also, was machen wir?«

»Ich gehe nach hinten auf den Hof. Kommst du mit?«

Baby und Hund begleiteten uns, der eine in seinem Laufstall, der andere an einem Stück Seil an einem Pflock. Claire sah sich um, zog ein Paar Gartenhandschuhe aus Segeltuch an und warf mir dann ein Paar leuchtend rosa Gummihandschuhe zu.

»Es ist noch viel Arbeit zu erledigen.«

Ich schlug mir die Handschuhe ans Bein und nickte. Der Hinterhof war tatsächlich ein Chaos. Die Vormieter hatten das Dach neu mit Holzschindeln gedeckt und den Müll anschließend einfach liegen lassen. Nun zerstörte er den Rasen und tötete die sowieso spärlichen Blumen ab. Irgendjemand hatte versucht, in einem großen Beet am Zaun Wildblumen zu züchten, aber jetzt standen da nur noch Unkraut und Disteln. Die Reste des Rasens bestanden hauptsächlich aus strohigem Gras mit Löwenzahn, tiefe Reifenspuren von Autos und Lastern verliefen kreuz und quer.

»Wo willst du anfangen?«, fragte sie.

»Nirgends. Man hat uns rausgeworfen, schon vergessen?«

Claire nickte freundlich, ohne darauf einzugehen. Dann machte sie sich in dem Blumenbeet daran, das Unkraut auszureißen und es in einen Müllsack zu stopfen.

»Wie du willst.«

Ab und zu unterbrach sie ihre Arbeit, kniete sich hin und beugte sich weiter hinunter. Manchmal ließ sie die inspizierte Pflanze stehen, manchmal riss sie sie aus und stopfte sie in ihren Müllsack. Ich konnte keinen Unterschied zwischen Pflanzen und Unkraut erkennen. Schließlich nahm ich selbst auch einen Müllsack.

Unsere Nachbarn auf beiden Seiten waren sofort ins Haus gegangen, als wir herausgekommen waren. Damit hatten wir den Hinterhof ganz für uns, was wir ganz angenehm fanden. Der Hof war etwa fünfzehn Meter lang und zehn Meter breit, bis zu den hinteren fünf Metern war er mit Gras bewachsen. Dahinter begann Kiesboden mit ein paar Inseln aus Beton. Jemand war über eine kleine Buschreihe gefahren, also fing ich da an.

»Kann ich diese Büsche wegwerfen?«

»Lass mal sehen.« Claire kam herüber und sah sich die Überreste genau an. Schließlich beugte sie sich vor, brach einen Zweig ab und roch an seinem Ende. »Ja. Die sind hinüber.«

Die Büsche zu entfernen war schwerer, als es ausgesehen hatte, aber schließlich schaffte ich es, sie mit den Wurzeln auszugraben und in Müllsäcken zu verstauen. Während ich arbeitete, kam ein Polizeiauto im Schritttempo an der Hinterfront entlanggefahren und blieb neben mir stehen. Drinnen saßen zwei weiße junge Männer mit großen Schnurrbärten. Wie auf Kommando drehten beide den Kopf und sahen zu mir herüber. Ihre Augen waren hinter verspiegelten Sonnenbrillen versteckt.

»Guten Tag.«

Sie sagten nichts.

»Oder ist es schon Abend?«

Der Polizist hinter dem Steuer entfernte sorgfältig die Verpackung eines Zahnstochers und steckte ihn zwischen die Schneidezähne. Er sagte etwas Unverständliches zu seinem Partner, und dann fuhren sie weg.

»Nette Jungs, nicht wahr?«

Claire hatte die Besucher ignoriert und weiter gearbeitet. Sie hatte inzwischen das halbe Blumenbeet fertig. Sie warf mir einen Blick zu, dann sah sie dem wegfahrenden Polizeiauto hinterher. »Trottel.«

Ich widmete mich den Schindeln, die neben dem Haus aufgestapelt waren. Sie lagen schon so lange da, dass sie zu schimmeln begonnen hatten. Als ich sie weggeräumt hatte, klopfte ich mir die Erde von den Händen und stellte den Müllsack zu den anderen bei der hinteren Einfahrt.

»Du hast mir immer noch nicht gesagt, warum wir das machen.«

Claire zuckte mit den Achseln und ging zu Fred, um ihn in eine Decke zu wickeln. Er war eingeschlafen und sabberte zufrieden vor sich hin.

»Es muss gemacht werden.«

Renfield hatte etwas im Gras gefunden und wälzte sich voller Begeisterung darin herum. Sie streichelte ihn im Vorbeigehen und machte sich dann wieder an die Arbeit. »Möchtest du denn weg von hier?«

Ich dachte darüber nach und knurrte schließlich: »Nein.«

Sie machte weiter, füllte noch zwei Müllsäcke und harkte die Reste zusammen. »Was hättest du früher gemacht?«

Ich konnte mit meiner Harke nicht umgehen. Also musste ich die verschimmelten, halb verfaulten Blätter mit den Händen sammeln und in den Müllsäcken verstauen. »Früher? Du meinst, ganz früher? Als ich noch Junggeselle und das Leben toll war?«

»Ja, Klugscheißer.«

Sie senkte den Kopf und sah mich durch ihren Pony an. Die Straßenbeleuchtung war angegangen, und wir beide badeten in ihrem harten Licht. Der Unterschied war, dass sie schön aussah und ich nicht.

»Ich wäre gegangen. Ich hätte kämpfen müssen, um zu bleiben, und so wichtig wäre mir das nicht gewesen. Ich meine, was bedeutete damals schon ein Heim für jemanden wie mich? Keine Wurzeln, kein gar nichts.«

Sie nickte und band noch einen Müllsack zu. Ich war mit meiner Gartenarbeit fertig. Also holte ich das knapp zwei Meter lange Leitungsrohr aus Kupfer heraus, das ich im Keller gefunden und inzwischen in Seifenwasser eingeweicht hatte, um den Dreck und den Grünspan davon zu lösen. Ich rollte es zwischen meinen Händen und dachte weiter über Claires Frage nach.

»Und wenn es sich lohnen würde zu kämpfen?«

Ich fing an, das Rohr mit einem Stock und einem Tuchfetzen zu reinigen. »Macht es dir was aus, wenn ich das niedrige Stück unter dem Vorbau bis morgen lasse?«

»Natürlich nicht. Aber weich nicht vom Thema ab.«

Ich brachte das Rohr ins Haus zurück und ging wieder ins Freie. »Also gut. Wenn es sich lohnen würde, dann würde ich alles tun, was notwendig ist, um zu gewinnen.«

»Also. Willst du weiter hier leben?«

»Ja.«

»Dann musst du kämpfen. Aber du darfst nicht wie früher werden, das würde alles zerstören.«

»Richtig. Wenn ich so würde wie früher, dann wäre es hier das Ende.«

Claire stand auf und klopfte sich die Hände ab. Ich bückte mich, hob eine große Spiegelscherbe auf, die ich gefunden hatte, und legte sie in die Nähe des Zauns. Von dem hinteren Vorbau aus würde ich die Scherbe und die darin sich spiegelnde Tür deutlich sehen können.

»Also keine Gewalt.«

Wir grinsten beide. Offensichtlich nahmen wir diesen Vorsatz nicht allzu ernst.

»Einigen wir uns auf folgende Grundregel: Bring niemanden um.«

Wir nahmen uns in die Arme und besiegelten so unseren Entschluss.

Ich schlief bis 3 Uhr 45 in der Früh und stand leise auf. Im Lauf der Jahre hatte ich mir antrainiert, dann aufzuwachen, wann ich es für nötig hielt, und diese Fähigkeit war mir geblieben. Nach ein paar Streckübungen ging ich in den Keller hinunter. Ich hatte den Hund dieses Mal vorne angekettet und die Hinterseite des Hauses damit absichtlich ungeschützt gelassen. Ich hoffte, dass die Absender der Mitteilungen das auch bemerken würden.

Ich holte mir das Stück Kupferrohr und außerdem zu meiner Verteidigung ein Stück Hartholz von der Länge einer Polizei-Taschenlampe. Ich hatte eine Schnur um das Rohr gebunden, daran hing ein Korken, in den ich neun Stopfnadeln von zehn Zentimetern Länge gesteckt hatte. An sein Ende hatte ich ein Wattebüschel zur Stabilisierung geklebt. Ein weiteres war in seiner Mitte befestigt, um ihn abzudichten.

Es war schwierig, lautlos durch den dunklen Keller zu gehen, aber ich hatte ein Stück Wäscheleine vom Ende der Treppe bis zum Fenster gezogen. Mit ihrer Hilfe kam ich, ohne irgendwo anzustoßen, bis zum Fenster. Dort lauschte ich, konnte aber nichts hören. Also klappte ich das verdreckte Kellerfenster herunter – die Angeln hatte ich vorher frisch geölt – und schlängelte mich hinaus hinter einen Haufen aus Laub und Fetzen von Plastikplanen. Nun räumte ich vorsichtig einen Teil des Abfalls vor meinem Gesicht zur Seite und machte es mir so bequem wie möglich.

Nichts rührte sich. Vorsichtig brachte ich das Rohr in Position und schob mit der Spitze meines Daumens meinen

Pfeil in ein Ende. Als er richtig saß, nahm ich das Rohr in den Mund, schloss es probeweise mit meinen Lippen dicht ab und atmete durch die Nase ein, bis meine Lungen zum Bersten voll waren. Dann atmete ich langsam wieder aus.

Draußen rührte sich nichts. Die Hunde der Nachbarn schnüffelten laut. Irgendwo in der Ferne rauschte der Verkehr. Jede arme Gegend hat Hunde, sie sind Alarmanlage und Begleitung zugleich. Erst in einer Gegend ohne Hunde findet man echte Armut, hier beginnt das wahre Ghetto. Da die Nachbarn auf beiden Seiten Hunde hatten und Renfield an der Vorderseite lag, konnten die Überbringer der Mitteilungen nur in meine Richtung eindringen.

Etwa fünf Meter vor mir konnte ich den Spiegel ausmachen, den ich am Zaun abgelegt hatte. Er spiegelte undeutlich die Hinterfront des Hauses wider, aber mich selbst konnte ich darin nicht sehen. Nun machte ich es mir so bequem wie möglich und wartete.

Ein Vogel gab auf der anderen Seite der Nebenstraße ein verschlafenes Geräusch von sich. Ich hob den Kopf, aber es wiederholte sich nicht. Viel später, als der Himmel schon von den ersten Vorboten der Dämmerung heller zu werden begann, fuhr ein Auto vor. Es war eine niedrig gebaute viertürige Limousine mit leuchtenden Weißwandreifen. Sie fuhr ohne Licht. Ich beobachtete sie, wie sie mit laufendem Motor abwartete, rückte mein Blasrohr zurecht und holte schon mal tief Luft, aber einige Minuten später fuhr sie weg.

Um mir die Zeit zu vertreiben, dachte ich über meine Möglichkeiten nach. Wenn sie zu zweit wären, würde ich mich zuerst um den mit der Waffe kümmern, und wenn beide unbewaffnet wären, zuerst um den Größeren. Ich würde drei Pfeile auf jeden von ihnen verschießen, um ihre Aufmerksamkeit zu erregen. Eine zehn Zentimeter lange Nadel wäre nicht tödlich, solange ich nicht auf das Gesicht zielte oder ungewöhnliches Glück hatte. Dann überlegte ich mir ein gutes Ziel, um einen Menschen außer Gefecht zu setzen: Bauch, Genitalbereich, Kehle, all das würde einen Menschen schnell kampfunfähig machen, und ein Pfeil in die Kniekehle würde jeden zu Fall bringen, wenn ich den richtigen Winkel finden könnte. Von meinem Platz aus würde ich bestimmt einen lautlosen und vor allem unerwarteten Schuss landen können.

Ich mag Blasrohre, sie funktionieren eher instinktiv. Man zielt nicht mit ihnen, sondern richtet sie auf etwas, und mit sehr wenig Übung schafft man es, auf eine Entfernung von zehn Metern mit zehn absolut lautlosen Pfeilen ein Ziel von der Größe eines menschlichen Gesichts zu treffen, und es war noch nicht gar so lange her, dass ich weit bessere Ergebnisse erzielt hatte. Bevor ich aber etwas treffen konnte, brauchte ich ein Ziel.

Zehn Minuten später präsentierte sich eins. Der Himmel wurde langsam hell und leuchtete schwach, als ich im Nachbarhaus rechts von uns eine Tür langsam knarren hörte. Dann verlangte eine Stimme, das Hundchen solle Platz machen und ein braves Hundchen sein. Danach war es still, nur einzelne Grunzlaute drangen herüber. Dann tauchte plötzlich ein dicker Kopf über dem weiß gestrichenen Zaun auf. Der Kopf drehte sich nach rechts und nach links und verschwand wieder, um gleich darauf von einem riesigen, in dunkelblaues Polyester gehüllten Hinterteil ersetzt zu werden.

»Scheiße.«

Darauf folgte eine Pause, dann hörte ich deutlich, wie Stoff zerriss.

Eine meiner Nachbarinnen, eine große, füllige Frau mit blauem Haar, stand geduckt in unserem Hinterhof und sah nach rechts und links. In ihrer Hand hielt sie ein Stück Packpapier.

Ich setzte das Rohr an meine Lippen und begann einzuatmen. Sie bewegte sich in einem schwerfälligen Trab vorwärts auf das Haus zu, und ich hörte sie keuchen. Als sie an mir vorbeikam, sah ich, dass sie barfuß war und ihre Zehennägel mit einer Art Glitzerlack angemalt hatte. Ich musste ausatmen, um ein Lachen zu unterdrücken und den Pfeil nicht zu verschlucken.

Die Stufen knarrten, als sie hinaufstieg. Keuchend befestigte sie den Zettel an der Tür. Einige Sekunden später kam sie zum Zaun zurück und wuchtete sich hoch. Einen wunderbaren Moment lang hätte ich einen unglaublichen Schuss auf die rechte Halbkugel ihres Arschs landen können, aber ich zitterte zu stark, weil ich immer noch lachen musste.

Als ich mich einigermaßen erholt hatte, schob ich mich durch das Fenster wieder ins Haus zurück und ging hinauf in die Küche, um mir Kaffee zu machen. Ich hatte das Blasrohr und den Holzprügel unten gelassen. Ich musste das Radio extra laut stellen, damit es mein Lachen übertönte. So fand mich Claire.

»Sam? Was machst du denn da?« Claires Stimme klang noch schläfrig. Ich lachte noch immer und versuchte, sie in die Arme zu nehmen, aber sie schob mich heftig weg.

»Du bist voller Dreck und Spinnweben.«

»Ich gehe gleich duschen.«

Sie folgte mir nach oben. »Also, was zum Teufel ist gerade passiert?«

In meinem Haar hatten sich Schmutz und Laub verfangen. Ich kämmte alles mit den Fingern heraus und musterte es interessiert. »Ich habe herausbekommen, dass unsere fette Nachbarin eine von den Überbringern der Mitteilungen ist.«

Sie schüttelte ungläubig den Kopf, aber dann nickte sie und sagte ruhig: »Ich bringe sie um.«

»Nein.« Ich schüttelte den Kopf. Erde und Spinnweben fielen zu Boden.

»Wir laden sie zu einem Grillfest ein.«

»Was? Du redest Unsinn.«

»Keineswegs.«

»Ach so, jetzt verstehe ich. Wenn sie rüberkommen, dann bringe ich sie um, ist das dein Plan?«

»Nein, das ist nicht mein Plan.«

»Ich darf sie also nicht umbringen?«

»Nein, aber wir bringen sie so weit, dass sie sich wünschen, sie wären tot.«

23

Am nächsten Tag musste ich warten, bis um 10 Uhr der Eisenwarenladen in der Main Street aufmachte. Bis dahin ließ Claire mich die Übungen machen, die der Arzt empfohlen hatte, und als ich damit fertig war, musste ich noch einmal duschen, um den Schweiß abzuwaschen. Als ich das geschafft hatte, machte ich mir unter Claires missbilligenden Blicken ein zweites Frühstück.

»Du wirst fett.«

Fred war im Wohnzimmer mit Holzbauklötzchen beschäftigt, während Renfield versuchte, sie sich zu holen. Beide fanden offensichtlich, dass das großen Spaß machte, und so ließen wir sie trotz des schnell ansteigenden Geräuschpegels aus Begeisterungsschreien, Geheul und Gebell gewähren.

Ich schob mir das fertige Rührei auf den Toast und aß ihn im Stehen an der Spüle.

»Was hast du letzte Nacht gemeint, als du gesagt hast, wir würden unsere Nachbarn zu einem Grillfest einladen?«

»Genau das, was ich gesagt habe.« Ich aß den Rest meines Toasts, wischte die Krümel in den Ablauf und spülte sie weg.

Sie goss sich eine Tasse Kaffee ein. Ich versuchte, dem Arzt zu gehorchen und Koffein zu vermeiden, und so warf ich nur einen sehnsüchtigen Blick auf das schwarze, heiße Glück. Sie ignorierte mich, sorgte aber dafür, dass ich merkte, wie sehr sie mich ignorierte.

»Kann ich außerdem jetzt gleich zwanzig Dollar von dir haben?«

Sie gab sie mir.

»Das ist für unsere Nachbarn. Wenn sie das nächste Mal uneingeladen rüberkommen wollen, will ich ihnen etwas auftischen.«

Die Sonne kämpfte sich gerade durch die Wolken, als ich beim Eisenwarenladen ankam. Es war ein Anachronismus, ein kleiner Laden, der noch einem privaten Besitzer gehörte und nicht einer Kette. Als die Tür aufging, klingelte eine kleine Glocke fröhlich, und ein schmaler, weißhaariger Mann mit vorstehenden Zähnen kam aus einem Hinterzimmer. Als er mich sah, wurde er blass und fing an, sich zurückzuziehen, aber dann überlegte er es sich anders, trat aggressiv vor und blieb erst kurz vor mir stehen. »Ich habe keinen Job für Sie.«

Ich starrte den Alten an und verschränkte meine Hände hinter dem Rücken. »Ich wüsste nicht, dass ich danach gefragt hätte.« Als ich den Blick des alten Mannes erwiderte, biss er sich auf die Unterlippe.

»Sie meinen, Sie sind nur hier, um etwas zu kaufen?«

Ich ging an ihm vorbei, und er zog sich hinter seinen Ladentisch zurück. Während ich durch die Gänge ging, spürte ich seinen Blick. Aus den großen Spiegeln in jeder Ecke des Ladens glotzte sein Gesicht auf mich herunter. Irgendwie war es komisch, wie ich ihn dabei beobachtete, wie er mich beobachtete. Währenddessen füllte ich einen Einkaufskorb mit verschiedenen Artikeln: etwas dickem Draht, einem billigen Drahtschneider, langen Dachnägeln, einigen biegsamen Plastikteilen für Verkleidungen und einem dicken Knäuel Schnur.

An der Kasse fragte der Alte mit rauer Stimme, als hätte er sich die Kehle verbrannt: »Ist das alles?«

Hinter der Theke stand ein Regal mit verschiedenen Klebstoffen, und darauf deutete ich. »Eine Dose Kunstharz noch.«

Als er sie vor mich hingestellt hatte, las ich die Gebrauchsanweisung, während der alte Mann die nagelneue Kasse bediente. Er murmelte etwas in sich hinein, das ich nicht richtig verstehen konnte, und so lächelte ich und fragte: »Was haben Sie gesagt?«

»Nichts.«

»Ah. Es klang aber ganz wie *Sniffer*.«

Der alte Mann sah mich wieder durchdringend an, und ich bezahlte.

»Einen schönen Tag noch.«

Das war nun doch zu viel für den alten Mann. »Ihnen auch, Mr Haaviko, Ihnen auch.«

Draußen überlegte ich, ob ich nach Hause gehen sollte, wandte mich dann aber in die andere Richtung. Woher wusste er meinen Namen? Um eine Theorie zu überprüfen, ging ich zu der Bäckerei, wo der junge Bäcker, den ich bereits kannte, gerade eine hässliche Frau mit einer großen Tüte Gebäck bediente. Als er mich sah, erstarrte sein Lächeln, und er murmelte tonlos: »Oh!«

Ich nickte ihm zu und setzte mich an einen der Tische, während er hinten im Haus verschwand. Fünf Minuten später ging ich zum Ladentisch und rief: »Kaffee bitte!«

Es dauerte weitere fünf Minuten, bis er mir die Tasse hinschob, sich umdrehte und hastig hineinging.

»Merkwürdig.«

Ich fuhr mit einem Finger an dem Rand der Tasse entlang und fühlte die Sprünge und abgeschlagenen Stellen. Außerdem war der Kaffee fast kalt. Ich nahm einen Schluck, er schmeckte auch noch bitter. Ich sah auf und bemerkte gerade noch, wie der Bäcker seinen Kopf wieder hinter die Tür zurückzog.

Ich legte das Geld genau abgezählt auf den Tisch und ging zurück nach Hause. Claire begrüßte mich mit einer weiteren Hiobsbotschaft.

»Wir haben eine Aufforderung bekommen, sofort auszuziehen. Was willst du machen?«

Ich schob mich an ihr vorbei und legte meine Einkäufe auf die Theke in der Küche. »Ruf die Vermieterin an. Halte sie hin. Erfinde einfach irgendwas.«

Dann machte ich mich bereit für einen Behördengang.

24

Das Wohnungsamt befand sich in der Innenstadt, in der Edmonton Street, etwa zwanzig Minuten zu Fuß von der Bibliothek entfernt. Ich überlegte, wie hartnäckig doch alte Gewohnheiten waren. Meine Kleidung war eher für einen Raub geeignet als für ein ehrliches Unternehmen. Ich trug eine schwarze Baumwolljacke mit zusätzlichen Taschen im verstärkten Futter. Der linke Ärmel wog schwer von dem Kettenpanzer, der zum Schutz vor Hunden in den linken Unterarm eingenäht war. In einer versteckten Geheimtasche im Rückenteil hatten früher immer ein Handschellenschlüssel und eine Rasierklinge gesteckt, falls die Polizei Plastik-Handfesseln benutzen sollte. Sogar die Jeans hatte eine Sonderausstattung: extratiefe Taschen für Beute oder eine Schusswaffe, außerdem an den Knien und am Hintern eingenähte kräftige Lederflecken als Schutz vor Schürfwunden. Als krönenden Abschluss meiner Ausrüstung trug ich eine schwarze Baseballkappe mit einem breiten Schild, um mein Gesicht vor Überwachungskameras zu schützen. Trotz alledem hatte ich absolut nicht die Absicht, irgendetwas Ungesetzliches zu tun, wenn es auch so kühl geworden war, dass einem der Gedanke an Brandstiftung zu Kopf steigen konnte.

»Hast du etwas Kleingeld?«

Es war nur eine kurze Strecke, die ich zu gehen hatte, aber trotzdem wurde ich von drei Leuten angebettelt. Der Erste war ein Mann von Ende fünfzig mit tiefen Aknenarben auf seinen Wangen. »Tut mir leid, bin total abgebrannt.«

Auf halber Strecke zur Edmonton Street bog ich in den Portage Place ein, ein großes Einkaufszentrum, von dort aus ging ich in das große Parkdeck darunter. Ich hatte das Haus ohne Waffe verlassen, abgesehen von meinem Schweizer Armeemesser, für den Fall, dass mich jemand durchsuchte, aber trotzdem machte es mich nervös, so schutzlos zu sein. Das Messer war ein Hochzeitsgeschenk von Claires Eltern. Als sie es mir schenkten, war die Feile ausgeklappt, und auf dem Griff hatten sie *Nur zum Kuchenbacken* eingravieren lassen. Jedes Mal, wenn ich es benutzte, ärgerte es mich irgendwie. Auf dem Parkdeck diente mir diese Feile dazu, die Teleskop-Antenne von einer älteren Chevrolet-Limousine abzuschneiden. Danach schob ich sie zusammen und steckte sie in meine rechte Jackentasche.

Ich ging die Treppe des Parkdecks zu der Hauptverkaufsebene hoch. Dort suchte ich einen Informationsstand und fragte den Wachmann nach dem Weg zum Wohnungsamt.

»Das ist auf der anderen Seite des Portage hinter mir, und dann gehen Sie etwa einen Block weit nach rechts.«

Hinter der Wache sah ich auf einem der vielen Monitore zwei Männer in dunkler Hose, weißem Hemd und Lederkoppel auf ein Auto zugehen, das mir bekannt vorkam. Dann ging mir auf, dass es der Wagen war, der mir gerade seine Antenne überlassen hatte. Also bedankte ich mich bei dem Wachmann und ging.

Irgendwo war ein riesiger Ausverkauf im Gange, und der gesamte Mittelbereich des Einkaufszentrums wimmelte von Menschen, die sich um Schuhe stritten. Ich fühlte mich draußen deshalb viel wohler. Ich war noch keine zwei Meter weit gegangen, als ich wieder angebettelt wurde, dieses Mal von einer blassen Frau. Ihr dunkelblaues Haar war an den Wurzeln blond. Ich starrte die tätowierten Schlangen in ihrem Gesicht an und schüttelte den Kopf.

»Leck mich doch!« Sie sagte es höflich genug, und so ging ich weiter. In der Innenstadt schützten die Hochhäuser vor dem Wind, und es war ungewöhnlich warm. Hoch am Himmel standen ein paar Wolken. Ich kam an einem Buchladen vorbei und nahm mir vor, auf dem Rückweg hineinzuschauen. Claire konnte neuen Lesestoff gebrauchen.

Wieder unterbrach ein Bettler meine Gedanken.

»Könnte ich einen Dollar für Kaffee kriegen?«

Ich blieb abrupt stehen. Der Bettler war etwa Mitte zwanzig, hatte dunkle Haut und braune Augen. Sein Haar war kurz geschnitten, und er spielte mit einer Strickmütze herum, während er mit mir sprach.

»Nein.« Ich wollte schon weitergehen, drehte mich dann aber noch einmal um. »Warum arbeitest du nicht einfach?«

»Dazu habe ich keine Lust«, lautete seine ehrliche Antwort.

»Und warum stiehlst du dann nicht?«

»Na gut, dann Hände hoch«, sagte er missmutig, und als ich weiterging, tat ich mein Bestes, um nicht zu lächeln. Danach ging ich gut gelaunt die Treppe hinauf zum Empfangsbereich des Wohnungsamtes, wo eine Angestellte sich an mich wandte.

»Kann ich Ihnen helfen?«

Die Frau war höflich und spielte mir ziemlich gut Interesse vor. Sie war außerdem recht fotogen, mit rotem Haar und braunen Augen und einem hübschen Körper, soweit ich das erkennen konnte. Als sie lächelte, bemerkte ich etwas Grünes, das an einem Schneidezahn klebte.

»Warum nicht?«

Sie starrte mich ausdruckslos an.

»Ich wollte sagen, ja. Ich brauche jemanden, dem ich ein paar Fragen über die Rechte und Pflichten von Vermietern und Mietern stellen kann.«

»Gern. Haben Sie einen Termin?«

Ich sah, dass niemand im Wartezimmer saß, und schüttelte den Kopf.

»Gut, wenn Sie kurz Platz nehmen möchten, spreche ich mit Mrs Claren.« Noch bevor ich den Kunstledersessel in der hinteren Ecke erreicht hatte, sprach sie ins Telefon. Ich hatte ein Angler-Magazin genommen und blätterte darin, als sich die Empfangsdame wieder meldete.

»Es dauert nur ein paar Minuten.«

Es klang wie eine Ehre. Ich nickte anerkennend, und sie strahlte mich an. Einige Minuten später kam eine Frau in mittleren Jahren mit grellweißem Haar aus einem der hinteren Büros und winkte mir zu, ich solle ihr folgen.

»Mr ...?«

Ich bot ihr meine Hand und gab ihr eine Visitenkarte. »Leung. *Dr* Leung eigentlich.«

Der Arzt im Krankenhaus war sehr sorglos mit seinen Visitenkarten umgegangen, und so hatte ich für alle Fälle ein paar Dutzend eingesteckt. Sie sah meine Kleidung etwas skeptisch an, worauf ich laut und lange lachte.

»Ich weiß. Ich sehe nicht aus wie ein Arzt.«

»Nun ja, eigentlich dachte ich, dass Sie nicht wie ein Chinese aussehen.«

Ich lächelte. »Oh. Na ja. Das ist so, als die Deutschen 1905 in Shanghai einmarschierten ...«

Ich führte nicht weiter aus, was dann passiert war. Sie ging vor mir her in ein einfaches kleines Büro, in dem sie sich mit dem Rücken zum Fenster hinter einen billigen Schreibtisch setzte. Das Panorama hinter ihr zeigte eine lange, schmale Gasse, die mit sauberen Mülleimern voll gestellt war. In einigen Ecken lag noch schmutziger Schnee, vom Ruß fast schwarz gefärbt und fast zugedeckt von Blättern, Zweigen und leeren Haarspraydosen. Ein Stück weiter den Block hinunter drängten sich drei Halbwüchsige in einen hell erleuchteten Hauseingang und rauchten gemeinsam eine Zigarette.

»Dr. Leung?«

»Oh, Entschuldigung. Ich habe mich von den Jungen da ablenken lassen.«

Sie wandte ihren Kopf und schüttelte ihn, als wollte sie etwas loswerden, das sich darauf festgesetzt hatte.

»Tsk, tsk. Wie die Tiere.«

Als sie sich wieder mir zuwandte, hatte sie sich voll auf mich konzentriert, die Jungen hinter ihr waren vergessen.

»Und wie kann ich Ihnen helfen?«

»Sie kommen gleich zur Sache, das gefällt mir. Also, ich tue hier einem meiner Patienten einen Gefallen, der Probleme mit seinem Vermieter hat. Mein Patient ist schizophren, was er medikamentös behandelt. Der Vermieter hat Vorurteile, ganz offen und direkt gesagt, und er möchte, dass mein Patient auszieht.«

Mrs Claren spitzte die Lippen und schob ihre Zähne vor, aber ich ignorierte sie und redete weiter.

»Nach meiner professionellen Einschätzung wäre es geradezu kriminell, meinen Patienten auf die Straße zu setzen. Ich möchte mit dem Vermieter sprechen, aber wenn ich das effektiv tun will, brauche ich vorher Informationen. Wie stellt es zum Beispiel ein Vermieter an, einen Mieter gegen dessen Willen aus der Wohnung zu bekommen?«

Sie zog eine Schublade auf, zog einige Blätter heraus, sortierte sie kurz durch und legte sie wieder zurück, allem Anschein nach in dieselbe Schublade. »Ich wusste gar nicht, dass Ärzte so etwas machen.« Es klang beleidigend und gleichzeitig so, als wäre mein Verhalten irgendwie entwürdigend.

»Das machen sie schon, wenn sie ihren Beruf ernst nehmen. In dem Eid, den ich unterschrieben habe, heißt es: *Vor allem darf kein Leid geschehen.*«

Sie betrachtete mich ausdruckslos. »Hmm. Also, grundsätzlich kann ein Vermieter einen Mieter nur unter ganz bestimmten Umständen hinauswerfen. Ich habe irgendwo hier auch ein Merkblatt, aber so viel in Kürze. Ein Mieter kann zum sofortigen Auszug aufgefordert werden, wenn er seine Miete nicht bezahlt, obwohl er selbst dann vier Tage Frist bekommt. Nichtzahlung der Kaution ist ebenfalls ein Grund, außerdem dauerhaftes Nichtreinigen des Anwesens, dessen Beschädigung, Störung der Nachbarn, Austausch der Türschlösser, Gefährdung der Sicherheit der Nachbarn oder wenn die Wohnung von zu vielen Personen genutzt wird.«

Sie machte eine Pause und trank einen Schluck Wasser aus einer großen Plastikflasche. »Selbstverständlich muss der Vermieter in den meisten Fällen eine schriftliche Verwarnung an den Mieter aussprechen, damit dieser das Problem beseitigen kann. Meiner Erfahrung nach ignorieren die Mieter solche Warnungen aber einfach.«

»Ich verstehe.«

»Der Vermieter kann den Mieter auch zum Auszug auffordern, wenn er den Wohnraum aus irgendeinem Grund selbst benötigt oder renovieren oder das Haus abreißen lassen will. In solchen Fällen hat der Mieter eine dreimonatige Kündigungsfrist.«

Ich hörte höflich zu und fragte dann: »Nur neugierdehalber, welche gesetzlichen Pflichten hat der Vermieter? Was muss er tun?«

»Wie meinen Sie das?«

»Darf der Vermieter die Heizung einer Wohnung abstellen, die Räumlichkeiten ohne Warnung der Mieter streichen lassen, solche Sachen?«

»Nein, das darf er nicht. Ein Vermieter hat Pflichten, wie zum Beispiel die Pflege des äußeren Erscheinungsbilds des Anwesens, die Durchführung notwendiger Reparaturen.

Er hat dafür zu sorgen, dass Heizung, Wasser, Strom und Ähnliches gewährleistet sind. Er muss außerdem berechtigten Beschwerden innerhalb einer vertretbaren Zeitspanne nachgehen, und so weiter. Eigentlich Grundsätzliches.«

Sie suchte in ihrem Schreibtisch herum und fand schließlich ein Merkblatt, das sie mir reichte.

»Wir haben hier noch weitere Merkblätter. Ein Vermieter muss einen Feuermelder in jedem Stockwerk seines Anwesens bereitstellen. Er muss dafür sorgen, dass die Außentüren funktionsfähige Schlösser besitzen, und er muss eine Quittung ausstellen, wenn die Miete in bar bezahlt wird. Er muss garantieren, dass er die Privatsphäre des Mieters achtet, das heißt, er darf nicht einfach hereinplatzen, wenn ihm danach ist.«

Ich hörte ihr zu und fragte mich, ob die Frau auch irgendetwas wusste, was nicht ausführlich in einem Merkblatt aufgelistet war.

»Und wenn es zwischen dem Vermieter und dem Mieter Streit gibt?«

Sie trank noch einen Schluck Wasser. »In diesem Fall wird das örtliche Wohnungsamt eine Untersuchung durchführen und versuchen zu schlichten. In anderen Fällen könnte die Polizei gerufen werden, oder die Menschenrechtskommission, aber das passiert wirklich nur in den seltensten Fällen.«

Ich stand auf und schüttelte ihre schlaffe Hand. Nur mit Mühe konnte ich ein Schaudern unterdrücken. »Also, vielen, vielen Dank. Ich werde mich wieder bei Ihnen melden, falls ich Probleme bekommen sollte.«

Dann ging ich und wischte mir dabei die Hände an meiner Hose ab. In der Eingangshalle nahm ich das Magazin auf, das ich mir vorher angeschaut hatte. Ich hielt es hoch, bis die Frau vom Empfang es bemerkte.

»Ja?«

»Darf ich das mitnehmen? Wenn ja, dann verrate ich Ihnen ein Geheimnis.«

»Was denn?«

»Machen wir einen Deal?«

Sie nickte knapp, und ich ging zu ihr hinüber und lehnte mich über ihren Schreibtisch. »Sie haben Spinat zwischen den Zähnen.«

Sie lachte kehlig, hob die Hand und berührte mit einem Finger genau die Stelle. »Das? Das ist kein Spinat. Ich habe mir einen Smaragd in den Zahn einsetzen lassen.«

Ich sah genauer hin. »Tatsächlich!«

Schließlich hatte ich es endlich geschafft und war draußen. Eine halbe Stunde später saß ich in irgendeinem Bus, um einen Verfolger abzuschütteln, den mir vielleicht jemand hinterhergeschickt hatte. In der Hand hielt ich eine Plastiktüte mit einer Auswahl von Handzetteln für Mieter sowie ein paar Secondhand-Büchern und einem vegetarischen Super-Sandwich für das Abendessen.

25

Als ich am Abend nach Hause kam, bekam ich einen Kuss von meiner Frau und meinem Hund, während mich die Maus von ihrem trocken gelegten Aquarium aus, das nun mitten in dem Zimmer stand, übellaunig ansah.

Niemand äußerte sich freiwillig dazu. Schließlich fragte ich: »Warum ist die Maus jetzt hier?«

Claire küsste mich noch einmal und lächelte dem Nager sanft zu. »Er ist in unserem Zimmer aus dem Käfig geflohen und hat versucht, sich in dem Futon ein Nest zu bauen.«

Ich ging zu dem Tier hinüber und sah es mir näher an. Sein Fell war ungewohnt struppig, und es war eifrig damit beschäftigt, es mit seiner Zunge wieder in Ordnung zu bringen.

»Warum ist die Maus nass?«

Claire hakte sich bei mir ein.

»Also …«

Renfield kam herüber, setzte sich neben das Aquarium und schenkte mir ein düster beleuchtetes Hundelächeln.

»… ich habe den Hund benutzt, um die Maus einzufangen.«

»Und wie ging das vor sich?«

Die Maus warf einen Blick auf den Hund, um sich dann sofort in eine leere Toilettenpapierrolle zu verziehen und zu schmollen.

»Also … Der Hund hat es eigentlich sehr gut gemacht, aber dann hat er die Maus doch ganz schön lang in seinem

Maul gehalten. Es war wie eine Szene aus Sylvester und Tweety, als wir dem Hund dann auf den Rücken geklopft haben, um die arme Maus endlich freizubekommen.«

Sie fuhr gut gelaunt fort: »Also schön. Hast du Hunger?«

»Nach dieser Geschichte nicht mehr«, sagte ich. »Ich habe aber im Hinterhof etwas zu tun. Wenn du helfen willst.«

»Klar. Ach ja, ich habe übrigens bei unseren Nachbarn rechts und links und gegenüber Einladungen eingeworfen und auch um Antwort gebeten. Dann haben wir außerdem wieder eine Nachricht an der Vordertür.«

Claire kam hinter mir her, als ich das Blasrohr aus dem Keller holte und ins Bad im ersten Stock trug. Es hatte ein kleines schmales Gaubenfenster, durch das man den Hinterhof überblickte. Seine Scheiben waren getönt, damit niemand hereinschauen konnte. Nachdem ich die rostigen Angeln geölt hatte, ließ es sich ohne allzu große Probleme öffnen. Ich machte einen Flügel auf und legte das Blasrohr auf dem Fensterbrett ab, von dem überall die weiße Farbe abblätterte.

»Was machst du denn da?«

Der Pfeil wurde in ein Ende des Rohrs eingeführt, und ich brachte meine Lippen in Position. »Heute Nacht muss es dunkel sein im Hinterhof, deshalb schieße ich jetzt die Laterne an dem Telegraphenmast da draußen aus.«

Sie sah mir über die Schulter. »Das schaffst du nie. Ich wette zwei zu eins dagegen.«

»Zwei zu eins was? Sex oder Geld?«

Sie überlegte eine Minute. »Ich brauche das Geld. Ich wette fünf Dollar.«

»Angenommen. Pass auf. Das werden die zehn am zweitleichtesten verdienten Dollars sein ...«

Ich richtete das Blasrohr aus und pustete kräftig.

Flupp.

Nichts passierte. Ich versuchte es noch zweimal.

Flupp.

Flupp.

Die Laterne leuchtete unvermindert hell.

»Lass mich mal versuchen.«

Ich machte das Gerät für sie bereit, und sie sah am Kupferrohr entlang.

»Woraus hast du die Pfeile gemacht?«

»Aus diesem und jenem.«

Sie warf mir einen misstrauischen Blick zu, also erklärte ich es ihr: »Okay. Ich habe einige deiner Stopfnadeln dafür benutzt. Ich ersetze sie von den zehn Dollar, die ich gleich gewinne. Also, du darfst damit nicht genau zielen, du deutest nur an und … Du machst das total falsch. Warte mal eine Sekunde.«

Flupp.

Ich hörte, wie der Pfeil gegen das Metall des Telegrafenmastes schlug, an dem die Laterne hing, und sagte nichts mehr. Claire lud nach und grinste mir zu.

»Und jetzt zu meinem nächsten Trick …«

Flupp.

Das Glas klirrte leicht, als es zerbrach. Die Laterne ging aus. Ziemlich kleinlaut ging ich hinunter, um mich wieder an die Arbeit zu machen. Währenddessen überlegte ich mir, dass ich das Geld ja aus Claires Geldbörse holen und sie so bezahlen könnte.

Im Hinterhof war es stockfinster, und während ich dastand und lauschte, überlegte ich, was ich wollte. Dass jemand zu Tode kam, auf jeden Fall nicht. Ich wollte auch nicht, dass jemand ins Krankenhaus musste, das wäre auch ziemlich schlimm. Ich überlegte lange, dann machte ich mich an die Arbeit.

Ich legte die dünnen Plastikstreifen auf den Rasen und daneben ein Teppichmesser, um sie zurechtzuschneiden.

Also, meine Nachbarn würden es ganz sicher eilig haben, und auf Fallen würden sie nicht achten. Ich zog etwa zehn Zentimeter über dem Boden ein Stück starke Schnur von der einen Seite des Hinterhofs zur anderen. Angenommen, die Besucher waren größer als eins fünfzig: Sie würden über den Zaun kommen und schnell zum Haus laufen, aber unterwegs würden sie über die Schnur stolpern und hinfallen. Dabei würden sie ihre Arme nach vorne ausstrecken, um sich abzufangen, und damit wären ihre Hände etwa … hier. Ich zog eine Lage Stacheldraht von einer Seite des Hinterhofs zur anderen und dachte an die Verletzungen, die er wahrscheinlich bewirken würde. Wenn meine Besucher Glück hatten, dann waren sie gegen Tetanus geimpft.

Wenn sie die Stolperschnur und den Stacheldraht verpassten, würden sie die Treppe erreichen und hinaufgehen. Alle Mitteilungen waren bisher entweder an der Tür oder auf dem Fußabtreter hinterlassen worden. Also schnitt ich einen Plastikstreifen so zu, dass er genau auf eine Stufe passte. Dann hämmerte ich Teppichnägel in unregelmäßigen Abständen mit den Spitzen nach oben hinein. Als ich damit fertig war, färbte ich den Streifen mit einer Spraydose schwarz ein. Zum Schluss wurde er auf der Stufe befestigt.

Das hätte ich fast vergessen. Ich nahm einen Fünfdollarschein aus meiner Tasche und legte ihn neben eine der Platten, die zu dem hinteren Vorbau führten. Er machte sich gut, und so hob ich darunter eine kleine Grube aus, stellte die große Rattenfalle hinein und legte den Schein auf ihren Auslöser.

Eine zweite und dritte Schnur wurde auf beiden Seiten des Hauses gespannt, falls die Nachbarin diesen Weg wählen sollte. Ich hatte einige von Renfields Hinterlassenschaften aufbewahrt, die ich nun auf beiden Seiten dieser Schnüre verteilte. Danach holte ich mir einige Scherben von zerbrochenen Wassergläsern, die den Umzug nicht überstanden hatten. Die schlug ich mithilfe eines Steins klein. Dann schnitt ich einen der Plastikstreifen in ein zwei Zentimeter breites Stück und bestrich ihn reichlich mit Klebstoff. Bevor er hart wurde, verteilte ich die Glasscherben darauf und legte den Streifen zum Trocknen zur Seite. Wenn er fertig war, würde ich ihn weiß einsprayen und dort auf meiner Seite des Zaunes festnageln, wo ich meine Nachbarin beim Hinüberklettern beobachtet hatte.

Kleine Plastikkaros, die ich aus den Streifen geschnitten hatte, dienten als Halterung für weitere Nägel mit den Spitzen nach oben. Etwa vierzig davon sprühte ich mit schwarzer Farbe an und verteilte sie über den Hinterhof. Nachts würden sie unsichtbar sein. Später, bei Tag, konnte man sie leicht wieder einsammeln.

Danach band ich beide Enden einer mit Klebstoff beschichteten Angelschnur an leere Blechdosen, in die ich vorher ein paar Kieselsteine gelegt hatte. Mit ein bisschen Glück würde der Krach die Nachbarn erschrecken.

Entfernt man die Düse einer Sprühdose, so sprüht sie in alle Richtungen. Ich zog sie also ab und stellte die Dose in ein Loch unter einer der Platten auf dem Weg. Kleine Erdbrocken an den vier Ecken hielten die Platte waagerecht, aber wenn jemand darauf trat, würde er von allen Seiten ordentlich schwarze Farbe abbekommen. Außerdem würde es sehr laut zischen, und seltsame Geräusche und andere unerklärliche Phänomene in der Nacht sind für Leute ohne entsprechende Ausbildung immer bedrohlich.

Ich knüpfte vier Stücke Schnur zu Laufschlingen und hängte sie vor die Fenster, falls jemand sich entscheiden sollte, hereinzusehen. Dann band ich sie mit zwei Metern Schnur an Nägeln im Fensterbrett fest. Wenn tatsächlich jemand hereinsah, würde er oder sie wahrscheinlich mit der Hand daran hängen bleiben und sie daraufhin reflexartig zurückreißen. Das würde die Schlinge zuziehen, und das wiederum würde jemandem einen Höllenschreck einjagen. Im Hinterhof wurden weitere Schlingen mit einem Durchmesser von etwa einem Meter verteilt und an Holzpflöcken verankert.

Als das erledigt war, verlegte ich ein Stück von den Plastikstreifen zu einem Kreis von etwa fünfzehn Zentimetern Durchmesser. Die Nägel darin drückte ich schräg nach unten, sodass jemand ohne Probleme hindurchgreifen konnte, aber nur, bis er die Hand zurückzog; dann würden die Nägel in sein Handgelenk stechen. Sie wurden rund um die Holzpflöcke für die Fußangeln gelegt.

Natürlich konnte man auch dem heil entkommen. Dafür musste man aber den Pflock loslassen, und dann war man noch immer mit einer Schlinge am Boden festgebunden. Außerdem hatte man jetzt jede Menge kleine Löcher im Handgelenk.

Zum Abschluss lief ich umher und verstreute Erde und Blätter auf meinem Werk, um dem Ganzen den letzten Schliff zu verleihen.

Claire stand in der Tür und starrte mich an. Plötzlich wurde mir bewusst, dass ich keine Ahnung hatte, wie lange sie schon da stand, weil ich so in meine Arbeit vertieft gewesen war. Ich begutachtete mein Werk noch einmal. Dann ging ich wieder hinein. Claire kam mir nach.

»Wie behältst du, wo du all den Kram versteckt hast?«, fragte sie.

»Übung.«

Sie nahm mich in die Arme, und ich küsste sie.

»Außerdem bin ich sehr begabt, geschickt, habe Glück, bin schlau, vorausschauend …«

»Das erklärt, warum du ständig im Knast gewesen bist.«

Ich ignorierte sie und duschte, bevor wir zu Bett gingen.

26

Um Viertel nach vier gingen die Schreie los, aber sie verstummten schnell wieder, als hätte jemand während eines Horrorfilms den Ton abgestellt. Beim ersten Schrei hatte ich mich aus dem Bett gerollt und mit der Bajonettspitze in der Hand neben der Tür postiert. Ich konnte gerade noch ein unterdrücktes Fluchen hören. Daraufhin entspannte ich mich und verstaute das Bajonett wieder unter dem Kopfkissen. Claire wälzte sich herum und warf einen Arm auf meine leere Seite.

»Wasnlos?«

Statt einer Antwort gab ich ihr einen Kuss, worauf sie sich wieder zurückwälzte. Als sie wieder regelmäßig atmete, ging ich ins Bad und stellte mich seitlich ans Fenster. Ich hatte vorsorglich einen Schlitz in den Vorhang geschnitten. So konnte ich den größten Teil des Hinterhofs überblicken, aber von dort unten konnte mich niemand sehen. Der Hund kam herein, und ich kraulte ihn hinter einem Ohr, während sich meine Augen an die spärliche Beleuchtung gewöhnten. Mitten auf dem Rasen lag eine große, blasse Gestalt ausgestreckt am Boden. Sie kroch auf den Zaun zu und stockte dann.

»Braver Hund!«, raunte ich Renfield zu und kraulte ihn noch ein bisschen stärker hinterm Ohr, damit er nicht plötzlich zu bellen anfing. Die Gestalt im Hinterhof schleppte sich vorwärts wie ein verletzter Käfer. Schließlich erreichte sie den Zaun auf der rechten Seite. Das bedeutete, dass der Besucher einer der Kilpatricks war, entweder der große, fette Mann oder seine genauso große, fette Frau. Ich überlegte, ob es vielleicht eines der großen, fetten Kinder sein könnte, entschied mich aber dagegen, da die beiden Mädchen und der Junge noch Teenager waren und ich sie nicht ganz so groß in Erinnerung hatte wie die Gestalt, die ich da unten in dem spärlichen Licht beobachtete.

Sie zog sich am Zaun hoch, als sie plötzlich wild zu zucken begann, zu Boden fiel und dabei wild mit den Armen herumwedelte.

»Richtig. Das hatte ich ganz vergessen«, brummte ich befriedigt. Renfield sah verständnislos zu mir hoch, und ich kraulte ihn weiter.

Im ersten Morgengrauen ging ich hinaus und sammelte die Fallen ein. Ich fand den Zettel, den der Eindringling hinterlassen hatte, mitten im Hinterhof. Es war wieder Pergamentpapier aus der Fleischerei, auf das jemand mit gelbem Buntstift »Verschwinde, du dreckiger Mörder!« geschrieben hatte. Während ich dies las, kam Mr Kilpatrick senior zum Zaun und legte vorsichtig seine Arme darauf. Er bewegte sich sehr langsam und behutsam, wie ein alter Mann, der sich mit neuen Schmerzen herumschlägt.

Als ich ihn bemerkte, winkte ich ihm fröhlich zu. »Guten Morgen!«

»Wissen Sie ...«, begann er, stockte dann aber. Seine Arme und sein Gesicht waren mit fleischfarbenen Heftpflastern bedeckt. Er schluckte und fing noch einmal an. »Wissen Sie ...«

Wieder stockte er. Nun schob sich seine Frau langsam aus der Hintertür und sah mich durchdringend an. Sie waren beide groß und kräftig gebaut, beide brachten sicher mehr als hundert Kilo auf die Waage, und sie sahen sich sogar ähnlich. Sie hatte eine blasse, dünne Haut, die allem Anschein nach nur selten dem Wetter ausgesetzt wurde.

Ihr schütteres braunes Haar wurde schon grau, obwohl sie bestimmt höchstens Anfang vierzig waren. Ich ging zum Zaun und winkte mit dem Zettel.

Offensichtlich hatte Mr Kilpatrick durch den Auftritt seiner Frau Mut gefasst, denn nun folgte sein nächster Versuch. »Wissen Sie was, Sir?«, sagte er und holte tief Luft.

Ich sah ihm aus kurzer Entfernung direkt in die Augen. Das schien ihm unangenehm zu sein, denn er trat einen Schritt zurück. Schließlich räusperte sich seine Frau. Dann richtete er sich auf und rückte endlich mit seinem Anliegen heraus.

»Wissen Sie, es wäre vielleicht eine gute Idee, wenn Sie wegziehen würden.«

Das klang fast wie eine Frage. Ich verlagerte mein Gewicht auf den anderen Fuß und ignorierte ihn. Stattdessen betrachtete ich ihr Haus. Es war wunderbar gepflegt, mit Aluminium-Abdeckung an der Seite und leuchtend rot gestrichenen Türstürzen und Fensterrahmen.

»Ist es nicht ein herrlicher Tag?«

Er schluckte krampfartig. So leicht wollte er unter den Blicken seiner Frau wohl nicht aufgeben. »Ich und die anderen Nachbarn …«

Wieder unterbrach ich ihn. »Ja, ein wunderschöner Tag. Meine Frau und ich, wir denken oft, was haben wir für ein Glück, dass wir so nette Nachbarn haben und in einem so netten Viertel wohnen.«

Seine Frau, ich glaube, Claire hatte gesagt, sie hieße Emily, trat einen Schritt auf den Vorbau heraus, und ich bemerkte, dass sie eine Pfanne in ihrer fleischigen Hand hielt. Er sah zu ihr hinüber und redete weiter: »Nun, wir finden, Sie könnten vielleicht …«

»Ja, eine schöne Stadt und so nette Nachbarn«, unterbrach ich ihn wieder. »Aber wir kennen sie noch gar nicht richtig. Das ist eigentlich eine Schande.«

Schließlich gab er seine Versuche auf, etwas zu sagen. Er glotzte nur noch zu mir herüber, und so sagte ich freundlich: »Also, Sie kommen natürlich zu unserem Grillfest. Oder?«

Er drehte sich zu seiner Frau um, die daraufhin begann, heftig mit dem Kopf zu schütteln. Ich sah sie einen Moment lang an und nickte verbindlich, worauf sie erstarrte, als hätte ihr jemand eins übergezogen. Mr Kilpatrick zitterte leicht und setzte zu einem neuen Angriff an. Ich ließ ihm jedoch keine Chance, sondern wiederholte mich.

»Oder?«, sagte ich ein wenig lauter als bisher.

Er nickte wie benommen. Daraufhin gab ich ihm noch den Zettel, den er bei seinem nächtlichen Ausflug in unserem Hinterhof gelassen hatte. »Das haben Sie verloren.«

Er nahm mir den Zettel wortlos aus der Hand, knüllte ihn zusammen und drehte sich auf dem Absatz um. Dann rannte er in sein Haus. Seine Frau hatte schon vorher die Waffen gestreckt und war verschwunden. Danach räumte ich ungeniert und ohne die Nachbarn hinter den Vorhängen zu beachten den Rest der Fallen weg. Ich war gerade damit fertig, als Renfield aufjaulte und zwischen meinen Beinen hindurch zur offenen Haustür rannte. Ich rieb mir noch die Wade, gegen die er dabei gestoßen war, als ein dreifach gegabelter Blitz über den Himmel zuckte und ein starker Frühlingsregen einsetzte.

Nach dem Frühstück drückte ich Claire einen Marker und die Hälfte der Merkblätter aus dem Wohnungsamt in die Hand. Wir setzten uns an unseren Küchentisch, verschränkten unsere Beine und machten uns an die Arbeit. Im Minutenabstand rollte der Donner. Irgendwann schrak Claire hoch.

»Hah! Das wusste ich nicht.«

»Schrei nicht so, das gehört sich nicht für eine Lady«, ermahnte ich sie. »Was wusstest du nicht?«

»Das mit den Feuermeldern. Wir müssten Feuermelder haben, zwei Stück, einen in jedem Stockwerk. Wo ist übrigens dein Hund?«

»Im Keller. Das Donnern macht ihm Angst. Wo ist Frederick?«

»Der versucht, aus seinem Laufstall herauszukommen. Und noch etwas, Liebster!«

Ich sah auf, und sie trat gegen mein Schienbein. »Ich schreie, wann ich will.«

Wir brauchten bis nach dem Mittag, bis wir uns durch den Stapel Unterlagen durchgearbeitet hatten. Danach schrieben wir getrennt je eine Liste, und dann tauschten wir die Merkblätter und gingen sie noch einmal durch. Während wir danach unsere Listen überprüften, klingelte es an der Tür.

»Ich gehe hin.«

Ich hielt das Stemmeisen hinter meinen Rücken, nur für alle Fälle, und öffnete die Tür einen Spalt breit. Draußen im Regen stand Frank aus dem Bogenschützen-Laden. Er sah aus wie ein begossener Chihuahua. Er nieste und wischte sich an seinem Ärmel die Nase ab. »Darf ich reinkommen?«

»Sicher.«

Er trug einen hellblauen Poncho aus einem gummibeschichteten Stoff, von dem das Wasser auf den Boden tropfte. Claire ging mit ihrem besten Lächeln auf ihn zu.

»Hallo, ich bin Claire Parker, und Sie?«

»Frank. Frank Wyzik. Ihr Mann arbeitet mittwochs bei mir.« Er schob die Kapuze seines Ponchos nach hinten.

»Ich weiß. Das ist ein schöner Bogen, den Sie ihm verkauft haben. Zumindest hat er mir das erzählt.«

Ich stellte das Stemmeisen unauffällig zu den Schirmen zurück. »Möchten Sie eine Tasse Kaffee? Oder vielleicht etwas von dem Essen? Es ist gleich fertig.«

Er schüttelte den Kopf, fuhr sich mit einer Hand durch das Haar und sah mich genau an. »Ich wollte Ihnen nur sagen, ich habe gestern einen Anruf bekommen. Da hat jemand gesagt, Sie wären ein Mörder und ein Dieb und dass Sie hier in dem Viertel wohnen und dass es vielleicht eine gute Idee wäre, wenn Sie aus der Stadt wegziehen würden.«

Danach machte er eine Pause, und ich wartete höflich, bis er weiterredete. »Wie auch immer, ich dachte, das sollte ich Ihnen erzählen. Der Mann hat gesagt, ich soll Detective Walsh anrufen, wenn ich weitere Informationen haben will.«

Frank kratzte sich durch seinen Poncho am Bein. »Ich habe bei den anderen Geschäften in der Gegend herumgefragt, und alle haben den gleichen Anruf bekommen. Manche haben es sich tatsächlich von Walsh bestätigen lassen. Sie haben mir erzählt, er hat sich da richtig reingehängt und war echt fies. Ein paar hat er sogar persönlich aufgesucht und ihnen Ihr Bild gezeigt, und er hat von Vergewaltigungen und Morden und Überfällen gesprochen.«

Claire hakte sich bei mir unter und wartete.

»Das wollte ich Ihnen nur sagen.« Frank zog die Kapuze seines Ponchos wieder über den Kopf und machte die Tür hinter sich auf. »Also, ich sehe Sie morgen Mittag, in Ordnung?«

Seine Worte schwebten im Raum, und ich hatte Mühe, sie zu verstehen. Dann drückte Claire meinen Arm.

»Ja.«

Meine Stimme klang verdächtig unsicher. Frank stapfte ohne ein weiteres Wort in das Gewitter hinaus. Claire schloss die Tür und verriegelte sie, und erst dann sagte ich: »Ich glaube, ich habe einen Freund.«

An diesem Abend ging Claire nach dem Essen joggen. An den vorausgegangenen Abenden war sie allein losgelaufen, und ich hatte mir um ihre Sicherheit Gedanken gemacht, bis sie mir unsere vierzig Zentimeter lange Bajonettspitze gezeigt hatte, die mit dem Griff nach vorne unter ihren linken Unterarm geklebt war.

»Mir tut der arme Trottel leid, der einen Überfall auf mich versucht.«

Ich betrachtete die Konstruktion. »Das kannst du nicht schnell genug ziehen.«

Sie zog ihre Jacke darüber und hatte Schwierigkeiten, den Ärmel über die Klinge zu bekommen. Dann versuchte sie, den Griff zu erreichen. »Hmm. Du könntest recht haben. Wie schlau du bist.«

»Ich bin eben ein Profi.«

Ich riss die Naht vom Handgelenk bis hoch zum Ellbogen auf und klebte den Ärmel dann mit Isolierband wieder zu. »Bitte sehr.«

»Nähst du das auch wieder zusammen?«

»Klar. Stoff lässt sich leichter nähen als Haut.«

»Wahrscheinlich hast du schon wieder recht.« Mit ihrer rechten Hand zog sie das Messer problemlos heraus. Ich klebte es alles wieder zusammen und gab ihr einen Kuss.

»Denk dran. Zustechen, nicht schneiden. Kurze, knappe Armbewegungen. Und schrei die ganze Zeit *Feuer*!«

Und weg war sie. Ich räumte ab und machte meine Übungen. Dabei hörte ich Radio, dachte nach und freute mich auf Liebe und Schlaf. Zur vollen Stunde meldete sich der Sprecher von CBC und brachte die Lokalnachrichten mit frohen Botschaften von unbedeutenden Gewalttaten und unglücklichen Geschäftsleuten. Schließlich schaltete ich das Radio aus, ging nach oben, legte mich ins Bett und wartete auf Claire. Morgen hatten wir viel zu tun, und inzwischen gab es da draußen in der Dunkelheit Menschen, die etwas gegen mich und die Meinen im Schilde führten.

27

Ich stand draußen unter einem Vordach mit dem Ordner vom Wohnungsamt in den Händen und wartete, bis Rebecca Gantz endlich die Tür öffnete. Aus dem Haus drang der Geruch von Kaffee, und im Hintergrund klapperte eine Schreibmaschine.

»Guten Tag.«

Es regnete noch immer, und die Tropfen rollten wie Perlen von meiner Plastikjacke herunter auf die grell gefärbten Kacheln zu meinen Füßen. Mit meinem eng am Kopf zurückgekämmten Haar kam ich mir ungewohnt frisch und sauber vor. Wahrscheinlich war meine Frisur auch der Grund dafür, dass sie mich nicht erkannte. Sie starrte mich einen Augenblick an und sagte dann: »Guten Tag. Kann ich Ihnen helfen?«

»Sie können mir helfen, indem Sie dies lesen.« Ich gab ihr den Ordner und trat einen Schritt vor, sodass sie nur die Wahl hatte, entweder zur Seite zu treten oder sich von mir anrempeln zu lassen. Sie trat zur Seite und nahm den Ordner in ihre manikürten Hände. Auf einmal erkannte sie mich, denn sie erstarrte und fing an zu schreien, und zwar so hoch, dass ich es kaum hören konnte. Das Geräusch der Schreibmaschine erstarb, und aus dem Untergeschoss kam eine junge Frau.

»Ms Gantz? Sind Sie okay?«

Die neue Frau musste ein Gehör haben wie eine Fledermaus. Ich starrte sie ein paar Augenblicke lang an, bis sie rot wurde. »Es geht ihr gut«, sagte ich dann.

»Mein Name ist Sam Parker.« Ich gab Ms Gantz die Hand.

Sie zuckte zurück und ließ meine Hand fallen. Erst dann fand sie ihre Stimme wieder. »Ich will nicht mit Ihnen sprechen.«

»Ich darf Sie an das Mieterschutzgesetz erinnern. Vermieter, also Sie, müssen mit Mietern, also mir, sprechen, wenn es Probleme gibt. Es gibt Probleme. Wir werden sprechen.«

Sie keuchte, als hätte sie gerade einen Orgasmus gehabt, aber schließlich nickte sie und zog sich ins Haus zurück, ohne mich dabei aus den Augen zu lassen. Ich folgte ihr zögernd, die andere Frau blieb dicht hinter mir. In der Küche ging die Vermieterin zu einem Telefon an der Wand und nahm den Hörer ab. »Ich rufe Wal ... die Polizei an.«

Neben uns standen ein hübscher Tisch und ein Stuhl, beide mit Chrom und Messing verziert. Der Tisch hatte eine schwere, grau getönte Glasplatte. Ich setzte mich und stützte meine Arme auf. Ich hatte genau gehört, dass sie angefangen hatte, *Walsh* zu sagen, reagierte aber nicht darauf.

»Rufen Sie an, wen Sie wollen. Aber warum?«

»Sie sind hier eingedrungen!«

Ich schüttelte den Kopf.

»Nein. Sie haben mich hereingelassen. Ich bin als Ihr Mieter gekommen, der mit seiner Vermieterin sprechen will. Wenn dies ein ungünstiger Zeitpunkt ist, kann ich gerne wiederkommen. Das Mieterschutzgesetz sieht aber die Vereinbarung eines Gesprächstermins innerhalb einer annehmbaren Zeitspanne vor. Wie passt es Ihnen morgen?«

Die junge Frau, die, wie ich inzwischen festgestellt hatte, keinen BH trug, kam herüber, blieb aber außerhalb meiner Reichweite. Die beiden Frauen musterten mich schweigend.

»Was wollen Sie?«

»Lesen Sie den Brief, er ist kurz.«

Sie ging zu der Stelle, wo sie ihn hatte fallen lassen, kam zurück und überflog ihn. Ich wartete ab. Das Wasser tropfte von meinem Mantel auf den Küchenboden. In der Ecke dampfte eine kleine Kaffeekanne aus Porzellan, aber mir wurde nichts angeboten. Als sie zu Ende gelesen hatte, sah sie mich an. »Das ist lächerlich.«

Ich stand auf und machte mich bereit zu gehen.

»Es freut mich, dass Sie das auch so sehen. Nehmen Sie einfach die Reparaturarbeiten innerhalb der nächsten drei oder vier Tage vor, und wir werden diese lästige kleine Beschwerde vergessen. Es ist schön, dass Sie so vernünftig sind.«

Sie sah mich verwirrt an und gab die beiden mühsam getippten Schreibmaschinenseiten der Frau neben ihr, die begann, sie zu lesen. Ein leichtes Lächeln machte sich auf ihrem Gesicht breit.

»Nein. Sie müssen mein Haus verlassen, das Sie gemietet haben.«

»Wohl kaum, Ms Gantz. Ich nehme wiederum Bezug auf das Mieterschutzgesetz und darf Ihnen sagen, dass Sie mir keine ausreichende Kündigungsfrist eingeräumt haben, also müssen wir vorerst auch nicht ausziehen. Aber das ist nur ein Teil des Problems. Möchten Sie, dass ich das an die Behörden weitergebe, oder wäre es Ihnen lieber, wenn wir das hier und jetzt regeln?« Ich senkte meine Stimme. »Ganz unter uns, sozusagen.«

Sie begann, auf und ab zu gehen, drei Schritte vorwärts, drei Schritte zurück. Nach einer Weile hob sie den Zeigefinger, wedelte damit in der Luft herum und begann mit ihrem Vortrag: »Sie sind ein gefährlicher Verbrecher. Sie haben mich angelogen. Sie haben nicht dafür gesorgt, dass das Haus in einem guten Zustand bleibt. Sie haben sowohl das Anwesen als auch meinen Ruf irreparabel beschädigt.«

Ich blieb ruhig sitzen und legte meine Hände auf den Tisch. »Sind Sie fertig?«

Sie stand triumphierend da und nahm die Unterlagen ihrer Assistentin wieder aus der Hand.

»Okay. Erstens, die Polizei hat mich von allen Anschuldigungen freigesprochen. Ich bin also kein Verbrecher, und selbst wenn ich einer wäre, können Sie das Mietverhältnis auf Grund meines früheren Verhaltens nicht beenden. Zweitens, ich habe Sie nie angelogen. Meine Frau hat alle Verhandlungen geführt, und Sie werden feststellen, dass ich überall sowohl mit meinem Geburtsnamen als auch mit meinem angenommenen Namen geführt werde. Auch mein Beschäftigungsstatus ist ordnungsgemäß aufgeführt. Drittens, wir wohnen erst kurze Zeit in Ihrem Anwesen. Wir haben es seitdem in einem guten Zustand erhalten. Viertens, Ihr geschäftlicher Ruf ist unbeschädigt, es sei denn, Sie wollen mich wegen Geschäftsschädigung verklagen, aber diesen Prozess werden Sie verlieren, das kann ich Ihnen ganz klar sagen.«

Ohne dass es mir bewusst wurde, redete ich immer lauter. »Was das Anwesen betrifft, das wir angemietet haben, dazu hätte ich auch etwas zu sagen. Die Schlösser sind schlecht, und das Dach leckt. Der Schaden, der im Verlauf eines Einbruchsversuchs angerichtet worden ist, ist nicht behoben worden. Das Heizungssystem ist in schlechtem Zustand, denn die Wärme erreicht nicht den ersten Stock. Im Keller haben wir Ungeziefer. Die gesetzlich vorgeschriebenen Feuermelder fehlen ganz.«

Ich nahm mich zusammen und schaffte es, meine Stimme wieder zu senken. »Sie haben ein Gespräch mit mir verweigert, als ich Sie darum gebeten habe. Und schließlich haben Sie versucht, mich und meine Familie ohne jeden Grund auf die Straße zu setzen.«

Ich stand auf und ging auf die Eingangstür zu. »Eine Kopie dieses Schreibens wird morgen früh den zuständigen Behörden zugestellt. Sie haben bis 9 Uhr 45 Zeit, auf die Punkte in dem Brief im Einzelnen einzugehen. Die Post wird bei uns um zehn Uhr abgeholt.«

Beide Frauen folgten mir in die Eingangshalle. Dort platzte Ms Gantz heraus: »Sie bluffen.«

»Nein, das tue ich nicht.«

»Dann geben Sie sich einer Illusion hin.«

»Vielleicht. Trotzdem möchte ich Ihre Antwort schriftlich haben. Ich bestehe sogar darauf. Juristisch steht mir das zu.«

Es regnete noch immer, inzwischen sogar noch stärker. »Nehmen Sie sich auch einen Anwalt. Sprechen Sie mit ihm. Ich versichere Ihnen, dass ich nur meine Rechte wahrnehme.«

»Das kann doch nicht Ihr Ernst sein!« Sie packte meinen Arm und sah mich aus einer Entfernung von zwanzig Zentimetern an. Ich spürte, wie allmählich echter Ärger in mir hochstieg.

»Aber sicher. Das meine ich verdammt ernst. Sie haben versucht, mich und meine Familie hinauszuwerfen. Was haben Sie denn von mir erwartet?«

Die Assistentin stand etwa zwei Meter entfernt. Sie konnte mich wegen des Regens draußen wahrscheinlich sowieso nicht hören, aber eigentlich war mir das jetzt scheißegal. Ich beugte mich zu Ms Gantz vor und flüsterte: »Sie haben Glück, dass ich nicht so schlimm bin, wie Sie zu denken scheinen, sonst würde ich Ihnen die Kehle von einem Ohr zum anderen durchschneiden.«

Sie wurde blass und stützte sich an der Wand ab. Ich lächelte böse und ging. Noch bevor ich den Bürgersteig erreicht hatte, kam die Assistentin hinter mir hergerannt. Sie hatte sich nur schnell einen durchsichtigen Plastikregenmantel angezogen. »Mr Parker? Bitte warten Sie.«

Ich drehte mich zu ihr um, und sie stellte sich zwischen mich und die Straße. »Ich möchte mit Ihnen über die Sache sprechen.«

»Dann tun Sie das.«

Sie biss sich auf die Unterlippe und sah zu ihrer Chefin hinüber.

»Nicht jetzt«, wich sie aus. »Ich muss sie erst beruhigen. Im Moment würde sie es fertig bringen, die Marines loszuschicken, aber damit wäre niemandem gedient. Ich bin sicher, dass wir eine vernünftige Einigung erzielen können.«

»Kommen Sie in einer Stunde in mein Haus. Dann bin ich ein bisschen weniger verärgert.«

»Okay.«

Ich machte mich auf den Weg nach Hause. Alles in allem hatte ich ziemlich gute Laune. Ich hatte herausbekommen, dass Walsh zumindest für einen Teil der ganzen Scheiße verantwortlich war. Das gab mir das Gefühl, dass ich ein bisschen Kontrolle zurückerobert hatte.

28

Sie brauchte etwas mehr als eine Stunde, bis sie erschien, aber das machte nichts. Ich hatte den Tisch im Wohnzimmer in die Mitte gestellt. Dann hatte ich die Merkblätter vom Wohnungsamt darauf ausgelegt. Anschließend stellte ich einen Stuhl für sie mitten auf den größten Fleck auf dem Teppich.

»Was zum Teufel tust du denn da?« Claire war mithilfe der Zeitung und des Telefons für mich auf Jobsuche gewesen. Jetzt kam sie mit einem Stapel Zettel in der Hand aus der Küche.

»Die Assistentin unserer Vermieterin kommt gleich zu einem Gespräch her. Ich bereite nur die Bühne vor.«

Claire betrachtete den Tisch und die Stühle und setzte sich auf die Treppe. »Willst du auf hochmoralisch machen?«

Ich ging in die Küche und kam mit der großen Weinkiste aus Holz zurück, in der wir unser gutes Porzellan verpackt hatten. Ich nahm vorsichtig Teile heraus und verteilte sie auf dem Tisch, als würde ich Karten geben.

»Nein. Ich will nur versuchen, sie unsicher zu machen. Glaubst du, das klappt?«

»Vielleicht. Ich glaube, die Frau ist clever. Ich habe persönlich mit ihr verhandelt, als wir das Haus hier angemietet haben.« Claire betrachtete nachdenklich das Arrangement und tippte dabei mit einem Finger auf das Telefonbuch. »Könnte klappen. Ich bleibe dabei sitzen, wenn du nichts dagegen hast.«

Also packte ich noch ein paar Teile vom Geschirr aus und holte den fehlenden Stuhl aus dem Hinterzimmer, wo ich ihn abgestellt hatte. Dann machte ich Fred noch für seinen Mittagsschlaf fertig, brachte ihn in sein Zimmer und legte ihn in sein Bettchen. Zehn Minuten später klingelte die Assistentin, und Claire ließ sie herein. Ich ging direkt hinter ihr auch zur Tür.

»Hallo, Mr Parker, Mrs Parker.« Sie blieb in der Eingangshalle stehen, bis ich ihr notgedrungen aus dem Mantel half und ihr bedeutete, sie könnte ihre Stiefel ausziehen.

»Kommen Sie rein, Ms …? Ich weiß nicht mal Ihren Namen.«

Sie lachte. »Wir sind uns wohl tatsächlich noch nicht vorgestellt worden. Mein Name ist Vanessa Rose. Soll ich Mr Parker zu Ihnen sagen, oder Mr Haaviko, oder was?«

»Einfach nur Sam.«

Wir gingen durch das Wohnzimmer ins Esszimmer. Ich beobachtete sie genau, doch sie zeigte keine Reaktion auf den fleckigen Teppichboden. Claire hatte sich schon hingesetzt und goss Kaffee ein. Ich ging zu meinem Stuhl. »Nehmen Sie Milch oder Zucker oder Süßstoff oder nichts von alldem?«, fragte Claire.

Vanessa setzte sich hin und stellte ihre riesige Leinenhandtasche auf den Schoß. »Milch und Zucker bitte.«

Sie nahm die Tasse entgegen und spreizte beim Trinken den kleinen Finger leicht ab. Claire schenkte auch mir ein und drehte sich dann leicht auf ihrem Stuhl um. »Liebling? Der Hund ist draußen, meinst du, es passiert ihm nichts?«

»Dem geht es wunderbar. Er hasst das Wetter, verstehen Sie.«

Ich hatte dabei Vanessa angesehen, aber meine Bemerkung prallte an ihrem leeren Lächeln ab. Von meinem Platz aus konnte ich sehen, dass sie sich bemühte, mit ihren Füßen nicht den Teppichboden zu berühren. Sie ruhten auf den Verstrebungen ihres Stuhls. Also hatte sie die Flecken registriert. Ich grinste in meine Tasse hinein. »Also. Sie wollten mit uns reden.«

Claire sah geduldig zu, wie Vanessa ihre Tasse abstellte und ihre Tasche wie eine Barriere schützend vor sich auf den Tisch stellte. Sie betrachtete zuerst die ausgelegten Merkblätter, dann wandte sie sich an mich. »Ich habe Ihren Brief gelesen, und es spricht einiges für Ihre Argumente. Wir haben aber trotzdem das Gefühl, dass Sie uns ein falsches Bild von sich gegeben haben und dass unsere Kündigung deshalb begründet ist.«

Sie hob eine Hand, um irgendwelche heftigen Erwiderungen zu unterbinden, die ich vielleicht vorbringen könnte, aber es kam nichts dergleichen. Jetzt musste Claire in ihre Tasse hineingrinsen. Vanessa fuhr fort mit ihrem vorher festgelegten Sermon, als sie davon ausgehen konnte, dass von uns keine Reaktion kommen würde. »Wir sehen ein, dass wir mit dem Räumungsbescheid vielleicht etwas, sagen wir mal, übereifrig waren. Wenn wir den fraglichen Zeitraum um, sagen wir mal, drei Wochen verlängern würden, wäre das akzeptabel für Sie?«

Weder Claire noch ich sagten dazu etwas, also redete sie weiter. »Und wir würden natürlich ein wenig Geld bereitstellen, um Ihnen bei Ihren Auslagen für den Umzug unter die Arme zu greifen, vielleicht fünfhundert Dollar. Wir würden außerdem Ihre Kaution in der gesamten Höhe von vierhundertfünfzig Dollar zurückzahlen, sodass das für Sie eine Gesamtsumme von neunhundertfünfzig Dollar ergäbe.«

Sie sah uns erwartungsvoll an. Claire reagierte. »Wir hätten also drei Wochen Zeit, bis wir gehen müssten?«

»Ja.«

Vanessa nahm einen Schluck Kaffee.

»Und Sie würden uns zusätzlich zu allem anderen fünfhundert Dollar geben?«

»Ja. Das würden wir für fair halten.«

Claire lächelte. »Aber warum sollten wir ausziehen? Ich meine, wir sind doch im Recht, oder?«

Darauf reagierte Vanessa nicht, und so redete Claire weiter. »Und uns, sowohl meinem Mann als auch mir, gefallen diese Stadt und dieses Haus ausgesprochen gut. Verstehen Sie unser Problem?«

»Nun, wir könnten mit unserer Umzugshilfe bis zu tausend Dollar gehen.«

Claire sah mich an, und ich erwiderte ihren Blick ausdruckslos. Sie nickte und antwortete: »Nein.«

Vanessa war verblüfft. »Was?«

»Nein. Wir wollen nicht ausziehen. Wir ziehen nur dann sofort aus, wenn Sie hier in der Stadt ein neues Objekt für uns finden, aber etwas anderes kommt nicht in Frage.«

Vanessa lehnte sich auf ihrem Stuhl zurück und ließ ihre Füße den Boden berühren. »Laut Gesetz können wir von Ihnen verlangen, dass Sie ausziehen, wenn wir Ihnen drei Monate Kündigungsfrist einräumen.«

»Klar. Wollen Sie diese Kündigung jetzt aussprechen?«

Sie knirschte mit den Zähnen. »Ich will das nicht, aber ich werde es tun.«

»Schön. Aber bitte schriftlich.«

Vanessa griff in ihre Tasche und zog einen verschlossenen Umschlag heraus. Bevor sie ihn auf den Tisch legen konnte, sagte ich: »Warten Sie einen Augenblick. Was ist mit den Instandsetzungsarbeiten?«

»Sie werden erledigt.«

Ich ließ nicht locker. »Wann?«

Sie legte den Umschlag hin, und Claire machte ihn auf und las den Brief darin. Als sie fertig war, nickte sie und hob eine Hand, bevor sie noch eine Frage stellte. »Sie wissen, dass in diesem Brief steht, dieses Anwesen würde, und ich zitiere, *umfassend renoviert*?«

Claire ließ ihr Zeit zu antworten, aber Vanessa sagte kein Wort. »Das mussten Sie nicht schreiben. Jetzt steht es aber hier. Das heißt, Sie müssen es tatsächlich machen.«

Vanessa zuckte wieder mit den Achseln, und Claire fuhr fort: »Wir möchten hier drin sofort einen neuen Teppichboden. Gibt es da einen Laden in der Stadt, oder vergeben Sie einen Auftrag?«

Vanessa knurrte etwas in sich hinein und goss sich ungefragt noch einen Kaffee ein. »Was spielt das für eine Rolle?«

Claire musterte sie mit freundlichem Gesicht. »Ich würde dann morgen dort anrufen. Ich wollte nur sicherstellen, dass ich mich an die richtige Stelle wende.«

»Das brauchen Sie nicht. Ich erledige das. Schließlich ist das mein Job.«

Claire tippte auf den Brief vor sich. »Genauso wie Sie sich um den Zustand dieses Hauses gekümmert haben? Sie sind doch nicht dumm. Sie haben gewusst, was Ihre Chefin macht, warum haben Sie da mitgespielt?«

»Weil sie meine Chefin ist.«

Vanessa wirkte inzwischen leicht verwirrt, und Claire tippte wieder auf den Brief.

»Obwohl alle Instandsetzungsarbeiten abgesetzt werden können? Obwohl dadurch der Wert des Besitzes steigt? Es so zu machen ist wirklich nicht sehr schlau.«

Vanessa dachte einen Augenblick darüber nach, und als sie wieder redete, war ihre Stimme voller Zorn und Abscheu. »Ich bin ganz Ihrer Meinung. Alles, was ich will, ist Gewinn machen. Meine Chefin sieht die Dinge leider etwas anders, aber sie ist eben die Chefin. Letzten Endes ist es ihre Entscheidung.«

Claire legte einen Schreibblock auf den Tisch und nahm einen Stift auf. »Also, wie ist der Name von Ihrem Teppichladen?«

»Hansen's. Er ist in North End, gleich in der Nähe.«

»Gut.«

Ich ließ meinen Blick zwischen den beiden Frauen hin und her wandern, und schließlich sagte ich: »Wir sind also in drei Monaten hier raus. Das ist eine lange Zeit.«

Vanessa hatte ihre Tasse wieder aus der Kanne in Blassrosa und Gold gefüllt und rührte wie beiläufig ihren Kaffee um.

»Eine lange Zeit wofür?«

»Oh, hauptsächlich, um Sie und Ihre Chefin zu überreden, uns hier wohnen zu lassen«, sagte Claire. »Es gefällt uns wirklich sehr hier. Es ist genau richtig für uns.«

Vanessa schnaubte wenig damenhaft. »Wohl kaum. Meine Chefin ändert ihre Meinung nicht.«

»Wollen wir wetten?«

Vanessa sah zu mir, dann zu Claire und schließlich wieder zu mir. »Nein. Ich wette nicht.«

Claire streckte einen Arm aus und tätschelte ihren Arm. »Das ist sehr klug von Ihnen.« Dann drehte sie sich zu mir um und sagte ernst: »Siehst du, ich habe dir doch gesagt, sie ist schlau.«

Ich lachte. Vanessa klappte ihre Tasche zu und sah sich eine Weile in dem Zimmer um. Ich konnte erkennen, wie die Muskeln an ihrem Hals sich ein oder zwei Mal spannten und wieder entspannten. Ich wartete ab, bis sie das sagte, was sie sagen musste: »Na gut, nachdem das alles geregelt ist, darf ich Ihnen eine Frage stellen?«

»Nur zu.«

»Sie kommen mir nicht vor wie ein …, ich weiß nicht, wie ein böser Mensch, wenn ich das so sagen darf.«

Bevor ich ihr antwortete, nahm ich noch einen Schluck Kaffee. »Nun, jetzt nicht mehr. Aber ich war mal einer. Früher war ich wirklich böse, aber damit habe ich aufgehört.«

Ich hätte noch mehr sagen können, aber ich hielt mich zurück und beließ es bei »Ich habe einfach damit aufgehört«.

Das klang ziemlich lahm. Es hing eine lange Zeit im Raum. Claire hielt mir ihre Hand hin, damit ich sie nehmen konnte, aber ich tat es nicht. Also zog sie sie wieder zurück.

»Aber … diese drei Jungen zu töten. Wie haben Sie sich danach gefühlt?«

Ich starrte sie an und musste einen plötzlichen Anfall von Wut niederkämpfen. Claire bemerkte es und kam um den Tisch herum, um mir einen Kuss auf die Wange zu geben. »Sie hat sich nichts dabei gedacht.« Ich konnte ihren Atem spüren, wie er mir durch die Haare um mein Ohr fuhr.

Vanessa sah beunruhigt aus.

»Es hat mich wütend und traurig gemacht«, sagte ich schließlich und atmete laut durch die Nase aus, als wollte ich Dampf ablassen.

Sie starrte mich an und schüttelte den Kopf. »Wirklich?«

Claire presste ihre Hände auf meine Schultern. Ich sah zu ihr hoch, und meine Antwort galt ihr allein. »Ja, wirklich.«

Einen Augenblick lang glaubte ich in Claires Auge eine Träne zu sehen, dann lehnte sie sich an meine Schulter.

Vanessa sagte einfach nur: »Merkwürdig. Ich hätte nicht das Geringste gefühlt.«

Ich begann, den Tisch abzuräumen. Am liebsten hätte ich etwas Böses gesagt, aber stattdessen wählte ich meine Worte sehr sorgfältig, als wäre das, was ich zu sagen hatte, von großer Bedeutung. »Beim ersten Mal habe ich nicht das Geringste gespürt. Auch beim zweiten Mal. Und sogar beim dritten Mal. Danach, na ja, da habe ich mich zufrieden gefühlt, richtig gut, und das hat mir eine Höllenangst eingejagt. Schließlich habe ich jedes Mal ein klein bisschen Freude gespürt. Und da habe ich mich entschlossen, nicht mehr böse zu sein.«

Vanessa starrte mich an. Langsam stieg ihr eine tiefe Röte ins Gesicht. Dann ging sie abrupt hinaus.

29

Thompsons Anruf kam kurz nach fünf Uhr nachmittags. Ich war gerade damit fertig, die letzte Fuhre Müll aus dem Keller zu schaffen und ihn in unseren Umzugskisten zu verstauen. Als ich zur Hintertür hereinkam, klingelte das Telefon. Beim zweiten Läuten nahm ich ab. »Hallo?«

Thompson klang, als wäre er nüchtern. »Ich habe gerade einen Anruf vom Staatsanwalt bekommen. Die RCMP führt morgen früh eine Hausdurchsuchung bei Ihnen durch. Sie haben uns das offiziell mitgeteilt.«

»Großartig. Aber warum?«

»Warum was?«, antwortete er verwirrt.

»Warum informieren sie uns vorher? Das ist doch nicht üblich, oder?«

»Eigentlich nicht. Wahrscheinlich wollen sie sichergehen, dass alles genau nach Vorschrift läuft. Das könnte man unter den gegebenen Umständen doch verstehen, nicht?«

»Klar. Übrigens, kommen Sie mit Ihrer Frau am Samstag zu unserem Grillfest? Wir haben Ihnen eine Einladung geschickt, aber noch keine Antwort bekommen.«

Thompson blieb ein paar Augenblicke still. »Sicher. Ich denke schon. Ich vermute, meine Frau hat den Brief, ich habe ihn noch nicht gesehen. Trotzdem, sicher. Also, noch mal wegen morgen, die Polizei kommt pünktlich um neun Uhr.«

»Können Sie auch kommen?«

»Sicher. Das wollte ich mir nicht entgehen lassen. Wir sehen uns.«

Claire kam mit einem halb vollen Müllbeutel die Treppe herunter. »Wer war das?«

»Thompson. Die Polizei wird morgen früh das Haus durchsuchen.«

»Scheiße! Dann hat es wohl keinen Zweck, hier sauber zu machen.«

Sie ließ den Müllbeutel fallen und setzte sich auf die Treppe.

»Na gut, wir können ja den Rest machen, wenn sie wieder weg sind.«

»Richtig. Ich erkläre also den Rest des Tages zum Feiertag.«

»Bevor wir das machen, was du unter feiern verstehst, sollten wir das ganze Haus überprüfen, ob da irgendwo was ist, was nicht da sein sollte.«

»Du meinst etwas, das man uns untergeschoben hat?«

»Genau.«

Also sahen wir nach. Claire fand ihn unter einem Müllbeutel am Hintereingang: einen leicht eingerissenen Plastikbeutel mit Druckverschluss. Darin waren hellblaue längliche Tabletten und unregelmäßige kristalline Klümpchen. Wir starrten einen Moment lang darauf. Dann schoben wir den Müllbeutel wieder darüber.

»Willst du das hier lassen?« Claire biss sich auf die Lippe.

»Ja.«

Wir suchten ein Stück Spanplatte, setzten beide mit Filzstift unsere Unterschrift darauf, fügten Zeit und Datum hinzu und legten es auf unseren Fund, bevor wir uns weiter umsahen. Schließlich gingen wir wieder ins Haus. Dann setzten wir uns zusammen und lauschten ein paar Stunden lang dem Regen, bis wir schlafen gingen.

Die ersten Besucher trafen genau zwei Minuten vor neun ein. Als ich die Tür öffnete, stand da ein groß gewachsener Mann in einem teuren Anzug neben der Staatsanwältin McMillan-Fowler und Thompson. Hinter ihnen standen drei Mounties in ihrer Dienstuniform triefnass im Regen.

McMillan-Fowler redete als Erste. »Mr Parker? Guten Morgen, ich bin hier mit Inspektor Atismak von der RCMP und diesen anderen Beamten. Wir möchten einen Durchsuchungsbeschluss vollstrecken. Ihr Anwalt, Mr Thompson, ist ebenfalls anwesend.« Sie versuchte, an mir vorbeizugehen, aber ich ließ sie nicht.

»Einen Augenblick noch. Darf ich den Durchsuchungsbeschluss sehen?«

Sie hatte ihn unter ihrem Mantel und gab ihn mir. Thompson drängte sich näher, um mitzulesen.

»... das Anwesen zu durchsuchen ... Adresse stimmt ... Schusswaffen, Betäubungsmittel und Biker-Gerätschaften ... Was zum Teufel sind *Biker-Gerätschaften*?«

McMillan-Fowler gestikulierte übertrieben mit einer Hand. »Aufnäher, Literatur, Schilder, solcher Kram.«

»Aha.«

Ich wandte mich Thompson zu, der eine eigene Kopie des Schriftstücks in der Hand hielt.

»Sieht das okay aus?«

»Sieht gut aus.«

Ich trat zur Seite und machte eine einladende Handbewegung. »Kommen Sie rein, kommen Sie rein, *mi casa es su casa*. Kaffee und Donuts sind auf dem Küchentisch. Und außerdem ist da etwas, das ganz nach Crack und irgendwelchen Tabletten aussieht, unter den Müll am hinteren Eingang gelegt worden.«

Alle erstarrten, dann gingen der große Cop und McMillan-Fowler nach hinten, während die anderen abwechselnd den Tisch und mich anstarrten. Claire war schon um sechs Uhr losgegangen, bevor ich aufgewacht war. Das Gebäck lag, ordentlich auf kleinen Servietten angerichtet, neben einer großen Kanne Kaffee auf dem Esstisch. Der große RCMP-Beamte kam wieder ins Haus zurück und legte seine Jacke über den linken Arm. Er sagte nichts von dem Zeug draußen, sondern machte eine Handbewegung in Richtung Tisch.

»Kommt mir bekannt vor.«

McMillan-Fowler kam herein, und die Polizisten verteilten sich im Haus. Thompson lief hinter ihnen her, damit sie ehrlich blieben. Claire und Fred saßen artig zusammen auf dem Sofa am Fenster und spielten mit einem Stück Schnur. Ich hatte den Hund draußen angebunden. Ab und zu bellte er, aber mehr aus Neugier als aus Wut.

Ich drehte mich zu dem großen Mountie um, der die Bemerkung über den Kaffee und die Donuts gemacht hatte. »Das sollte es auch. Ich habe das in *Twin Peaks* gesehen.«

Er sah mich ausdruckslos an, und ich fügte als Entschuldigung an: »Die Serie hat mir gut gefallen.«

»Richtig! Jetzt fällt es mir auch wieder ein. Im Hinterzimmer der Polizeistation hat die bescheuerte Sekretärin jeden Tag für die lokale Polizei so eine Tafel angerichtet.«

Ich war beeindruckt. »Sie haben ein gutes Gedächtnis.«

Er nickte höflich und sah mich schweigend an, bevor er weiter durch mein Haus ging. Die Eingangstür stand noch offen, und ein Stück die Straße hinunter sah ich einen großen schwarzen Van, der dort geparkt war. Daran angelehnt standen fünf schwer bewaffnete Männer in bedrohlichen schwarzen Uniformen. Ich strengte mich an, sie zu ignorieren, doch dann kam Claire mit Fred im Arm. »Was hältst du davon, Schatz?«

»Da kommt ganz schön was zusammen an Mordwerkzeugen. Zwei Maschinenpistolen von Heckler & Koch,

Top-Qualität, fünftausend Dollar das Stück, ein vollautomatisches Sturmgewehr Colt M-16 A2, zweitausend Dollar. Ein Remington 870 Pump-Action Schrotgewehr mit verlängertem Magazin, etwa fünfhundert Dollar. Ein Remington M 700 Präzisionsgewehr mit variablem Zielfernrohr, wahrscheinlich Kaliber 7,62 oder 7 mm Magnum, vielleicht auch .300 Winchester, etwa zwölfhundert Dollar.«

»Hmm. Mit anderen Worten, ein paar Semester College für Fred.«

»Ja. Oder für dich.«

Sie küsste mich auf die Lippen, und wir waren schon fast wieder im Haus zurück, bis sie antwortete.

»Für mich nicht. Ich war nämlich schon auf dem College.«

»Du bist mit Verbindungsstudenten gegangen. Das ist ein Unterschied.«

Sie hielt meine Hand und antwortete: »Wahrscheinlich hast du recht.«

»Sir? Sir?«, rief jemand aufgeregt von der Treppe.

Einer der Polizisten von oben kam mit einem Plastikbeutel in der Hand heruntergerannt. Es war das Mauser-Bajonett, das ich neben dem Bett liegen gelassen hatte, aber bevor ich ein Wort sagen konnte, meldete sich Atismak.

»Was ist das?«

»Ein Schwert. Ich habe es oben gefunden.«

Der Mountie war noch sehr jung. Sein schwarzer Walross-Schnauzer sah noch sehr neu aus. Er schien überglücklich zu sein. Atismak dagegen schien überhaupt nicht glücklich zu sein, er wirkte auf einmal sehr müde.

»Darf ich das sehen?«

Er nahm den Plastikbeutel und hielt ihn hoch. »Das ist kein Schwert. Ein Messer auch nicht. Ein Bajonett?«

Claire hatte ihre Muskeln angespannt, aber ich beobachtete Atismaks Gesicht, als ich antwortete. »Richtig. Von einem Mauser-Gewehr, Modell 1871. Ich habe es in einer Pfandleihe in Edmonton gekauft. Sie haben damals ausgezeichneten Stahl verwendet, hält die Schärfe gut.«

Atismak gab es mir. »Richtig. Also, Officer ...«

Er wandte sich dem Polizisten zu, der nach wie vor das Bajonett im Auge behielt. »Haben Sie den Durchsuchungsbeschluss gelesen, den ich Ihnen gestern gegeben habe?«

»Ja.«

Atismak wartete nicht. »Das heißt, *ja, Sir.*«

»In Ordnung, Sir. Ja, Sir.«

»Gut. Auf dem Durchsuchungsbeschluss stand *Betäubungsmittel. Schusswaffen. Biker-Gerätschaften.* Ist dieses Bajonett, das Sie sich gegriffen haben, ein Betäubungsmittel, eine Schusswaffe oder eine Biker-Gerätschaft?«

Der Polizist blieb stumm, und Atismak redete weiter. »Also, so was läuft unter Besteck. Sie warten am besten draußen. Wir unterhalten uns dann später.«

Der junge Mountie verschwand.

»Kaffee?« Ich hielt Atismak Tasse und Untertasse entgegen. Beide hatten verschiedene Muster. »Sahne und Zucker sind da drüben.«

»Danke.«

Er hinkte hinüber, um sich selbst einzugießen, und ich drückte sanft auf Claires Schulter. »Das ist mal ein kluger Polizist.«

Sie blies Fred auf den Bauch, was ihm schrille Schreie entlockte, und antwortete leise: »Ein Widerspruch in sich.«

»Stimmt auch wieder.«

McMillan-Fowler kam mit Thompson wieder herunter, während die anderen Polizisten hinausgingen. Atismak war die ganze Zeit nicht von meiner Seite gewichen. Jetzt stellte er seine vierte Tasse Kaffee ab, zog seine Jacke wieder an und nickte mir kaum merklich zu, als wollte er sich bei mir bedanken.

Bevor sie gingen, fragte ich: »Jetzt, da alles vorbei ist, darf ich fragen, warum Sie mein Haus durchsucht haben?«

Atismak sah zu McMillan-Fowler hinüber, die machte ein höfliches Gesicht, und er antwortete: »Ich sehe keinen Grund, warum nicht. Ich glaube nicht, dass diese Untersuchung zu irgendetwas führen wird.«

Ich sah beide an. »Richtig. Also, wenn wir das Zeug da draußen mal ignorieren …«

Ich hatte vorher schon gesehen, wie Thompson und McMillan-Fowler diskutiert hatten. Sie nickten beide, und Atismak redete weiter.

»… das wir untersuchen werden, allerdings nicht im Zusammenhang mit Ihnen.« Er lächelte kurz und fuhr fort: »Wir haben per Telefon einen vertraulichen Hinweis erhalten, dass hier Schusswaffen und Betäubungsmittel aufbewahrt würden. Der Anruf machte sehr detaillierte Angaben und wirkte glaubwürdig. Wir mussten das nachprüfen.«

Claire sah mich an, für sie war die Sache klar. Für mich auch. »Können meine Frau und ich uns die Aufzeichnung anhören?«

Atismak schüttelte den Kopf und zuckte mit den Achseln. »Tut mir leid. Es würde auch zu nichts führen, selbst wenn Sie das dürften, der Anrufer hat seine Stimme technisch verzerrt. Es war die Rede von einer Pistole der Marke Glock und erheblichen Mengen von Crack und Speed, dazu PCP und Viagra. Ehrlich gesagt, Mr Haaviko, der Anruf schien angesichts Ihrer Vorgeschichte glaubhaft.«

Thompson versuchte, etwas zu sagen, aber wir ignorierten ihn, bis er schließlich nicht mehr an sich halten konnte. »Viagra?«

Atismak musste lachen, und ich antwortete für ihn: »Ja. Das bringt in Russland fünfundzwanzig Dollar pro Pille. Es wird nach Churchill geschmuggelt, auf Schiffe gebracht und in den Häfen am Schwarzen Meer wieder abgeladen.«

Ich wandte mich wieder an den Mountie. »Lassen Sie mich raten, es waren die Einzelheiten des Anrufs, die Sie misstrauisch werden ließen. Deshalb haben Sie mich vor der Durchsuchung gewarnt und meinen Anwalt dabei sein lassen?«

Atismak lächelte. »Wir haben außerdem gestern Nacht einige Beobachter mit starken Gläsern auf Sie angesetzt. Wir dachten, Sie würden vielleicht doch etwas wegschaffen, aber das haben Sie nicht getan. Sie haben die Drogen dort hinten nicht einmal angerührt.« Sein Lächeln war kalt und intelligent. »Wir sind nicht alle mies, Mr Haaviko.«

Dann gingen sie, bis auf Thompson, der an der Tür stehen blieb und sich die Polizisten ansah, die noch in der Einfahrt bei ihrem Van standen. Sein Gesicht färbte sich tiefrot, und er suchte in seiner Jackentasche nach einem großen Flachmann. Mit zitternden Fingern schraubte er ihn auf, nahm einige Schlucke und steckte ihn wieder ein. Als alle Autos weggefahren waren, ging auch er.

Claire kam zu mir und hängte sich bei mir ein. »Du siehst besorgt aus.«

»Das bin ich auch.«

»Warum?«

»Jemand hat versucht, mich reinzulegen. Das würde ich ihm ja nicht einmal verübeln, aber es war ihm egal, dass du oder Fred zwischen die Fronten geraten könntet.«

»Wer könnte das sein?«

»Walsh vielleicht. Oder Robillard. Wer es auch war, er hat die Polizei angerufen und gesagt, wir wären bewaffnet und würden für die Biker Drogen schmuggeln. Mit allen Details.«

»Oh.« Sie hielt weiter meinen Arm fest und lächelte weiter, aber ich spürte, dass ihr Körper angespannt war.

»Drecksäcke!«

»Allerdings. Wenn wir einen dümmeren Polizisten als diesen Atismak erwischt hätten, hätten wir das gesamte Einsatzkommando auf dem Hals gehabt. Und zwar die hiesige Polizei, und nicht die Mounties.«

Sie sah mich an. »Und sie hätten was gefunden, nicht?«

»Klar. Sie wären wie der Zorn Gottes über uns hereingebrochen, und diese Jungs in Schwarz mit ihrem Waffenarsenal da draußen wären hier drinnen gewesen. Irgendjemand hätte angefangen zu schießen, und hinterher hätte niemand mehr beweisen können, dass es nicht ich war oder du. Sauber, einfach, elegant, und zugleich wird irgendein Polizist zum Helden, der Stadt bleiben peinliche Fragen erspart, und die Welt dreht sich weiter.«

Wir schwiegen eine Weile, und dann drehte sie sich um, um Fred zu holen. Als sie wiederkam, klang ihre Stimme gezwungen ruhig. »Also. Was machen wir jetzt?«

Ich zuckte mit den Achseln. Inzwischen zitterte auch ich. Meine Hände vibrierten, und mein Blickfeld verengte sich zu einem Tunnel, während das Adrenalin durch meine Adern pumpte. »Ich weiß es nicht. Wir haben es versucht. Ich meine, ich habe es versucht. Doch, das habe ich wirklich, aber jetzt will ich nicht mehr.«

Das war eine Bitte. Sie küsste Fred auf die Stirn und wandte sich mir zu. »Ruf die Hunde«, sagte sie.

»Was?«

Wir nahmen Fred zwischen uns wie zwei Sandwichhälften.

»Es ist eine Zeile aus einem schlechten Film mit Christopher Walken. *Ruf Zerstörung und lass die Hunde des Krieges los.*«

»Genau, das machen wir.«

Keiner von uns lachte. »Oder nach einem Song von Pink Floyd, nachdem Roger Waters gegangen war«, fuhr sie fort.

»Oder wie ein Comic-Held.«

Sie kam näher, und ich flüsterte ihr ins Ohr.

»Wuff.«

Claire antwortete genauso leise.

»Wuff.«

Als die Polizei längst weg war, machte ich einen kurzen Spaziergang durch das Viertel und fand ein Münztelefon an der Rückseite einer Bowling-Kneipe. Die Verwaltung des Red River Community College antwortete beim dritten Läuten.

Ich sagte: »Hallo, hier ist die Ehemaligen-Vereinigung. Wir überprüfen die Nachsendeadresse eines Ihrer Studenten für ein Jahrbuch, das wir verschicken wollen.«

»Aha. Bleiben Sie dran.«

Darauf folgte eine Pause, und ich drückte mir innerlich die Daumen.

»Name?«

»Enzio Walsh. Abschluss in einem Computerkurs.«

Sie nannte mir eine Adresse in der Vorstadt Transcona. Ich bedankte mich bei ihr und lehnte meinen Kopf gegen die Glasscheibe, um die Kühle zu spüren.

»Wuff.«

Niemand war auf der Straße, und ich ging los mit dem Kopf voller unbestimmter Überlegungen, aneinandergehängter Erinnerungsfetzen und Ideen. Es waren freie Assoziationen, genau wie ich es früher bei meinen Raubzügen gemacht hatte. Ich ließ Ideen und Konzepte frei fließen, und ich wusste, irgendetwas würde sich durch ihr Zusammenspiel formen, so lange ich sie nur gewähren ließ. Robillard und Walsh, Walsh und Robillard, aber Walsh zuerst.

Etwa einen Block später hatte ich mir eine Vorgehensweise zurechtgelegt. Er war ein Feind, den ich nicht töten durfte, sondern vernichten musste. Ein Feind, stolz wie ein Gockel und geschützt vom Panzer seines Rufs als Held. Ein Feind, der von seiner Organisation unterstützt wurde.

Irgendein toter französischer Polizist hat einmal gesagt, dass es nicht ausreicht, einen Mann zu vernichten, wenn man nicht auch seinen Ruf vernichtet. Ich wollte einfach nur frei sein. Mit meiner Familie. Und mein Geld ganz ehrlich verdienen. Was eigentlich eine ganze Menge war, wenn man es richtig bedachte.

30

Ich brauchte zwei Tage und die Hilfe der Stadtbibliothek, der Telefongesellschaft und der Stadtverwaltung, um Robillards Adresse herauszufinden. In der Bibliothek musste ich persönlich erscheinen, achtete dabei aber immer darauf, ob ich verfolgt wurde. Oft schüttelte ich mögliche Verfolger nur auf Verdacht ab, auch wenn ich sie nicht sah. Ich setzte dabei vertraute Techniken ein, und Überwachungskameras wich ich grundsätzlich aus. Ich wurde mir dabei im Lauf der Zeit immer sicherer, dass ich nicht regelmäßig beschattet wurde, denn auf die Dauer hätte ich das auch bei Profis bemerkt.

Am Ende des zweiten Tages nahm ich einen Bus hinaus zum Stadtrand in die Gegend von St. Norbert. Hier machte ich einen Spaziergang, um mir Robillards Wohngegend anzusehen. Sein Haus stand in einer hübschen Straße namens Athlone. Es war ein Farmhaus mit Doppelgarage auf einem großen, bewaldeten Grundstück von etwa 16 000 Quadratmetern Größe. Ich ging einmal daran vorbei, und dann setzte ich mich wieder in den Bus und fuhr zurück in die Innenstadt.

Während der Bus sich ruckelnd und holpernd durch den spärlichen Straßenverkehr bewegte, sehnte ich mich danach, mir einfach zu nehmen, was ich wollte, und mir nichts bieten zu lassen und mich einen Scheiß um die Konsequenzen zu kümmern.

Irgendwann kam der Bus an einer Pfandleihe vorbei, früher die Quelle so nützlicher Dinge wie Messer, Geld oder Pistolen. Ich hatte meine Hand schon zum Haltesignal gehoben. Meine Hände verlangten nach einer Pistole, meine Adern nach dem Heroin-Flash, und meine Kehle wollte unbedingt Whiskey. Das alles war zum Greifen nahe. Acid zum Wegfliegen, und dazu Gras, damit der Flug angenehmer wird. Die Stimme in meinem Kopf sagte, hey, nur noch dies eine Mal. Hilf mir, hilf dir selbst, es wird dir gut tun.

Gegen all diese Schatten meiner Vergangenheit stand ein Baby, das bei seiner Geburt genauso lang war wie die Entfernung von meinen Fingerspitzen bis zu meiner Armbeuge. Der Gedanke daran, aufzuwachen und den geliebten Atemzug am Hals zu spüren. Reparaturen im Hinterhof und Aufräumarbeiten im Haus. Etwas zu besitzen, das nicht gestohlen, ausgeliehen oder mit Blut erkauft war.

Meine Hand entspannte sich. Ich würde mich biegen, aber ich würde nicht brechen.

Und dann war ich an der Pfandleihe vorbei.

In dieser Nacht liebten Claire und ich uns, bis ich nicht einmal mehr meinen Namen wusste.

Am nächsten Morgen ging ich, lange bevor der Morgen dämmerte, los und spielte all meine vertrauten Abschüttel-Spielchen zu Fuß durch, bis ich ein Fahrrad stehlen konnte. Dann ging es mit dem Rad weiter bis Transcona. Etwa eine Meile hinter Walshs Haus fand ich einen großen Schrottplatz mit einem durch Bandstacheldraht gesicherten Holzzaun. Dort stieg ich ab und warf das Rad über den Zaun hinter einen Berg von Autowracks. Hinter dem Zaun ragte ein hellgelber Kran mit einem großen Elektromagneten an einem Schwingarm in den Himmel. Ich blieb stehen und sah ihn mir lange an.

Polizisten stehen meistens unter Stress; es gibt wirklich Leute, die hinter ihnen her sind. Deshalb hielt ich mich in sicherer Entfernung und ging nur einmal mit dem schnellen Schritt des sportlichen Gehers an der Vorderfront des Hauses vorbei, weil diese Leute von niemandem beachtet werden. Walsh hatte einen kleinen Bungalow mit angebauter Garage und einen sorgfältig eingezäunten, relativ kleinen Hinterhof. Eine dichte Hecke wuchs zwischen ihm und den Nachbarn. Ich änderte meinen Gang, zog meine Jacke aus und ging die kleine Nebenstraße an der Hinterfront des Hauses entlang. Ich sah, dass das Grundstück in ein Feld mündete, das von einer alten Eisenbahnstrecke durchquert wurde.

Durch den Zaun konnte ich einen sauber gepflegten Rasen sehen, eine mit Natursteinen ausgelegte Veranda und einen kleinen Schuppen. Nirgends lag Spielzeug herum, das auf Kinder hingewiesen hätte, oder Hundekot oder Urinflecken, die auf Haustiere hindeuteten.

Wieder an der Vorderfront, wartete ich ab, bis Walsh mit einem kleinen Corolla weggefahren war, und dann ging ich zu seiner Einfahrt, wo ein dunkelgrauer Van vor der angebauten Garage stand. Ich zog meinen kleinen Handkompass aus der Tasche und warf einen Blick darauf. Segler benutzen ihn auf kleinen Booten, aber wichtiger für mich war, dass er empfindlich auf Magnetfelder reagierte, wie sie sich um Alarmanlagen aufbauen. Zugleich war er unverdächtig und handlich genug, um sich leicht verstecken zu lassen. Ich benutzte ihn, um festzustellen, ob der Van alarmgeschützt war. Ich hielt dazu den Kompass nahe an den Wagen und ging langsam um ihn herum, während ich genau aufpasste, ob die Nadel einen Ausschlag zeigte. Zunächst passierte nichts, aber dann rührte sich die Nadel leicht in der Gegend des linken Vorderrads. Dort fand ich unter dem Kotflügel eine kleine Schachtel, in die Walsh freundlicherweise einen Satz Ersatzschlüssel für das Haus und den Wagen gelegt hatte.

»Nein. Das wäre zu einfach«, brummte ich misstrauisch in mich hinein, konnte aber kein Zeichen für eine Falle entdecken.

Ich öffnete die Schachtel und glitt in den Van. Den hinteren Teil hatte er nett eingerichtet, mit einem angeschraubten Drehstuhl, einem kleinen Arbeitstisch, einigen Wandregalen, einem in die Rückseite des Fahrersitzes eingebauten Schrank und sogar einem kleinen Kühlschrank zwischen den Sitzen. Ich ließ alles unverändert und setzte mich hinters Steuer.

Als ich mit meinen in den Handschuhen nass geschwitzten Händen die Zündung einschaltete, hielt ich den Atem an. Es würde einem Cop wie ihm ähnlich sehen, dass es noch irgendeine zusätzliche Diebstahlsicherung gab, aber nichts passierte. Der Van sprang beim ersten Versuch an. Ich machte ihn sofort wieder aus und nahm mir das Haus vor.

31

Walsh hatte ein schönes, sehr maskulin wirkendes Haus. Die Haustür führte direkt in ein mit dunklem Holz getäfeltes Wohnzimmer mit einer Couch und einigen Sesseln in schwarzem Leder und Chrom. Die Möbel waren alle auf ein Birkenholz-Rack für Unterhaltungselektronik ausgerichtet, das eine Seite des Zimmers beherrschte. Eine Stereoanlage, ein gutes Fernsehgerät, DVD-Player und was sonst noch so dazu gehörte, alles war auffällig präsentiert, daneben standen Regale mit Filmen und Musik. In der Ecke neben der Toilette war eine offensichtlich benutzte Hausbar mit großen Gläsern und Vorräten an Johnny Walker Blue and Gold, Hennessy, Drambuie, Jack Daniels. Harte Drinks für harte Männer.

Keine Bücher, aber Magazine auf dem Tisch: über Waffen, Computer, Autos, Fitness, Selbstverteidigung. Darunter lag ein Bushnell-Spacemaster-Spektiv, Qualitätsoptik für etwa sechshundert Dollar.

Die Küche war klein, funktionell und voller Geräte. Das Bad war genauso klein. In einem Regal neben der Wanne lag eine stark zerlesene Sammlung von *Playboy, Penthouse, Maxim* und ähnlichen Magazinen. Sein Arzneischrank war voll von Vitaminpillen, Kräuter-Essenzen, und außerdem stand da eine große Flasche mit einem starken codeinhaltigen Schmerzmittel.

Während ich durch die Zimmer ging, lauschte ich angestrengt, hörte aber nichts.

Das Esszimmer war zu einem Arbeitszimmer umfunktioniert. Auf mehreren Tischen entlang der Wände standen unverhältnismäßig viele Computer: achtzehn Rechner, drei Laptops, sechzehn Bildschirme in den verschiedensten Größen, dazu drei Drucker. Und außerdem Geräte, die ich noch nie gesehen hatte.

Ein Wandregal war voll von Bedienungsanleitungen, und in einem Aktenschrank hatte Walsh drei Schubladen nur für Garantien reserviert. Das einzige Fenster in dem Zimmer war sehr sorgfältig zugeklebt, darüber war bis zur Decke ein Korkbrett befestigt.

Darauf festgesteckt waren etwa fünfzig Bilder von mir und Claire und Fred, zu Hause, im Hof, beim Einkauf, im Krankenhaus, auf der Straße, bei der Arbeit im Laden. Die Bilder waren auf Computerpapier ausgedruckt, nicht auf dem gewöhnlichen Fotopapier. Einige Bilder zeigten Robillard, wie er in der Nähe meines Hauses mit jemandem sprach, der am Steuer eines Taurus Station Wagon saß, oder wie er in meiner Nachbarschaft herumfuhr.

Ich hätte gerne die Computer untersucht, aber dafür fehlte mir die Sachkenntnis. Unter einem Tisch fand ich einen kleinen, mit dem Boden verschraubten Safe. Das Schloss war gut, zwanzig Millionen mögliche Kombinationen, aber der Stahl war beschissen, und ich hätte ihn innerhalb von zwei Sekunden mit einem Klauenhammer aufbekommen. Ich ließ ihn aber in Ruhe.

Es gab zwei Schlafzimmer. Eines davon hatte Walsh zu einem Lagerraum umgebaut und mit Reihen von Abstellregalen voll gestellt. Er hatte einen Mittelgang frei gelassen, durch den er ein Stück geflochtenen Draht gespannt hatte. Daran hatte er seine gesamte Kleidung, einschließlich der Unterwäsche und der Socken, an Kleiderbügeln aufgehängt.

Das andere war ein richtiges Schlafzimmer. Es wurde von einem großen Kirschholzbett mit einer teuren Matratze und zwei passenden Nachttischen beherrscht. An einer Wand stand ein kleiner Toilettentisch, darüber hing ein riesiger Spiegel, sicher nicht nur für die Körperpflege, sondern auch für den sexuellen Kick. In den Schubladen des Toilettentischs fand ich Kondome, Atemspray, ein Nagelpflegeset, eine Auswahl von Zigarren in verschraubten Aluminiumbehältern und zwei Zippo-Feuerzeuge.

Anstelle des Kleiderschranks hatte Walsh einen Waffenschrank mit einem voll verschraubten Stahlrahmen und einem Kombinationsschloss aufgestellt. Natürlich verschlossen.

Ich betrachtete die verschlossene Tür, dann ging ich zurück zu dem Aktenschrank im Arbeitszimmer, wo ich mir die Garantien etwas näher ansah: ein .44er Raging Bull Magnum-Revolver, ein Ruger-Repetiergewehr 77 im Kaliber .30-06, eine .22er Browning-Pistole, ein Mossberg-Pump-Action-Schrotgewehr Modell 500 in der Laufstärke 12. Außerdem waren da noch Rechnungen über weitere Waffen, die bei Waffenmessen oder gebraucht gekauft worden waren. Ein Ranch-Gewehr von Ruger im Kaliber 7,62, ein .45er Derringer, ein .45er Colt Commander, gekauft in einem Laden in New Mexico. Die Rechnung belief sich auf über zweitausendfünfhundert Dollar, also etwa viermal so viel, wie er normal gekostet hätte. Wenn Walsh einen Colt hatte, der so viel wert war, dann war er umgebaut worden. Was bedeutete, dass er schießen konnte.

Ich sah mich weiter um. Im Wohnzimmer hingen drei gerahmte Diplome. Eines für den Abschluss in Red River. Eines für den Abschluss eines Pistolen-Kurses in den Staaten, wo er offensichtlich hingereist war, um das Combat-Schießen zu lernen. Das letzte war für seinen Abschluss auf der Polizeischule.

Zurück zu den Gebrauchsanweisungen. Sie waren hauptsächlich für Spielzeug für Erwachsene: eine Nikon Spiegelreflex-Kamera von einer Polizeiauktion, ein GPS-Gerät aus einem lokalen Geschäft für Sportartikel, schwarze Combat-Kleidung aus einem Versandgeschäft, schuss- und stichfeste Schutzkleidung, gute Messer von Gerber und Buck, ein Laser-Entfernungsmesser von Leica, ein Nachtsichtglas von Bushnell, die Beschreibung des Spektivs im Wohnzimmer, und außerdem verschiedene elektronische Überwachungsgeräte wie Abhöranlagen, Geräuschverstärker oder Richtmikrofone von verschiedenen Firmen, zum größten Teil aus England. Ich räumte die Unterlagen sorgfältig wieder weg.

Das Untergeschoss war noch nicht fertig ausgebaut, aber Walsh hatte eine Bank zum Training mit freien Gewichten aufgestellt, ein Sportgerät für Zugübungen und dazu einen Heimtrainer und einen Treppensteiger. Neben den Gewichten in ihrem Gestell hing ein großer Box-Sack von ungefähr einem Meter Länge. Ich überprüfte ihn und fand eine Menge Spuren, tief und auf der linken Seite, einige aber auch in der Mitte.

Seine Garage erreichte ich durch die Küche. Sie war zu einer Werkstatt umgebaut worden und mit Werkbank, Balkenstücken und Wänden voller Werkzeuge in Halterungen ausgerüstet. Nichts davon war besonders auffällig.

Ich überlegte kurz. Es gab vieles, was ich hätte tun können: seinen Gewehrschrank aufbrechen, ein Schrotgewehr auf die Eingangstür zielen lassen, um es dann mit einem Stück Schnur mit der Tür zu verbinden, damit es losging, wenn er sie aufmachte.

Ich hätte die Bolzen an seinen Gewichten durchsägen können. Oder seinen Gasherd sabotieren. Oder die Treppe zum Untergeschoss ansägen. Oder seine Badewanne unter Strom stellen. Oder Schwarzpulver um seinen Heißwasserbrenner verteilen. Oder Codein unsichtbar in seinem Whiskey auflösen.

Aber all das machte ich nicht.

Stattdessen ging ich ins Wohnzimmer, holte sein Bushnell-Fernrohr, und dann stahl ich seinen Van.

32

Der Van lief traumhaft, und ich verschwendete ein wenig Zeit für eine kleine Spazierfahrt auf dem Umgehungs-Highway in den Industriegebieten, bevor ich auf einem Grundstück hinter einer Speditionsfirma das fand, was ich suchte. Dort war ein Dodge Caravan des gleichen Baujahrs, Modells und der gleichen Farbe geparkt. Von dem stahl ich die Nummernschilder und tauschte sie gegen die von Walsh aus. Dann ging ich zurück, schraubte die Tankabdeckung ab und goss eine Flasche Cola aus Walshs Kühlbox in den Tank, bevor ich zurück in Richtung Highway fuhr. Der arme Van-Besitzer tat mir eigentlich leid. Mit dem Zucker im Tank würde er seinen Van von einem Abschleppwagen zu einer Werkstatt schaffen müssen, wo er weg war von der Straße. Das wiederum bedeutete, dass die Nummerschilder für die Polizei nicht zur Verfügung standen.

Ich fuhr den Highway entlang, bis ich ein kleines Hotel fand, um dort im Coffeeshop zu frühstücken. Ich suchte mir einen Tisch im vorderen Bereich und musste eine Weile warten, bis endlich eine Kellnerin vorbeikam. Ich schätzte sie auf etwa siebzehn, sie war recht hübsch, blond und kräftig, mit dicken Waden und einem fliehenden Kinn. Sie stand vor mir und kratzte sich mit ihrem Stift am Hals. »Wasdarfsnsein?«

Ich entschied mich für einfach und verbrannt. So würden die Bazillen zumindest teilweise abgetötet werden. »Rührei, Schinken, Roggentoast und eine Dose Cola Light.«

Sie ging weg, um die Bestellung weiterzugeben, und kam mit der Cola und einem frischen Gedeck wieder. Ich trank die Cola und wartete darauf, dass das Koffein zu wirken begann.

»Hier, bitte«, sagte die Bedienung. Sie schob mir den Toast hin, und ich aß ihn, ohne darauf zu achten, was ich da zu mir nahm. Ich brauchte Geld, aber nicht zu viel, tausend Dollar vielleicht. Ich dachte eine Sekunde darüber nach und verdoppelte die Summe dann aus Prinzip. Ich brauchte sie außerdem schnell und ohne Stress.

»Hier, bitte«, meldete sich die Bedienung wieder und servierte wässrige Eier mit Schinken, der lappig war und vage nach Spülmittel schmeckte. Ich aß ihn und dachte auch dabei an Geld, nicht an Essbares. Schnell, das bedeutete, ich brauchte Bargeld, aber nicht durch Verkauf oder mit Gewalt, obwohl das am schnellsten gehen würde. Für komplizierte Betrugsmanöver hatte ich auch nicht die Zeit. Als ich mit dem Essen fertig war, hatte ich etwa drei gute Ideen.

»Wäre das dann alles, Sir?« Zum Abschluss hatte sich die Kellnerin voll ins Zeug gelegt: ein Satz aus mehr als drei Wörtern, ein freundliches Lächeln und ein bisschen Bein. Ich gab ihr drei Dollar Trinkgeld, die ich mir nicht leisten konnte, und ging.

Ich fuhr drei Stunden lang in der Stadt herum, bis ich ein Einkaufszentrum von annehmbarer Größe fand, das von einem Wohnviertel im südlichen Teil der Stadt lebte. Ich parkte vor einem zweistöckigen Haus mit einem großen »Zu Verkaufen«-Schild auf dem ungemähten Rasen davor, dann ging ich zurück zu dem Einkaufszentrum, wo der Parkplatz von einem Maschendrahtzaun begrenzt wurde. Ich trug einen alten schwarzen Regenmantel über meinem Anzug, den zog ich aus und legte ihn mir um den Hals, bevor ich hinüberkletterte. Drei Jungen, der älteste davon etwa zehn, sahen mir erstaunt zu. Ich zwinkerte ihnen zu und setzte eine dunkle Sonnenbrille auf.

»Versucht das bloß nicht zu Hause.«

Sie lachten und rannten weg. Wahrscheinlich schwänzten sie die Schule, so nervös, wie sie waren. Nachdem ich so den Zaun überwunden hatte, lief ich in dem Einkaufszentrum herum und sah mir am Haupteingang das Hinweisschild an, das die hier vertretenen Firmen und Geschäfte auflistete. Es gab außer einer ganzen Reihe von kleineren Läden eines jener allgegenwärtigen Walmart-Kaufhäuser, und so entschloss ich mich, hier anzufangen.

Direkt neben dem Eingang begrüßte mich ein älterer Mann. »Willkommen im Walmart.«

Ich bedankte mich bei ihm und erkundigte mich, wo ich die Sportabteilung finden könnte.

Einige Kunden schlenderten durch die Gänge, aber ich ignorierte sie und ging direkt auf einen Ständer mit Hockeyschlägern an der Wand zu. Dort griff ich mir einen Bauer Jetstream mit einem Preisschild über 115 Dollar und legte ihn mir lässig auf die Schulter. Im Kaufhaus gab es zwei Kioske für Reklamationen, einen ganz vorne und einen bei dem Eingang zum Innenhof des Einkaufszentrums. Für diesen entschied ich mich, und ich musste nur einige Minuten Schlange stehen, bis mich eine junge Frau mit strahlendem Blick begrüßte.

»Guten Morgen. Wie kann ich Ihnen helfen?«

Ich habe den Verdacht, dass diese Kaufhäuser ganz bewusst hübsche, junge Frauen speziell für die Beschwerdeabteilungen einstellen. Dahinter steckt die Überlegung, dass die meisten Kunden sie aus den folgenden Gründen nicht anschreien werden: A) weil sie hübsch sind, B) weil sie Frauen sind und C) weil sie jung sind. Nach meiner Erfahrung besteht aber der weitaus größte Teil der Kunden, die sich beschweren, aus Frauen, die weder jung noch hübsch sind und meiner Meinung nach einfach gerne herumschreien. Wen sie dabei vor sich haben, ist ihnen wahrscheinlich egal. Das ist allerdings nur eine Vermutung.

»Guten Morgen«, erwiderte ich freundlich. »Ich habe diesen Hockeyschläger gestern gekauft, aber es ist nicht der, den mein Sohn will. Ich möchte ihn zurückgeben, wenn das möglich ist.«

Ihr Lächeln wurde noch freundlicher, aber mir kam es irgendwie künstlicher vor. »Selbstverständlich. Haben Sie die Quittung?«

»Leider nein. Die habe ich anscheinend irgendwie verloren. Ich habe aber bar bezahlt, wenn Ihnen das weiterhilft.«

Der Blick, den sie mir daraufhin zuwarf, verriet mir deutlich, dass das nicht der Fall war. »Es tut mir leid. Es ist unsere Geschäftspolitik, Rückgaben nur bei Vorlage der Quittung zu akzeptieren.«

Sie wartete ab, während ich das verdaute, aber dann kam ich auf die Lösung.

»Aber umtauschen werden Sie es doch, oder? Ich kann meinen Sohn ein anderes Mal mitbringen, damit er selbst wählen kann, aber da ich schon mal hier bin, kann ich ja noch die eine oder andere Sache einkaufen.«

Sie sagte, das sei okay. Ich gab ihr den Schläger und bekam dafür von ihr eine Gutschrift über 131 Dollar, die ich einsteckte. Als ich wegging, rief sie mir noch fröhlich nach: »Und einen wunderschönen Tag noch!«

Den hatte ich. In der Schmuckabteilung des Kaufhauses fand ich eine Timex für Frauen, für die laut Preisschild nur wenig mehr als meine Gutschrift verlangt wurde. Also erstand ich diese Uhr, reichte meine Gutschrift ein, bezahlte mit dem größten Teil meines verbliebenen Bargeldes und machte mich auf den Weg zu dem zweiten Reklamations-Kiosk.

»Guten Morgen, Sir. Wie kann ich Ihnen helfen?«, wurde ich von einer weiteren jungen Frau mit strahlendem Blick begrüßt, nur dass diese hier rote Haare hatte.

»Guten Morgen«, begrüßte ich auch sie freundlich. »Ich habe diese Uhr gekauft, aber sie gefällt meiner Frau nicht. Ich möchte sie zurückgeben, wenn das möglich ist.«

»Selbstverständlich. Haben Sie die Quittung?«

»Ja.«

Ich gab sie ihr, und sie verstaute sie in ihrer Kasse. »Sie müssen verstehen, dass es unsere Geschäftspolitik ist, Rückgaben nur mit Quittungen zu akzeptieren.«

»Natürlich.«

Sie zahlte mir etwas mehr als hundertfünfzig Dollar aus, und ich ging in das Einkaufszentrum hinaus.

Ein solcher Trick würde natürlich in einem kleineren Laden nicht funktionieren, dafür brauchte ich ein großes, gut besuchtes Kaufhaus. Auf jeden Fall hatte ich nun etwas Startkapital, und das hatte ich gebraucht. Mein nächstes Ziel war ein Geschäft für Berufskleidung, wo ich eine neutrale Baseballmütze, ein Paar grobe Arbeitsstiefel mit Stahlkappen und einen Overall kaufte, was mich zusammen knapp über hundert Dollar kostete. In einem Geschäft für Büroartikel bekam ich ein Klemmbrett, blaue und rote Kugelschreiber und einen Quittungsblock für zusammen zehn Dollar. Unterwegs zu meinem Wagen stattete ich noch einem großen Eisenwarenladen am anderen Ende des Einkaufszentrums einen Besuch ab und holte mir einen seiner kostenlosen Kataloge. Dann setzte ich mich in den Van und fuhr zu einer Filiale einer bekannten Steakhouse-Kette in der Nähe. Dort zog ich meine neue Kleidung an und wartete.

In den meisten Restaurants werden die hauptsächlichen Putzarbeiten nachts und der Rest dann am Morgen kurz vor der Öffnung erledigt, und dieses Steakhouse machte keine Ausnahme. Viele Geschäftsführer erledigen die Buchhaltung erst am Morgen und werfen dann die Unterlagen weg, und auf die war ich aus, vor allem die Kreditkarten-Quittungen.

Kurz nach elf Uhr ging die Hintertür auf, und zwei junge Filipinos kamen mit Plastikbeuteln in der Hand heraus, die sie in Müllcontainer neben den Lüftungsklappen für die Küchen warfen. Als sich die Tür wieder geschlossen hatte, ging ich zu den Containern hinüber. Ich musste feststellen, dass aus dem einen Beutel Flüssigkeit tropfte, aber der andere raschelte, als ich darauf drückte, und der dritte ebenso. Diese warf ich in meinen Van und fuhr zu meinem ursprünglichen Parkplatz zurück.

Ich machte die Beutel einzeln auf und durchsuchte sie. Der erste Beutel war voll von alten Speisekarten, Zetteln mit Bestellungen und uninteressantem Papierkram, aber unten in dem zweiten fand ich das, was ich suchte.

»Hab ich dich!«

Die Zettel waren gelb und zerknittert. Ich strich sie glatt und sah sie mir zur Sicherheit genau an. Heutzutage benutzt niemand mehr die alten Kohle-Durchschläge der Kreditkarten-Abrechnungen, wie sie es früher gab. Die Nummern werden von Computern überprüft, die von den Banken ausgeliehen sind, und diese Computer spucken schließlich jene schmalen, langen doppelten Papierstreifen in Gelb und Weiß aus, auf denen sämtliche Informationen säuberlich ausgedruckt sind. Die Buchhalter nehmen sich die weißen Kopien, und die gelben werden weggeworfen, was für mich genau richtig war. Ich fand zwei lesbare Streifen, steckte sie in die Tasche und machte den Van sauber. Dann sah ich mir die Streifen genauer an, bis ich zwei komplette Kreditkartennummern mit ihrem Gültigkeitsdatum fand, mit denen beachtliche Summen bezahlt worden waren. Mein Magen knurrte, und ich warf einen Blick auf die Uhr am Armaturenbrett.

»Zeit zum Mittagessen.«

Aus Entgegenkommen und reiner Fairness ging ich zu dem Steakhouse zurück, um dort zu Mittag zu essen. Das war das Mindeste, was ich tun konnte. Sie hatten eine hübsche Kellnerin, die mir ein Sandwich mit Roastbeef und dazu einen Spinatsalat mit heißem Schinken brachte. Damit verabschiedete ich mich endgültig von meiner Diät. Das Mädchen hatte ein kleines Kreuz über einer Augenbraue tätowiert und trug etwas aus Metall in ihrer Nase. Wir flirteten vorsichtig miteinander, während ich mein Essen verzehrte und meinen Eistee dazu trank. Schließlich fragte ich sie nach dem Namen des Geschäftsführers. Sie sah mich erschrocken an.

»Mein Gott, ich hoffe, alles ist in Ordnung.«

»Nein, es ist alles wunderbar. Ich habe eine Baufirma, und der Laden hier könnte einen Landschaftsgärtner vertragen, wenn es hier im Sommer nach was aussehen soll. Ich könnte vielleicht ein Angebot machen. Also, wer ist hier der Chef?«

Sie kratzte sich mit ihrem Stift am Kopf. »Also, der Geschäftsführer ist Peter Dalrymple, aber der ist heute nicht da. Könnte sein Vertreter Ihnen auch helfen?«

»Nein, ich brauche den großen Boss. So funktioniert das einfach besser. Ich schaue morgen noch mal rein.«

Nach dem Essen setzte ich mich an den Eisenwaren-Katalog und notierte mir die Artikel, die ich brauchte, mit den Katalognummern und Preisen. Auf dem Weg nach draußen ging ich noch kurz in die Bar in der Lounge und holte mir Quarter für drei Dollar. Niemand bemerkte mich, als ich kurz hinten anhielt und die inzwischen umgepackten Abfallbeutel wieder in die Behälter warf.

An einem Münztelefon draußen sah ich die Firmennummer der Steakhouse-Kette in den Gelben Seiten nach und verlangte jemanden aus der Buchhaltung. Als eine Frau namens Arlene Nochwas sich meldete, legte ich eine Hand an die Kehle, um meine Stimme ein wenig zu verändern, und sprach lauter als gewöhnlich.

»Hallo, hier ist Pete Dalrymple von der Filiale Winnipeg-Corydon. Meine Kontaktnummer bei der Bank für die Kundenbetreuung ist als abgelaufen zurückgekommen. Haben Sie eine neue Nummer?«

Die Frau schien zu überlegen.

»Das geht schon in Ordnung. Lesen Sie mir die Nummer einfach vor, und ich überprüfe sie noch mal, ob ich sie mir richtig notiert habe. Ich habe die Liste gerade neu geschrieben, und vielleicht habe ich mich vertippt.«

Sie las mir die Kontonummer vor, und ich wiederholte sie genau und schrieb sie mir auf mein Klemmbrett.

»… 0 … 2 … 2. Habe ich. Ich hatte mir 202 aufgeschrieben. Danke.«

Arlene Nochwas verstand das als Kompliment und legte auf.

Der nächste Anruf war bei der Bank, wo ich schließlich zu einem jungen Mann mit einem stark ausgeprägten indischen Akzent durchgestellt wurde. »Geschäftskonten.«

»Hier ist Mr Dalrymple, Geschäftsführer der Steak Academy Corydon. Kontonummer 5-4-3-8-9.«

Diese Nummer hatte ich mir von einem der Quittungsstreifen aus dem Müll geholt. Er gab die Zahl in seinen Computer ein. »Also, Mr Dalrymple, wie kann ich Ihnen helfen?«

Die vielversprechendsten Nummern aus dem Müll waren auf dem Klemmbrett vor mir notiert, und davon suchte ich mir die mit der höchsten Belastung aus.

»Ich habe einen Gast, der für diesen Freitag zwanzig Plätze reservieren will. Er hat mir seine Visa-Nummer gegeben, und ich möchte den Namen überprüfen, um sicher zu gehen, dass er auch bezahlen kann, bevor ich ihm an meinem besten Abend die Tische reserviere. Können Sie mir sagen, ob die Karte noch fünfzehnhundert bis zweitausend Dollar verkraftet? So etwa in der Größenordnung.« Ich las ihm die Nummer und das Gültigkeitsdatum vor und hörte wieder sein Getippe.

»Das ist das Konto von Rachel Divischuk Incorporated«, sagte er schließlich. »Mit diesem Betrag gibt es kein Problem. Ist das alles, was Sie brauchen?«

»Ja.«

Wir legten beide zugleich auf, und ich sah den Namen im Telefonbuch nach.

Offensichtlich handelte es sich bei Rachel Divischuk um eine Modellagentur, die sich auf die *Frischen Gesichter von morgen!!!* spezialisiert hatte. Was immer das heißen mochte.

Niemand wartete darauf, dass mein Münztelefon frei wurde. Also rief ich nun bei dem Eisenwarenladen in dem Einkaufszentrum an und sagte mit neutralem Akzent: »*Bon jour*. Ich schicke gleich unseren Fahrer vorbei, damit er ein paar Sachen abholt, aber die möchte ich mit meiner Kreditkarte telefonisch bezahlen. Ist das möglich? Er wird für die Bestellung natürlich unterschreiben.«

Der junge Mann stellte mich zu einer anderen Abteilung durch.

»Hallo, Bestellungsannahme?«

»Guten Tag. Wir brauchen ein paar Sachen, um eine Bühne für unsere Models zu bauen. Können Sie die zu einem Paket verpacken, und ich schicke unseren Fahrer Allan vorbei, der sie abholt?«

»Ummm. Sicher.«

»Wunderbar. Haben Sie was zum Schreiben zur Hand?«

Das hatte er, und er nahm meine Bestellung schweigend entgegen: »Wir brauchen ein Dremel-Handbohrpaket, und zwar mit Batteriebetrieb, und dazu die Zusatzteile mit den Nummern ...«

Als ich fertig war, rechnete der Mann alles zusammen. »Das wären dann 432 Dollar inklusive Mehrwertsteuer.«

Ich konnte das kaum glauben, und er entschuldigte sich sofort dafür: »Der teuerste Posten dabei ist der Dremel, der kostet allein schon über zweihundert Dollar. Ich habe unseren Firmenrabatt schon abgezogen.«

»Oh, das ist lieb von Ihnen, danke. Na ja, dafür haben sie ja die Kreditkarte erfunden. Hier ist die Nummer ...«

Er überprüfte, dass er sie richtig mitgeschrieben hatte, und dann entließ er mich in die Warteschleife. Einige Minuten später kam er zurück, um mir zu melden, dass der Betrag problemlos abgebucht worden sei.

»Wunderbar. Also, ich schicke Ihnen dann gleich Allan vorbei. Wo soll er übrigens hinkommen?«

»Zum Eingang für Kundenabfertigung.«

»Schön, und sollte er dort jemand Bestimmten verlangen?«

»Ich bin Scott, ich mache den Kram an der Ladebucht fertig. Ihr Fahrer kann nach mir fragen.«

»Also gut dann. Übrigens, Scott, darf ich Sie was fragen?«

»Sicher, ich denke schon.«

Ich senkte meine Stimme und flüsterte: »Glauben Sie, wir können den Kram von der Steuer absetzen?«

Er lachte laut. Das müsste klappen, wenn ich die Quittung aufbewahren würde.

33

Scott erwartete mich bereits an der Ladebucht, als ich ankam. Ich fuhr rückwärts heran und sprang auf die Rampe hoch. »Sind Sie Scott?«

Er nickte und gab mir zur Begrüßung die Hand.

»Ich bin Allan. Mein Chef hat irgendwelchen Kram bestellt.«

Scott deutete mit einer Kopfbewegung auf einige Kisten auf einem Stahlregal. Ich ging hin, sah sie mir an und kratzte mich am Kopf. Scott stand mit einem Klemmbrett in der Hand daneben. Er nickte höflich und gab es mir. Während ich mir die einzelnen Posten ansah, brummte ich vor mich hin: »Was soll das denn wieder?«

»Brauchen Sie sonst noch was?«

»Nein.« Ich fuhr mit einem Finger an den Posten auf der Rechnung entlang. »Also, mal sehen, Dremel, verschiedene Werkzeuge, fünf Pfund verschiedene Nägel, fünf Pfund verschiedene Schrauben, drei Planen, drei Overalls, fünfhundert Meter starker Kupferdraht, zwanzig Meter Stahlketten und ein Rollwagen. Sieht aus, als wäre alles da.«

Ich unterschrieb die Rechnung unleserlich und bekam einen Durchschlag.

»Danke. Ich habe noch nie mit diesem Dremel gearbeitet, wird die Batterie schon geladen geliefert?«

»Nein. Die müssen Sie etwa zwei Stunden lang in eine Standard-Steckdose stecken, bis sie voll geladen ist.«

Ich verfrachtete den Rollwagen in den Van und legte ihn auf die Seite, damit er nicht herumrollen konnte. Dann stellte ich die Kisten auf den Beifahrersitz und neben dem Rollwagen auf den Boden.

»Danke.«

Scott nickte. »Viel Glück.«

Ich brummte etwas in mich hinein und fuhr weg.

Walsh hatte ein Exemplar der Straßenkarte *Sherlock Holmes Führer durch Winnipeg* in der Ablage unter dem Beifahrersitz. Die legte ich während der Fahrt aufgeklappt neben mich. Mir fehlte noch immer das Bargeld, und allmählich wurden mir Zeit und Energie knapp. Im Norden der Stadt fand ich ein weiteres großes Einkaufszentrum. Das fuhr ich an und parkte neben einem kleinen Hotel mit einem angebauten großen Bierverkauf.

Direkt neben dem Bierverkauf gab es sechs Boxen für Autos mit jeweils einem Stromanschluss und einem nagelneuen Schild »Nicht für Blockheizungen«. Ich führte ein Verlängerungskabel von einer der Steckdosen durch das Beifahrerfenster des Vans und schloss den Dremel an. Als ich damit fertig war, zog ich wieder meinen Anzug und meinen Mantel an, die beide allerdings etwas zerknittert aussahen.

Als ich die Tür des Vans zuschob, bemerkte ich, dass ein junger Typ in einem Adidas-Trainingsanzug an eine Wand gelehnt dastand und mich beobachtete. Er war zierlich gebaut, mit dünnen, drahtigen Muskeln, knapp oder Anfang zwanzig, mit hellblauen Augen und kurzem braunem Haar, das sich unter einer Baseballmütze mit einer Bier-Reklame hervorkräuselte. Seine Haut zeigte die typische Bräune, die man vom Skifahren bekommt.

»Hallo.«

Er nickte zu meinem Parkplatz hinüber. »Die sind nur fürs Personal.«

»Das tut mir leid.«

Er zuckte mit den Achseln. »Mir ist das eigentlich egal, aber es dürfte Sie interessieren, dass diese Stecker immer nur eine halbe Stunde lang Saft haben und sich dann automatisch eine Stunde lang ausschalten. Das aber auch nur, wenn sie eingeschaltet sind, und ich glaube, diesen Monat sind sie das nicht.«

»Das ist aber knickrig.«

Er zuckte wieder mit den Achseln. »So sind die Besitzer. Litauische Polen. Durch und durch knickrig. Richtig geizig.«

Er betrachtete das Verlängerungskabel und den Van und überlegte.

»Wozu brauchen Sie denn Strom?«

»Hmmmm? Um einen Bohrer aufzuladen.«

Er nahm einen Schluck Kaffee aus einem Becher in seiner Hand. »Ich könnte Ihnen helfen. Führen Sie die Schnur durch den Verkaufsraum, und stecken Sie sie in den hinteren Stecker.«

»Was würde das kosten?«

»Wie lange brauchen Sie?«

»Zwei Stunden. Zweieinhalb.«

»Das würde gehen. Zwanzig Dollar?«

»Zehn.«

»Okay.« Er nickte.

Auch ich nickte. Der junge Mann nahm das Verlängerungskabel mit durch die Tür hinter ihm, dann streckte er eine Hand nach draußen. Der Schein verschwand, und ich gab ihm die Hand, um das Geschäft abzuschließen.

»Sie sind … ?«

»Seth Varaniuk. Meinen Großeltern gehört der Laden.« Er spuckte sorgfältig durch eine Zahnlücke auf den Betonboden.

»Okay, Seth. Wir sehen uns in zwei Stunden.«

Nachdem all das erledigt war, brauchte ich noch immer Bargeld, daran hatte sich nichts geändert. Das Einkaufszentrum war vielleicht dreimal so groß wie das vorherige, und ich ging mit den Händen in den Taschen hindurch und sah mich um. Es gab Elektronikläden und Musikläden, Uhrmacher und Banken, Juweliere und vor allem Läden, die überteuerte Damenbekleidung verkauften. Meine Wahl fiel auf einen gigantischen Laden für Sportartikel. Gegenüber vom Eingang setzte ich mich erst einmal eine Weile auf eine Bank, um mich etwas auszuruhen.

Als ich mich einigermaßen erholt hatte, ging ich hinein und benutzte einen Teil meiner letzten Bargeldreserven, um eine Auswahl von Mützen, einiges Werkzeug von besserer Qualität und eine schnurlose elektrische Klebepistole zu kaufen. Neben dem Stand für Reklamationen gab es mehrere Schließfächer. Dort verstaute ich meine Einkäufe und sah mich weiter um. Überall fand ich Sachen, die ich gebrauchen konnte, aber nichts, was mir bei meinem zentralen Problem helfen könnte, und das blieb nach wie vor das Geld.

In einem Laden für Hobbybastler kaufte ich zehn Meter Raketenzündschnur. Der Verkäufer sah nur in den Blusenausschnitt der Frau hinter mir, also steckte ich noch einen Satz Exacto-Messer und etwas Isolierband in die Tasche. In einem Elektro-Laden kaufte ich Batterien, Kupferdraht und eine billige Polaroidkamera mit Film. In einem großen Drogerie-Supermarkt wählte ich eine elektrische Zahnbürste, eine Schachtel Wattepads, doppelseitiges Teppichklebeband, eine Tube billigen Sekundenkleber und eine Packung Latexhandschuhe. Damit war der Rest meines Geldes verbraucht.

Als ich zu dem Schließfach zurückging, bemerkte ich eine Frau, die einen Fünf-Dollar-Schein in eine grellrote

Maschine neben dem Info-Stand schob. Die Maschine schluckte das Geld, klingelte und spuckte dann aus einem Schlitz unten fünf Ein-Dollar-Scheine Wechselgeld aus.

»Gelobt sei Gott«, sagte ich.

Die Frau, eine Wasserstoffblondine mit verkniffenem Gesicht, drehte sich zu mir um und runzelte die Stirn. Sie sah aus, als wäre sie Ende fünfzig und als hätte sie bisher noch an keinem einzigen Tag ihres Lebens Freude gehabt. »Sie sollten nicht über Gott lästern. Das gehört sich nicht.«

Ich grinste breit. »Ich bin ganz Ihrer Meinung, das tue ich auch nicht.«

Sie starrte mich mit zusammengepressten Lippen kalt an. Nach einer kurzen Pause beugte ich mich zu ihr vor und fragte sie mit sanfter Stimme: »Hast du Jesus als deinen persönlichen Retter akzeptiert?«

Sie nickte abrupt und ging mit schnellen Schritten weg. Ich lächelte, denn ich hatte das Bargeld gefunden, das ich brauchte. Um sicherzugehen, zog ich einen Vierteldollar aus der Tasche und ließ ihn zu Boden unter den Getränke- und Wechselautomaten fallen.

»Hoppla!«

Niemand schien mich zu beobachten, und es waren auch keine Kameras zu entdecken. Also beugte ich mich zwischen die beiden Maschinen, um mein Kleingeld aufzuheben. Zwischen den Staubflusen war die Maschine mit einer gut einen halben Zentimeter starken Stahlkette mit der Wand verbunden, die Kette selbst lief durch ein dünnes, an die Unterseite der Maschine geschweißtes Rohr. Die Stromzufuhr erfolgte über ein normales gummiverkleidetes Kabel, das direkt von der Wand zu der Maschine führte. Ein Stecker war nicht zu sehen. Ich passte genau auf, dass ich weder mit meinen Fingern noch mit meinen Handflächen etwas berührte.

Ich richtete mich auf und stellte fest, dass die Maschine von Apex war, einer traditionsreichen Maschinenfabrik. Das verwirrte mich ein wenig, aber ich lächelte nur, fuhr mit meiner linken Hand sanft über die Maschine und ging.

Seth, der Bierverkäufer, hatte schon Schluss gemacht, als ich zu dem Bierverkauf kam, aber der Typ, der ihn abgelöst hatte, gab das Ende des Verlängerungskabels ohne irgendwelche Fragen heraus. Ich fuhr sofort zurück zum Parkplatz und überzeugte mich davon, dass der Dremel aufgeladen war. Dann zog ich mir den Overall an. Bevor ich weitermachte, schraubte ich die Tube Klebstoff auf und lackierte damit meine Fingerspitzen, damit es keine Abdrücke gab. Der Kleber wurde innerhalb weniger Sekunden hart, und das war es. Dann wischte ich die Werkzeuge und mein Klemmbrett ab.

Ich machte die Schachtel mit den Zubehörteilen für den Dremel auf, setzte eine Keramik-Trennscheibe ein und steckte zwei Ersatzscheiben in die Tasche. Ich brauchte nur wenige Augenblicke, um von irgendeinem Van die Kennzeichen abzuschrauben. Die klebte ich dann mit ein paar Stücken Teppichklebeband über diejenigen, die mein Van bereits hatte.

34

Neben dem Eingang zum Einkaufszentrum, der dem Wechselautomat am nächsten lag, gab es ein paar Parkplätze für Notfall-Einsatzfahrzeuge. Auf einen davon stellte ich mich und ging mit einer grauen Baseballmütze auf dem Kopf und dem Dremel in der Hand los. Die Rolle Isolierband lugte aus einer Tasche des Overalls hervor. Den Rollwagen schob ich vor mir her.

»Schönen Tag auch.«

Das Mädchen im Informationskiosk trug einen dunkelblauen Rock mit Blazer, der über ihrem Herzen in Gold gestickt den Namen »Candy« trug. Sie sah gelangweilt zu mir herüber und widmete sich wieder der Lektüre einer Hochglanzbroschüre. Ich blieb geduldig stehen, bis sie sich die Mühe machte, wieder den Kopf zu heben. »Kann ich Ihnen helfen?«

»Klar können Sie das. Sie können *Außer Betrieb* auf ein Blatt Papier schreiben und es da hinhängen. Ich komme von Apex, der Wechselautomat muss in der Fabrik neu geeicht werden. Es wurden einige Probleme gemeldet.«

Sie musterte mich und schüttelte den Kopf. »Und warum haben Sie dann nicht so ein, na, Sie wissen schon, so ein Firmenzeichen-Dings an?«

Sie schrieb inzwischen auf ein Blatt, und das sogar mit recht eleganter Schrift.

Ich antwortete: »Ich komme von einer Privatfirma, die den Transport übernimmt. Apex hat mich beauftragt, die schweren Sachen zu holen und als Möbelpacker anzutreten.«

Sie gab mir das Blatt.

»Wollen Sie mal meine Muskeln fühlen?«

Sie lächelte nur verächtlich. Ich ging zu dem Wechselautomat, befestigte das Blatt daran und kniete mich dann mit dem Rücken zum Kiosk davor hin. Theoretisch bestand zwar die Möglichkeit, dass die Polizei meine Fingerabdrücke von dem Isolierband oder dem Blatt abnehmen konnte, aber es war ziemlich unwahrscheinlich, da ich meine Finger mit dem Kleber behandelt hatte.

Es waren ein paar Kunden unterwegs, aber niemand beachtete mich, als ich mich an die Arbeit machte. Nach etwa zwanzig Sekunden hatte ich mit dem Dremel die Kette durchgeschnitten. Dann holte ich tief Luft und machte mich an die Stromleitung. Ich ging davon aus, dass ich durch die Keramik-Trennscheibe und die dicken Arbeitshandschuhe eigentlich ausreichend isoliert sein musste, aber wenn ich mich irrte, würde ich im nächsten Augenblick zu einem Stück Kruste verschmort werden. Die Maschine war aber innerhalb weniger Sekunden losgeschnitten. Nun klebte ich nur noch das Kabel mit meinem Isolierband ab und heftete es mit einem großen X an die Wand.

»Das ist aber laut!«

Ich sah zu Candy hoch und zuckte mit den Achseln. »Bin schon fast fertig.«

Die Maschine war schwer, um die hundertfünfzig Kilo, und sperrig, aber schließlich hatte ich sie herausgewuchtet und so weit gekippt, dass ich den Rollwagen darunterschieben konnte. Dann schnallte ich sie mit Bändern fest und prüfte die Verschlüsse.

»Sie bekommen sie in ein oder zwei Tagen zurück.«

Sie widmete sich wieder der Lektüre ihrer Broschüre und bewegte dabei langsam ihre Lippen.

Ich schob die Maschine mühsam zum Van zurück, wuchtete sie hinten hinein und stellte den Rollwagen daneben. Als ich das geschafft hatte, fuhr ich gemächlich weg, blieb hinter dem nächsten Geschäft stehen, riss die angeklebten Kennzeichen herunter und warf sie in einen Gully.

Es war inzwischen fast fünf Uhr, und es wurde dunkel. Also sah ich mich nach einem Platz um, wo ich parken und den Automaten knacken konnte. Ich wurde allmählich nervös, aber dann fand ich endlich eine Brauerei, die gerade abgerissen wurde. Sie war von einem hohen Stacheldrahtzaun umgeben. Direkt daneben erstreckte sich ein weiteres umzäuntes Grundstück, auf dem eine Firma für landwirtschaftliche Produkte ihre LKWs abstellte. In der Nähe verlief ein kleinerer Highway. Um mich ausfindig zu machen, hätte jemand auf dem Weg nach Süden direkt in die untergehende Sonne sehen und abrupt auf eine schlechte Schotterstraße abbiegen müssen.

»Die Liebe zum Geld ist die Wurzel alles Bösen.«

Das hatte ein Prediger in Drumheller gesagt, immer und immer wieder. Diese weise Erkenntnis wiederholte ich, während ich dem Dremel einen neuen Einsatz verpasste und in die Vorderfront der Maschine mithilfe eines teuren Wolfram-Bohrers in alle vier Ecken des Einwurfschachts ein kleines Loch bohrte. Dann holte ich mir einen der Schraubenzieher von Walshs Werkzeugwand im hinteren Teil des Vans, stieß ihn nacheinander in jedes der Löcher, benutzte ihn als Hebel und riss die gesamte schwere Frontplatte weg. Die Maschine sprang auf. Meine Beute waren zwölfhundertfünfzig Dollar, neunhundert in Fünfern und Zehnern, dreihundert in Ein-Dollar-Münzen und fünfzig in Quartern. Ich steckte die Scheine ein und leerte die Münzen in einen Plastikbeutel.

Das, was jetzt folgte, war der auffälligste und damit bisher riskanteste Teil des gesamten Unternehmens. Ich schnitt möglichst schnell eine zwei Meter breite Lücke durch den Zaun und bog den Draht zur Seite.

»Allez …«

Der Wechselautomat rutschte schwerfällig aus dem Van. Nun brauchte ich nicht mehr vorsichtig zu sein. Ich wuchtete die Maschine hoch, schob sie durch den Zaun und rollte sie in das Gestrüpp. Wenn ich Glück hatte, würde er dort lange nicht bemerkt werden. Die beiden Dremel-Einsätze und der Schraubenzieher landeten ebenfalls auf dem Gelände. Zum Schluss brauchte ich noch zwei Minuten und ein Stück Draht, um den Einschnitt wieder zu verschließen, und dann war ich fertig.

Mein Magen knurrte vernehmlich, als ich den Van anließ. Ein Abendessen hatte ich mir jetzt redlich verdient. Also fuhr ich schnell zu einem grell beleuchteten Casino mit angeschlossenem Restaurant. Im hinteren Teil des Vans zog ich mir meinen inzwischen stark zerknitterten Anzug wieder an und nahm in dem überteuerten Restaurant mit guter Bedienung und einem falschen Wasserfall ein schlechtes Abendessen zu mir. Niemandem schien es etwas auszumachen, dass ich mein Essen mit Ein-Dollar-Münzen und ein paar Quartern bezahlte.

Auf meine Bitte hin gab mir die Bedienung großzügig eine Ausgabe der *Free Press.* Die las ich beim Kaffee, während ich wieder mal meinen Gedanken freien Lauf ließ und mich dabei auf die anstehenden Probleme konzentrierte. Ich war meinem Ziel eigentlich noch nicht näher gekommen, aber immerhin hatte ich jetzt eine grob umrissene Idee. Ich notierte mir einige Stichpunkte auf einem Zettel.

Mein Kaffee wurde kalt, während ich ins Leere starrte.

»Soll ich nachgießen?«

Ich sah zu der Bedienung hoch und nickte. Also goss sie mir nach und ging wieder. Ich faltete den Zettel zusammen und legte ihn zur Seite. Später fuhr ich ohne Ziel los.

35

Unterwegs hielt ich dreimal an, um Sachen loszuwerden.

Den Rollwagen ließ ich neben der Mietwagenabteilung einer Umzugsfirma stehen, den Overall zerschnitt ich und warf ihn Stück für Stück in den Omand's Creek. Zum Schluss landeten der Dremel und seine Einsätze in dem Gebüsch am Fuß eines Hügels, der hier, mitten in der Stadt, völlig fehl am Platz schien.

Man weiß heutzutage nämlich nicht mehr, was die Spurensicherung und die Forensik alles leisten können …

Ich hatte aus dem Casino ein Exemplar der Gelben Seiten mitgenommen und schrieb mir nun auf einem Zettel meine weiteren Ziele auf: einen Laden für Sportartikel, ein Geschäft für Haushaltswaren und Werkzeuge sowie ein Spezialgeschäft für Party-Artikel. Sie lagen alle in einem Umkreis von etwa anderthalb Kilometern im Industriegelände St. James Park. Ich parkte ungefähr in der Mitte dieser Geschäfte und machte mich zu Fuß auf den Weg.

Zuerst war der Sportartikel-Laden an der Reihe, ein großes Geschäft namens S.I.R. Dort kaufte ich mir ein Fernglas für Dämmerlicht mit Entfernungsmesser und eingebautem Kompass von Tasco aus der unteren Preisklasse. Ich hätte mir auch ein Glas mit Infrarotsichtgerät oder Restlichtverstärker kaufen können, aber die waren meistens unzuverlässig, extrem schwer und lächerlich teuer. Außerdem ließ ihre Batterie unweigerlich im allerungünstigsten Augenblick nach. Also beließ ich es bei dem Tasco mit einer guten Lichtstärke. Dem würde nie der Strom ausgehen.

Das ist bei mir ein wunder Punkt. Ich bin einmal ins Gefängnis gekommen, weil ein paar Batterien der Saft ausging.

Lange Unterwäsche. Frühling hin oder her, es war noch kalt. Ein zwei Nummern zu großer Tarnanzug mit einem grotesken Muster, unter dem auch normale Alltagskleidung noch Platz hatte. Wenn ich diesen Anzug mit seinen Braun- und Grüntönen und den aufgenähten Stofffetzen trug, würde ich zwar wie ein Busch auf Beinen aussehen, aber im passenden Gelände war ich damit schon auf eine Entfernung von zehn Metern praktisch unsichtbar. Das könnte sich als nützlich erweisen. Ich konnte den Anzug aber auch aufheben und während der Jagdsaison mit meinem neuen Bogen Rehe jagen.

In einer Ecke waren Faustfeuerwaffen und Langwaffen ausgestellt. Dort ließ ich mir viel Zeit, aber schließlich riss ich mich entschlossen los. Erstens hatte ich keine Genehmigung zum Erwerb einer Waffe, und zweitens hatte mich ein blöder Richter für immer vom (legalen) Besitz einer Feuerwaffe ausgeschlossen. Schusswaffen waren außerdem nicht das, was ich wollte oder brauchte, und Schwarzpulver, Schießbaumwolle, Zünder oder sonst irgendwas von all dem Zubehör für den Bombenbastler brauchte ich auch nicht.

Auch die Messer sah ich mir lange an. Sie hatten einige Spydercos, die Hannibal Lecter, der Kannibale, in den Filmen und Büchern so populär gemacht hat, aber das waren Klappmesser, und die mochte ich nicht, weil Klappmesser manchmal im falschen Augenblick ihre Klingen einklappen.

Ich habe Narben, die das beweisen.

Ein Stück weiter hatten sie hinter Glas einige feststehende Messer ausgestellt, und davon suchte ich mir ein kleines und recht billiges von Bushman's aus. Es hatte eine gute Stahlklinge, die nie zum falschen Zeitpunkt einklappen würde, und es würde die Schärfe halten. Außerdem war es so billig, dass es mich keine Tränen kosten würde, falls ich es wegwerfen müsste.

Schließlich suchte ich mir noch einen kräftigen Rucksack und legte auch ihn in meinen Einkaufswagen.

Das Mädchen an der Kasse war sehr hübsch. »Möchten Sie sich für unser Geschenk eintragen?«

»Nein, ich bin verheiratet.«

»Wie bitte?«

»Nein, ich bin nicht aus der Gegend hier.«

Alle meine Einkäufe wurden im Van verstaut, und dann ging ich zu dem Laden für Party-Artikel, einem zweistöckigen Backsteingebäude, auf dem ein grelles Neonlicht verkündete: »Partylaune«.

Der Angestellte war ein ziemlich unattraktiver schwarzhaariger Mann in einem albernen französischen Zofenkostüm. »Seien Sie gegrüßt.«

Darauf reagierte ich nicht, und so versuchte er es noch einmal.

»Kann ich Ihnen helfen?«

»Mmmm. Nein. Ich sehe mich nur um.«

Er nickte nur und beschäftigte sich weiter mit seiner Dateneingabe. Ich nahm mir einen Plastikkorb für meine Einkäufe. Der Laden war groß, vielleicht zwanzig Gänge, und ich wanderte umher, bis ich meine Liste abgearbeitet hatte.

»Haben Sie alles gefunden, was Sie gesucht haben?«

»Ja.« Er ging mir auf die Nerven.

Er tippte die Preise in die Kasse ein und nannte mir eine hohe Summe. Instant-Tätowierungen zum Aufdrücken, die gut genug waren, um als echt durchzugehen, verschiedene billige Sonnenbrillen, billige Brillen mit Fensterglas, eine falsche Narbe und zwei falsche Warzen, die erstaunlich echt aussahen, eine einfache schwarze Augenklappe, Baumwollkissen, um die Gesichtsform zu verändern, einige vorstehende Zähne von guter Qualität, die man über die echten schieben konnte, dazu eine annehmbare Perücke aus grau meliertem Haar und einen Stimmenmodulator, ein Spielzeug für Idioten, das die Stimme wie die eines Außerirdischen klingen lässt.

Auf dem Rückweg zu dem Wagen machte ich einen kurzen Abstecher zu dem Haushaltswarenladen, wo ich mir einen neuen Dremel und eine Auswahl Einsätze zum Schneiden, Bohren und für andere Zwecke holte. Außerdem gönnte ich mir dort einen Donut. Ich holte mir die Morgenausgabe der Zeitung, und in einem Schlüsselsofortdienst ließ ich noch zwei Kopien von Walshs Autoschlüsseln und eine von seinem Hausschlüssel machen. Auf dem Weg hinaus sah ich einen kleinen Stand, der Handys verkaufte. Ich blieb davor stehen und starrte vor mich hin.

Mir kam eine Idee. Dazu müssen Sie bedenken, dass Berufsverbrecher Handys eigentlich nicht mögen. Die Sicherheit fehlt, jeder, der entsprechend ausgestattet ist, kann mithören.

Trotzdem haben Handys ihren Nutzen. Ich ging zu dem Vertreter, als er gerade dicht machen wollte.

»Hallo. Nur ein paar Fragen. Wie funktioniert das mit der Bezahlung?«

Er war etwa achtzehn und hatte es offensichtlich satt, in einem Laden für Haushaltswaren herumzustehen und Technologie zu verkaufen, für die viele seiner Kunden nur Verachtung übrig hatten.

»Hallo. Okay. Sie bezahlen das Telefon hier. Sie suchen sich den Vertrag, den Sie haben wollen, von der Liste aus. Sie unterschreiben für drei, sechs oder zwölf Monate. Das ist alles.«

»Was brauche ich dafür an Ausweisen?«

»Eigentlich gar keine.«

Fünf Minuten später ging ich hinaus, um zweihundert Dollar ärmer, aber dafür mit dem billigsten aller Handys in der Tasche, das mit dem billigsten aller Verträge freigeschaltet war. Ich hatte mich als Ken Graham mit einer fiktiven Adresse, einem erfundenen Arbeitsplatz und anderen Angaben eingetragen.

Das Einzige, was echt gewesen war, war das Geld, das ich für das Gerät bezahlt hatte.

Als ich wieder im Van saß, verschloss ich die Tür, bevor ich mir meine Einkäufe ansah. Den meisten Platz beanspruchten Kartons, Folie und anderer Abfall. Als ich alles entfernt hatte, blieben mir ein sehr voller Rucksack und eine nicht ganz volle Schultertasche aus Segeltuch. Zuerst suchte ich den Müll zusammen und stopfte ihn in den nächsten Altpapier-Container. Dann fuhr ich den Van auf einen Parkplatz hinter einem Restaurant bei einem anderen Einkaufszentrum.

Mit den Taschen in der Hand wischte ich den Van mit einem Lappen aus, den ich vorher mit Benzin aus dem Tank getränkt hatte. Ich bekam Kopfweh, aber es würde garantiert jeden Fingerabdruck entfernen. Dann legte ich eine Nummer der neuen *Winnipeg Sun* auf die Ablage vor dem Steuerrad und steckte meine Kopie von Walshs Autoschlüssel in das Zündschloss. Das Original wurde wieder in der Schachtel unter dem Kotflügel verstaut. Ich schraubte die gestohlenen Nummernschilder ab und steckte sie in die Tasche. Später würde ich sie verschwinden lassen.

Dann machte ich ein Polaroid-Foto von der Zeitung, auf dem die Zündschlüssel deutlich zu sehen waren.

Auf die Rückseite schrieb ich in Druckbuchstaben: »Der Mistkerl Walsh lügt, er hat mir den Van geliehen, warum hätte ich ihn stehlen sollen, wenn er mir die Schlüssel gegeben hat?« Das steckte ich in einen großen Umschlag, adressierte ihn an die Versicherungsgesellschaft für den Öffentlichen Dienst Manitoba und warf ihn auf dem Weg zur Bushaltestelle in einen Briefkasten. Ich hatte noch zehn Minuten Zeit. Die nutzte ich, um in dem Einkaufszentrum einen Strauß Rosen zu kaufen. Erst dann stieg ich in einen Bus, der mich heim und zu meinem heiß ersehnten Bett brachte.

Auf dem Weg zu unserem Haus schlich ich von Hecke zu Hecke, benutzte kleine Seitenstraßen und durchquerte kleine Parks. Ich brauchte mehr Zeit, als ich gedacht hatte, und zweimal hatte ich unangenehme Fast-Zusammenstöße mit Hunden. Allmählich begann ich, meine geistige Gesundheit in Frage zu stellen, weil ich unbedingt jeden Verfolger abschütteln wollte. Als ich schließlich zu Hause ankam, war es fast elf, und Claire schlief oben auf dem Futon. Renfield hatte es sich auf meiner Seite des Betts bequem gemacht. Ihr Arm lag besitzergreifend über dem Hund, und ich musste ihn kräftig anstoßen, bis er verschwand.

»Du hast ein widernatürliches Verhältnis zu diesem Hund.«

Ihre Stimme klang schläfrig. »Das hat nichts zu bedeuten. Gar nichts. Für mich gibt es nur dich.«

»Klingt sehr wahrscheinlich.«

Sie kuschelte sich an meinen nackten Rücken und küsste meinen Hals. »Hattest du einen guten Tag?«

»Also, ich habe einen netten Mann in einem französischen Zofenkostüm kennengelernt. Er würde dir gefallen.«

Sie lachte. »Ich lasse dich zu oft außer Haus.«

»Ich habe dir außerdem Blumen mitgebracht.«

Sie schnurrte. »Braver Junge.«

36

Ich wachte vor vier Uhr auf und schlich hinaus, bevor Claire und Fred aufwachten. Renfield bemerkte es, nahm aber ein großes Stück Käse als Bestechung an und blieb still. Claire hatte am Abend zuvor sechs Sandwichs vorbereitet und einen Vierliterkanister mit schwachem Zitronentee gefüllt. All das wurde im Rucksack verstaut. Dann ging ich zum Hinterausgang hinaus und benutzte Hinterhöfe und Seitenstraßen, um unbeobachtet aus dem Viertel zu gelangen.

Ich brauchte zehn Minuten, bis ich den Park am Fluss erreicht hatte. Dort suchte ich mir ein möglichst dichtes Gestrüpp. Mittendrin machte ich es mir bequem und beobachtete den Weg hinter mir. Ich wartete eine Stunde lang, aß ein Sandwich und passte auf, ob mich jemand verfolgt hatte. Erst als ich sicher war, dass niemand mich beschattete, machte ich mich wieder auf meinen Weg durch Hinterhöfe und Nebenstraßen bis zu der Stelle, wo die Häuser direkt am Fluss stehen. Von dort aus ging ich weiter auf der Main Street.

Von einem schmuddeligen Motel aus rief ich mir ein Taxi. Eine halbe Stunde später kauerte ich auf dem leeren und vertrockneten Feld hinter Walshs Haus und machte mich bereit, langsam Druck aufzubauen.

Ein kluger deutscher General namens Model hat seinen Untergebenen einmal gesagt: »Angreifen, die Initiative zurückgewinnen, dem Feind den eigenen Willen aufzwingen.« Er hatte diese Politik in dem Krieg verfolgt, den er verloren hatte, aber mir schien es trotzdem ein guter Rat zu sein.

Später wurde er mit seiner Armee eingekesselt. Also kapitulierte er und schoss sich eine Kugel in den Kopf. Trotzdem ist es ein guter Rat.

Ich war ungefähr zweihundert Meter weit entfernt. Ich hatte das Bushnell-Spektiv mit Stativ aufgestellt und auf Walshs Anwesen ausgerichtet. Dort rührte sich aber nichts. Jetzt richtete ich das Gerät auf das übernächste Haus, wo eine magersüchtig aussehende Frau von Anfang zwanzig vor ihrem Fernsehgerät mit breitem Bildschirm zu einer Sendung von CNN nackt Aerobic machte. Aus dieser Entfernung und bei dieser Vergrößerung konnte ich sehen, dass sie alles rasierte – und auch die Telefonnummer ihres Handys, das aufrecht auf ihrer Handtasche neben dem Fernsehgerät stand. Die Nummer notierte ich mir.

Es war etwa acht Uhr, als sie fertig war. Jetzt kam Walsh aus dem Haus und stieg in den Corolla, den ich schon einmal gesehen hatte, sein Zweitwagen wahrscheinlich. Das Spektiv war so gut, dass ich sogar den kleinen Aufkleber neben dem hinteren Nummernschild lesen konnte: »Don't Mess With Texas«. Als er wegfuhr, richtete ich das Spektiv wieder auf die dünne Frau und ließ es so stehen. Danach ging ich etwa eine halbe Meile weit bis zu dem Schrottplatz der Brüder Schmengis.

An der Vorderfront entlang führte eine schmale Zugangsstraße, aber quer über den Zugang selbst war eine Kette gespannt. An der Kette hing ein großes Schild mit der Inschrift »Geschlossen. In fünfzehn Minuten zurück«, aber das war alt und sah aus, als würde es schon sehr lange dort hängen.

Das war mir gerade recht. Ich rief mir mit meinem Handy ein Taxi und war in vierzig Minuten wieder in der Innenstadt. Direkt neben der Polizeistation erstreckte sich ein großer, betonierter Parkplatz mit Zufahrtsrampen, Fahrstühlen und Platz für alles bis zur Größe eines Geländewagens. Ich nahm an, dass Walsh entweder dort oder in der Parkgarage unter der Station parken würde.

In dem Gebäude selbst waren die Sicherheitsmaßnahmen recht gut, es gab Kameras mit Weitwinkelobjektiven und Daueraufzeichnung über den Fahrstühlen und den Notausgängen. Auf der anderen Straßenseite aber war ein offener Bereich mit einer Telefonzelle, und dort ging ich hin und wählte die Kontaktnummer der Verbrechensbekämpfung für Bürger.

Der Stimmenmodulator aus dem Partyshop füllte meine Hand. An sein Ende hatte ich eine ausgewaschene leere Suppendose geklebt, um meiner Stimme zusätzlich Resonanz zu verleihen. Dazu sprach ich mit einer nasalen, tonlosen Stimme und verwandelte mich damit in einen Darth Vader, der vom Boden eines leeren Brunnenschachts aus sprach.

»Da ist ein Kerl namens Sam Parker, der wohnt am Nordrand von Winnipeg. Wo, das weiß ich nicht. Er hat mir gerade eine 44er Magnum von Taurus abgekauft, dazu eine halbe Schachtel Teflon-beschichtete Munition. Ich glaube, die will er benutzen, um einen Cop umzulegen.«

Die alte Frau am anderen Ende fand das sehr aufregend, und ich wartete, bis sie wieder still war.

»Woher ich das weiß? Weil Teflon-Munition dafür da ist, Kevlar-Westen zu durchschlagen, du …«

Ich ließ meine Stimme ersterben.

»Also, was ist das für eine Nummer, bei der ich wegen meiner Belohnung anrufen muss?«

Sie nannte sie mir. Ich legte auf und ging nach Hause.

37

Den Rest des Tages verbrachte ich damit, zusammen mit Claire das Haus zu putzen und Pläne für das Grillfest zu machen. Meine neuen Einkäufe blieben in den Taschen. Wahrscheinlich brauchten wir nicht mit einer überraschenden Hausdurchsuchung durch die Polizei zu rechnen. Nicht nach dem letzten Mal.

Ich konnte mir sogar vorstellen, dass Atismak einen bestimmten Bericht bekommen würde. Er würde ein kleines Häkchen neben Walshs Namen machen und dann wieder an seine Arbeit gehen.

Um zehn fragte ich Claire, ob sie vielleicht von irgendeinem Club in der Stadt aus, den sie sich selbst aussuchen könnte, einen Anruf machen würde.

»Irgendeinen speziellen Anruf?«

»Ja. Einen sehr speziellen bei einer sehr speziellen Lady. Lass ihr aber nichts ausrichten. Entweder sprichst du direkt mit ihr, oder du legst auf.«

»Ist recht …«

»Und es wäre hilfreich, wenn du angetrunken klingen würdest …«

»Sicher. Es wäre aber nicht schlecht, wenn du mir die Sache ein bisschen näher erklären könntest.«

Ich brauchte zehn Minuten für meine Erklärung, während sie sich Blue Jeans und einen schwarzen Rollkragenpullover anzog.

»Ich bin also eine Nachbarin dieser Frau. Ich habe jemanden mit einer großen Kamera auf dem Feld hinter ihrem

Haus gesehen, und die war genau auf ihr Haus gerichtet. Ich möchte da ja nicht hineingezogen werden, aber ich finde, wir Mädels müssen zusammenhalten. Alles richtig?«

»Bingo.«

»Das sollst du doch nicht sagen. Ich rufe dann also von einer Lesbenbar aus an.«

»Von einer Lesbenbar?« Davon hatte ich nichts gesagt.

Sie lächelte zuckersüß. »Das ist ein ausgezeichneter Grund dafür, dass ich meinen Namen nicht sagen will. Unterdrückte lesbische Sehnsüchte …«

Als sie gegangen war, überlegte ich mir, dass ihr das eigentlich viel zu viel Spaß machte.

Am nächsten Morgen stand ich vor Morgengrauen auf und packte eine Tasche. Dann setzte ich mich in den Bus in die Stadt. In einer Toilette unter einem großen Einkaufszentrum zog ich mir neue Klamotten an, Jacke und Hose, setzte eine neue Sonnenbrille auf und schlich durch eine verschlossene, aber schlecht gesicherte Tür in der Ecke in den Servicebereich. Zwanzig Minuten später ließ ich mich zum internationalen Flughafen Winnipeg bringen und von dort zum Delta Hotel in der Innenstadt. Vom Hotel aus fuhr ich mit dem Bus nach St. Norbert, und den Rest der Strecke ging ich zu Fuß. Es war ausgeschlossen, dass mich jemand verfolgt hatte.

Den Rest des Tages verbrachte ich damit, in Robillards Viertel herumzulaufen, aber das Haus war dicht. Niemand kam heraus oder ging hinein, die Garagentür blieb unten. Der Hof wurde von einem Hausmeister-Service gepflegt. Sie hatten eine Satellitenschüssel für ihr Fernsehgerät und außerdem noch eine Kurzwellenantenne, entweder für Amateurfunk oder für ein CB-Funkgerät.

Etwa einmal pro Stunde kombinierte ich meine Kleidung neu. Diese Mütze mit jener Jacke. Diese Jacke mit jener Brille. Diese Brille mit jener Mütze.

Für eine halbe Stunde borgte ich mir von einem Haus ein Stück die Straße hinunter einen Pudel aus, der dort unter einem absterbenden Baum angebunden war. Wir liefen herum, er pinkelte alles an, beschnüffelte alles und leckte mich ständig ab. Als ich nach Hause fahren wollte, brachte ich ihn zurück an seinen Platz, und er winselte.

Nach dem Essen überprüfte ich mit Claire das Haus von außen auf Wanzen und Überwachungsgeräte, fand aber nichts, und schließlich setzten wir Fred eingemummt in seinen Super-Buggy, um einen Spaziergang zu machen. Der Hund kam auch mit.

»Bleib. Sitz. Warte.«

Claire lachte.

»Du solltest nicht lachen.«

»Ist recht.«

Ich machte den Hund von einem Baum los, und wir gingen weiter. Nach einer Weile lehnte sie sich an meinen Arm. »Und was passiert jetzt?«

»Walsh führt ein merkwürdiges Leben. Sein Van wird gestohlen, aber jemand hatte die Schlüssel, also kann er nicht gestohlen worden sein, aber dann bekommt die Versicherung eine Nachricht, in der genau das gesagt wird. Das ist ein Problem. Walsh bekommt Gegenwind bei der Polizei, weil ihm nichts passiert ist, als ich verprügelt worden bin, aber zwei anderen Kollegen schon. Das ist wieder ein Problem. Atismak stellt wahrscheinlich Fragen wegen dem ersten Anruf bei der Bürger-Hotline, und er stellt definitiv welche wegen dem zweiten. Auch das ist ein Problem.«

Ich löste den Hund von einer Frau im Rollstuhl, entschuldigte mich, und wir gingen weiter.

»Dann ruft eine Nachbarin die Polizei an und sagt, da ist ein perverser Spanner, der sie belauert. Die Polizei findet sein Spektiv mit seinen Fingerabdrücken auf einem Feld hinter seinem Haus. Schon wieder ein Problem.«

Claire war eine gute Zuhörerin. »Und es wird noch schlimmer, oder?«

»Allerdings. Aber darüber später. Also, Robillard ist nicht so leicht zu kriegen. Dass er einfach aufgibt und weggeht, das sehe ich nicht.«

»Das ist ein Problem für uns.«

»Ja.«

»Dann lös das zuerst.«

Am nächsten Morgen nahm ich einen Bus zu einem neuen Einkaufszentrum und benutzte eins von vielen Telefonen vor einem Restaurant. In schneller Folge machte ich Anrufe bei den größeren Dezernaten der Polizei, bei der Opferbetreuung im Gericht, und dann bei Walsh zu Hause. Das Ergebnis war, dass die Polizisten mir sagten, Walsh sei im Gericht, im Gericht sagte man mir, er sei für eine Zeugenaussage vorgesehen, und schließlich hob bei ihm zu Hause niemand ab, als ich dort anrief. Damit war mein Entschluss gefasst.

Ein weiterer Bus brachte mich bis auf zehn Blocks heran an den Schrottplatz der Brüder Schmengis. Von dort ging ich bis zum Eingangstor und machte mich ans Werk.

Ohne darüber nachzudenken, zog ich mir eine Kältemaske aus Wolle über das Gesicht und überschritt die unsichtbare Grenze hinein in den Besitz eines anderen. Mit einem schweren Eisenrohr von einem halben Meter Länge war ich bereit für alles. Ich hatte die Schlagfläche ummantelt und mit Isolierband gepolstert, falls ich jemanden niederschlagen musste. Im Rucksack verstaut waren der voll aufgeladene Dremel, eine kleine Auswahl von Einsätzen dafür, ein Stück Fahrradkette und ein weiteres Vorhängeschloss, das noch in seiner Plastikumhüllung steckte und sein Preisschild trug.

Möwen und Krähen und Raben pickten auf den Bergen von ordentlich sortiertem Schrott herum, während ich bis zum Ende des Platzes durchging. Ich konnte den größten Teil des Krans sehen, für den ich mich interessierte. Er hing regungslos in der Luft, und sein runder Aufnehmer in Form eines Eishockeypucks schwankte nicht einen Zentimeter im Wind. Ich hatte schon öfter zugesehen, wie er Schrottteile umherbewegt hatte, aber jetzt stand er nur auf seinen großen Raupenrädern da. Seine Führungskabine sah aus, als wäre sie nachträglich draufgesetzt worden. Neben dem Kran war ein winziger Schuppen an den Zaun angebaut, es war niemand zu sehen. Das Rohr glitt in meine behandschuhte Hand, und ich lauschte, konnte aber nichts hören, keine Stimmen, kein Radio, keine Bewegung, gar nichts. War wirklich niemand da?

So einfach konnte es nicht sein.

In dem Schuppen fand ich einen hellgelben Bauarbeiterhelm, ein Paar Gehörschützer und einen Satz Schlüssel an einem Holzbrettchen, in das das Wort »Kran« geschnitzt war. Ich ging damit zum Kran hinüber und stellte fest, dass die Batterien zu neunzig Prozent geladen und die Dieseltanks mehr als halb voll waren. Also stieg ich in die Kabine und starrte die sechzehn verschiedenen Hebel und die neunzehn verschiedenen Knöpfe an.

Der Motor sprang nach einer halben Drehung des Zündschlüssels an, und ich ließ den Aufnehmer ab, bis der deaktivierte Elektromagnet etwa zwei Meter über dem Boden hing. Eigentlich war es irgendwie komisch; man kann im Gefängnis vieles lernen. In der Strafanstalt Drumheller hatte ich zum Beispiel gelernt, ein Raupenfahrzeug zu fahren, als ich dort ein vorgefertigtes Gewächshaus Stück für Stück an seinen richtigen Platz transportiert hatte.

Es war einfach, die Zufahrtsstraße zu vermeiden. Ich stieß durch den drei Meter hohen Sperrholzzaun zurück und bog nach rechts ab. Der Boden war weich und rutschig, und so fuhr ich auf der stillgelegten Bahnstrecke auf Schotter weiter.

Ich brauchte zehn Minuten, um bis zu Walshs Haus zu kommen. Dann stieß ich wieder zurück und brach quer durch seinen Hinterhof zum Haus. Als ich nahe genug dran war, brachte ich den Kran mit den Parallelschaltern so in Stellung, dass er das Dach fast, aber nicht ganz berührte.

Dann schaltete ich den Elektromagnet auf volle Energie und brach den Schlüssel im Zündschloss ab.

Ich sprang heraus, wickelte die Kette um die Fahrerkabine, zog das Vorhängeschloss durch die Kette und schloss sie ab. Den Schlüssel warf ich ins Gebüsch. Danach ging ich über das Feld und machte mich auf den langen Weg nach Hause.

Ich war nicht sicher, was ein Industrie-Elektromagnet bei Walshs Computern oder Dateien und sonstigen elektronischen Spielzeugen anrichten würde, aber ich hatte den Verdacht, dass es nichts Gutes sein konnte. Während ich wegging, überlegte ich, wie lange es wohl dauern würde, bis jemand jemanden rufen würde.

Nach der Meldung von einer Mildred Penny Irgendwas später an diesem Abend dauerte es noch vier Stunden, bis ein Nachbar auf die Idee kam, dass der riesige Kran in Walshs Hinterhof dort vielleicht nicht hingehörte. Während dieser Zeit hatte der Magnet die Festplatten von allen Computern, mehr als sechstausend Floppies und CD-Rom-Disketten vollständig gelöscht. Er beschädigte außerdem irreparabel drei Fernsehgeräte, ein Kurzwellen-Sende- und Empfangsgerät und verschiedene andere elektronische Wunderwerke.

Während der Busfahrt dachte ich über Bomben nach und starrte blicklos ins Leere. Verkabelung, Zünder, Zeitschalter, Schrapnell …

»Was zur Hölle grinst du da?«

In dem Gang des Busses stand ein Mann neben mir. Seinem Aussehen nach war er Ende zwanzig, mit kurz geschnittenem schwarzem Haar, einer oft gebrochenen Nase und hinter einer dunklen Sonnenbrille versteckten Augen. Er trug Blue Jeans und eine mit Kupfernieten übersäte Jeansjacke. Seine rechte Hand steckte hinter seinem Rücken, mit der anderen hielt er sich an der Stange vor mir fest. Seine Finger waren mit dünn gezeichneten Tätowierungen bedeckt, Muster, deren Bedeutung ich vergessen hatte.

»Habe ich gelächelt?«

Er lehnte sich herunter, und ich konnte Zigaretten und alten Schweiß und eine Spur von Gras riechen. »Ja, du Arschficker.«

Ich musterte ihn mit mildem Blick. Konnte das eine arrangierte Sache sein? Wenn ja, durch die Polizisten oder durch Robillard? Spielte das eine Rolle? Nein, also sagte ich leise: »Na schön, dann lächle ich eben.«

Er starrte mich durch seine Sonnenbrille an, und ich starrte kalt zurück, bis er seinen Kopf leicht einzog. Damit wusste ich, dass er einen Rückzieher machen würde. Schließlich brummelte er laut: »Na gut dann.«

Er floh aus dem Bus, und ich kehrte wieder zu meinen Gedanken über Bomben zurück. Es gab da noch andere Faktoren, die man berücksichtigen musste, wie den Mantel oder den Körper des Geräts, Dämmungsmaterial, Ersatzzünder … Alles in allem kinderleicht. Ich hatte ein paar gute Ideen, also stieg ich vor einem Warenhaus aus, kaufte mir einen billigen Millimeterblock und ein paar Stifte, und in der Cafeteria holte ich mir einen Riesenbecher mit für mich äußerst giftigem Kaffee. Alles zusammen in der Hand ging ich zurück und suchte mir in einem kleinen Park etwa zwei Blocks vom Haus entfernt eine Bank und begann zu zeichnen.

38

Soweit ich das inzwischen beurteilen kann, war es ein Zufall und mit Sicherheit nicht das Ergebnis meiner eigenen scharfen Beobachtung oder Wachsamkeit. Ich war einfach am richtigen Platz. Pures Glück.

Ich saß auf einer Bank am hinteren Ende des Parks, wo die hohen Ulmen und die kleinen Pinien tiefe Schatten werfen, und zeichnete. Nach einer Weile hielt ein sehr alter dunkelblauer Lieferwagen vor mir an und parkte. Drin waren vier erwachsene Gestalten auszumachen. Eine davon fuhr, eine saß auf dem Beifahrersitz und zwei hinten. Während ich zusah, stieg eine der beiden auf dem Rücksitz aus und kletterte in den Gepäckraum im Heck.

Ein Auto voller Erwachsener wäre schon Warnung genug gewesen, aber ein paar Sekunden später wurden die Fenster auf der einen Seite heruntergedreht, und ich hörte das unverkennbare Geräusch, wenn ein Schrotgewehr geladen wird. Ohne zu überlegen, stand ich sofort auf und trat zur Seite. Ich hielt mich nahe bei den Bäumen und der Backsteinmauer vor einer Baptistenkirche am Rand des Parks. Die letzte Ulme stand etwa drei Meter von dem Van entfernt. Ich ging hin, stellte mich daneben und wartete im Schatten.

»… also, wo zum Teufel ist der Kerl?« Der Mann war jung und hatte eine blecherne, nasale Stimme.

Eine andere Stimme antwortete, älter, auch männlich: »Keine Ahnung. Nicht die geringste Ahnung.«

Ich konnte undeutlich erkennen, dass die Männer in dem Lieferwagen weiß waren, größtenteils jung, und dass sie dunkelblaue Nike-Joggingjacken mit weißen Streifen auf den Ärmeln und schwarze Mützen trugen. Von einer Gang? Von der Polizei?

»Ich komme mir vor wie ein Idiot.« Eine dritte Stimme.

War das ein Anschlag? Ein Überfall? Ich riskierte noch einen Blick. Der Motor des Wagens lief. Der Kerl auf dem Beifahrersitz fummelte an irgendetwas zwischen seinen Beinen herum.

Der Kerl auf der Rückbank lehnte sich gegen die Tür und hatte seine Beine über der Sitzbank ausgestreckt. Auf seinem Schoß lag ein Handtuch. Der letzte Typ hockte auf der Ladefläche und hielt zwei große Vier-Liter-Gurkengläser voll mit Flüssigkeit. Stofffetzen hingen heraus. Molotow-Cocktails? Ich überlegte kurz, ob die Scheißkerle das Glas mit Glasschneidern angeritzt hatten, damit es leichter zerbrach, wenn die Gläser aufprallten.

»Also, wo zur Hölle ist der Arsch? Seine Schlampe ist da, und das Gör auch. Sollen wir einfach loslegen? Ich meine, das Auto ist geklaut, oder? Ich meine, wir müssen das bald durchziehen, oder?«

Erst jetzt bemerkte ich, dass es totenstill war, keine Kinder auf der Straße, keine Leute in den Höfen. Niemand. Vielleicht so was wie das Zweite Gesicht.

»Halt's Maul!«

Keine Polizisten und kein Überfall, also ein Anschlag. Ich sah die Straße hinunter und erkannte erst jetzt, dass mein Haus genau auf der Seite lag, in die der Kerl auf der Rückbank blickte, genauso wie der Mann auf dem Sitz mit dem Schrotgewehr. In meinem Kopf sah ich die Szene ablaufen: Sie fuhren mit heruntergedrehten Fenstern vor und hielten gegenüber von meinem Haus. Der Kerl auf dem Rücksitz legte mit dem Schrotgewehr los, der auf dem Beifahrersitz auch (vielleicht mit einer Pistole), bum-bum-bum, dann, eine Sekunde später, machte der Kerl hinten die Tür auf, sprang raus, zündete die Cocktails an, warf sie durch das zerschossene Fenster. In mein Haus. Zusammengeschossen und niedergebrannt, und meine Frau und mein Sohn waren noch drinnen. So war es vorgesehen.

Ich legte los wie ein Schnellzug. Vor mir auf dem Boden lag ein halber Backstein von der Kirchenmauer. Den nahm ich mit meiner rechten Hand auf, trat zwei Schritte vor und warf. Er schlug in das halb offene Fenster des Fahrers ein wie eine Bombe und zerschmetterte es in eine Wolke aus Glassplittern, die ausreichte, um dem Fahrer das halbe Gesicht wegzuschneiden.

»Scheiße!«

Ich war noch immer in Bewegung und riss mit brutaler Gewalt die hintere Tür auf. Der Typ auf der Rückbank fiel halb aus dem Auto. Auf seinem Schoß lag tatsächlich ein Schrotgewehr. Ich riss es ihm aus seiner schlaffen Hand. Der Lieferwagen machte gleichzeitig einen Satz nach vorn und prallte gegen einen anderen vor der Kirche abgestellten Van. Noch jemand in dem Auto fluchte.

»Scheiße-Scheiße-Scheiße …«

Pump-Action-Schrotgewehre sind alle gleich. Das vordere Ende vorschieben, um eine Patrone in die Kammer zu befördern, hinhalten, Abzug drücken und Feuer. Ich zielte auf einen Mann auf der Ladefläche und erhaschte einen kurzen Blick auf sein entsetztes Gesicht, als ich die Zielrichtung änderte.

Das Gewehr war geladen. Schön für mich.

Es war kleiner als ein 12er-Lauf, vielleicht 20er oder 16er. Der Feuerstrahl aus der Mündung fuhr direkt in den Molotow-Cocktail in seiner rechten Hand. Mit einem *Wusch* ging er hoch und füllte den hinteren Teil des Wagens mit Flammen und Schreien.

Der Beifahrer auf dem Vordersitz hatte einen kühlen Kopf bewahrt. Er lehnte sich nun um den schreienden

Fahrer herum und schoss mit einer kurzläufigen automatischen Pistole auf mich, einer jener nutzlosen Neun-Millimeter-Waffen, über die die Polizisten sich ständig beschweren. Die Kugel traf den Baum neben mir und riss ein großes Stück Rinde weg.

Eine zweite Kugel flog auf der anderen Seite an mir vorbei. Der Lieferwagen schaukelte immer noch vor und zurück. Ich hatte inzwischen mit dem Schrotgewehr neu gezielt.

Der Lauf berührte fast seine Hand, als der Schuss losging. Er riss ihm den halben Unterarm weg. Einen kurzen Augenblick lang konnte ich seine Pistole sehen. Sie hatte sich als formloser Klumpen aus Plastik und Metall in der Nähe des Ellbogens in seinen Arm gebohrt. Er fing an zu schreien und verlor das Interesse an mir.

»Scheiße. Scheiße. Scheiße.«

Der Mann mit dem Kopf am Boden fummelte hektisch an seinem Gürtel nach etwas, einer Pistole, einem Messer, was auch immer. Der Lauf des Schrotgewehrs berührte sein rechtes Knie, und plötzlich gab es andere Dinge, um die sich der Mann Gedanken machen musste.

Die Hitze wurde unerträglich. Ich trat in den Baumschatten zurück und betrachtete mein Werk. Der Mann auf der Ladefläche schrie weiter, briet weiter und heulte, der Mann am Boden hielt sein Knie fest, das nicht mehr da war, dem Typ auf dem Beifahrersitz fehlte ein Arm, der Fahrer sagte nichts mehr, entweder war er verblutet oder von umherfliegenden Schrotkugeln oder sonstigen Teilen getroffen worden, und er hatte es hinter sich. Ich warf das Schrotgewehr auf die Ladefläche des Lieferwagens. Im selben Augenblick ging der Tank hoch.

Zeit zu gehen. Ich verschwand, so schnell ich konnte, durch den Park. Ich kletterte über den Begrenzungszaun und rannte eine Nebenstraße entlang.

Irgendwann drosselte ich mein Tempo, und als ich gemütlich in Richtung Innenstadt ging, rasten Polizeiwagen und Krankenwagen an mir vorbei. Ich ging etwa eine Stunde lang weiter und überlegte. Zufällig kam ich an einem Secondhandladen vorbei, wo ich mir gebrauchte Jeans, einen schwarzen Rollkragenpulli, schwarze Laufschuhe und eine schwarze Baseballmütze kaufte. Nachdem meine ursprüngliche Kleidung in den Mülleimer gewandert war, setzte ich mich hin und zählte mein Geld, bevor ich mich von einem Taxi zum Bogenschützen-Laden fahren ließ. Dort waren gerade drei Teenager damit beschäftigt, mit Hilfe von Doppelbögen kleine Löcher in Papierziele zu schießen. Ich sah ihnen einen Augenblick lang zu, während Frank etwas unter seinem Ladentisch machte.

»Juhu!«

Er hielt das Rubbellos einer Lotterie hoch und wedelte damit vor meinem Gesicht herum.

»Ich habe zehn Dollar gewonnen.«

Seine Augen blitzten vor Begeisterung, und er registrierte kaum, dass ich Scheine auf den Ladentisch blätterte.

»Ich will mir selbst mal was Gutes tun.«

Er sah mich misstrauisch an. »Ja?«

»Hm-mmm. Ich nehme heute den Bogen mit nach Hause.«

Ein Grinsen trat in sein Gesicht, und er holte ihn von dem Gestell hinter sich herunter. »Das ist toll. Er vermisst Sie schon.«

Ich sah ihm genau ins Gesicht, aber er schien das ernst zu meinen, und so schwieg ich, bis er das Geld verstaut hatte. »Ich möchte außerdem ein paar Pfeile mit breiter Spitze.«

»Kein Problem. Ich habe genau das, was Sie brauchen.«

Er zog einige mit Folie versiegelte Päckchen hervor, und ich untersuchte sie vorsichtig mit einer Fingerspitze.

»Na gut, aber ich verstehe das nicht.«

Er tippte auf die Päckchen. »Das sind die Spitzen. Das ist chirurgischer Stahl, der so scharf ist, dass er nur für einen Schuss taugt, dann sind sie stumpf. Man nennt sie Breitspitzen, und ich kann Ihnen sechs davon für sechzehn Dollar pro Stück überlassen, das ist mein Einkaufspreis.«

Ich zuckte zusammen und bezahlte.

»Erfolgreiche Jagd. Aber denken Sie daran, dass die Jagd auf Rehe noch nicht eröffnet ist. Also lassen Sie sich nicht erwischen.«

Er hatte mir einen Müllsack gegeben, in dem ich den Bogen unterbringen konnte. Vor dem Laden fuhr ein Polizeiauto mit heulender Sirene vorbei. Ich drehte mich noch einmal zu Frank um.

»Oh, ich jage keine Rehe. Sie kommen doch zu dem Grillfest?«

»Ja, Sir. Das möchte ich nicht verpassen.«

Draußen benutzte ich ein Münztelefon. »Hallo, Claire.«

»Hallo, Babe. Noch bei der Arbeit?«

»Ja. Noch bei der Arbeit.«

»Kein Problem hier. Ein Stück die Straße runter gab es aber Aufregung. Ein Auto ist abgebrannt.«

Ich wartete, aber sie hatte dem nichts hinzuzufügen.

»Irgendjemand verletzt?«

Ihre Stimme war voller Anteilnahme. »Vier. Zwei sind tot, und zwei wirklich schlimm verbrannt.«

Hey, allmählich gelang es mir immer besser, nicht gleich alle umzubringen. »Ah, das ist gut. Wir reden dann später.«

»Ich liebe dich.«

»Ich dich auch.«

39

Mit Franks Erlaubnis übernahm ich eine der Schießbahnen und begann zu schießen. Eine Stunde später war mein Arm lahm. Also machte ich mich auf und versteckte den sorgfältig verpackten Bogen hinter einem Müllcontainer.

Es war noch hell draußen, als ich in den Bus in die Innenstadt einstieg. Daher ging ich spazieren und grübelte über Walsh nach, bis es dunkel genug war, um sich um Robillard zu kümmern. Ich brauchte unbedingt ein Ziel. Meine Wut wuchs.

Ich ließ sie aber nicht raus.

Ich stahl einen Honda Civic, fuhr zurück, um meinen Bogen abzuholen, und dann machte ich mich auf zu Robillard. Ich stellte den Wagen in der Nähe ab und ging in den Wald am Straßenrand, wo ich eine Skimaske über den Kopf zog, damit keine helle Haut mehr zu erkennen war. Die dunkle Kleidung schützte mich, und zur Sicherheit zog ich eine dunkelgrüne Fleecejacke mit Kapuze über, die der Besitzer des Civic im Kofferraum gelassen hatte und die mir ungefähr vier Nummern zu groß war. Das machte meine Konturen noch undeutlicher.

Das Wichtigste in der Kunst, sich unsichtbar zu machen, ist jedoch nicht die Tarnung, sondern die Art, wie man sich bewegt. Wer nicht bemerkt werden und unsichtbar bleiben will, muss sich langsam bewegen, so langsam wie irgend möglich. Schon am Ziel? Viel zu schnell. Noch viel langsamer bewegen!

Man hebt einen Fuß zwei bis drei Zentimeter hoch, stockt, sieht sich langsam um, indem man zuerst nur die Augen und erst dann den Kopf bewegt. Nun bewegt man den Fuß fünf Zentimeter nach vorn, setzt ihn mit der Fußspitze auf und wischt vorsichtig Zweige und Papier zur Seite. Nun schaut man sich wieder um, belastet den Fuß und hebt den anderen zwei bis drei Zentimeter hoch. Wenn man dieses Tempo in etwa beibehält und es dunkel ist, wird man schon aus drei Metern Entfernung nicht mehr als Mensch wahrgenommen, sondern meistens aus der Liste der beweglichen und damit eventuell bedrohlichen Objekte gestrichen.

Ich brauchte anderthalb Stunden für die hundert Meter bis zum Haus, und dann noch einmal zehn Minuten, um ein Fenster zu finden, das in den Keller führte. Ganoven mögen Alarmanlagen im Allgemeinen nicht. Doch ich ging das Risiko ein, hob mit meinem Taschenmesser einen Riegel hoch und schob mich kopfüber hindurch. Nur durch Glück und Übung gelang es mir, dabei nicht in ein Waschbecken zu fallen, das irgendein Trottel direkt unter dem Fenster angebracht hatte. Meine Muskeln schmerzten, während ich mich so hielt und auf irgendein Anzeichen wartete, dass mich jemand gehört hatte. Danach verhielt ich mich weitere fünf Minuten lang ruhig und lauschte, bevor ich den Bogen hereinholte, den ich draußen auf dem Gras abgelegt hatte.

Erst als er schussbereit war und ich einen Pfeil eingelegt hatte, sah ich mich im Raum um. Es war ein kleiner Waschraum mit einer Waschmaschine, einem Trockner und einem Wäschegestell. Die Flächen waren so sauber geputzt, dass sich das spärliche Licht vom Fenster darin spiegelte. Seitlich schien helles Licht unter einer Tür durch. Ich trat zwei Schritte vor und lauschte wieder.

Nach den Geräuschen von Zikaden und Fröschen kamen mir die beiden menschlichen Stimmen merkwürdig alltäglich vor. Eine war männlich und aufgeregt, die andere weiblich und ruhig. Den Stimmen war ein eigenartiges Geräusch unterlegt, und ich brauchte eine Minute, bis es mir endlich aufging, was das war – ein Klingen, wenn Glas an Glas schlägt, als würde dort etwas getrunken. Behutsam drehte ich den Türknauf und zog die Tür einen Spalt zu mir hin auf.

Niemand reagierte, und so holte ich tief Luft, zog die Bogensehne ganz zurück und trat in den Hauptbereich des Kellergeschosses hinaus.

»Genau der Mann, mit dem ich sprechen möchte.«

Robillards Frau Sandra saß auf einem Barhocker an der Wand. Sie war gerade dabei gewesen, einen Drink zu machen, und erstarrte. Der Mann selbst stand näher zu mir und hatte nichts in der Hand. Die Frau war drei Meter weit entfernt, neben ihr stand ein Western-Gewehr, dessen Lauf in einem Spucknapf endete. Es war dort (wie ich hoffte) nur als Zierde aufgestellt worden.

»Nicht bewegen!«

Er stockte, und ich sah ihn mir genauer an. Er trug einen dunkelroten Jogginganzug, auf den in Höhe seiner rechten Brustwarze ein Teufelchen mit einem erhobenen Dreizack eingestickt war. Sandra stellte ihr Glas ab und legte beide Hände flach auf die Bar, aber ich hielt meinen Blick auf das kreisförmige Visier gerichtet, das in die Bogensehne selbst eingefügt war. Ich brachte es in eine Linie mit Robillards Magen.

»Wunderbar. Also, verhalten wir uns wie zivilisierte Menschen. Wenn ich die Sehne loslasse, macht der Pfeil wusch und saust direkt in den Magen des fetten Mannes vor mir. Der Pfeil besteht aus Fiberglas und hat eine breite Spitze mit drei Klingen. Sie sind schärfer als Skalpelle und werden ein fünf Zentimeter breites Loch in Ihren Magen reißen und mit der gleichen Geschwindigkeit am Arsch wieder rauskommen.«

Er gab ein vernehmliches Schluckgeräusch von sich.

»Also, der Pfeil wird Sie nicht sofort töten, nicht da, wohin ich ziele. Sie kriegen einen Bauchschuss. So was ist extrem schmerzhaft, habe ich mir sagen lassen. Ich möchte mich schon jetzt entschuldigen, für den Fall, dass Sie Dummheiten machen und die Sache hier außer Kontrolle gerät.«

Sandra räusperte sich, aber ich beachtete sie nicht. »Also reden wir. Ach ja, eins noch: Sie sollten sich klar darüber sein, dass ich eine ganze Menge Kaft brauche, um diese Bogensehne zurückzuhalten. Das kann ich also nicht allzu lange. Das dürfte die Unterhaltung anregen. Wenn mich jemand erschießt, lasse ich den Pfeil sofort fliegen, und wir haben den besagten Bauchschuss.«

Robillard redete mit einer kalten Stimme voller gespielter Arroganz: »Das kannst du nicht ernst meinen, mich mit einem Spielzeug zu bedrohen.«

»Doch, das tue ich. Sie haben versucht, meiner Familie zu schaden. Natürlich meine ich es ernst.«

Die Frau sah mich eindringlich an, aber ich beachtete sie immer noch nicht.

»Also, Fettsack. Hören Sie mir jetzt zu?«

Seine Stimme kam wie wütendes Krächzen heraus. »Ja.«

»Gut. Also, können Sie mir einen Grund nennen, warum ich Sie nicht jetzt gleich erschießen sollte?«

»Leck mich doch! Dazu hast du nicht den Mumm.«

Er schluckte wieder.

Ich schüttelte den Kopf. »Ich dachte, wir hätte eine Übereinkunft.«

Er knurrte irgendetwas, und ein Zittern lief durch seinen Körper. »Du hast meinen Cousin umgelegt und vier von meinen Leuten fertig gemacht. Mich hast du bedroht, und dann kommt auch noch dieser Walsh daher und …«

Die Frau rührte sich nicht, aber ihr Blick wanderte zu dem Gewehr hinüber, während ich Robillard antwortete.

»Langsam. Wir hatten eine Übereinkunft, richtig? Sie sollten sich von mir und meiner Familie fernhalten. Ist das richtig?«

»LECK MICH!«, brüllte er so laut, dass Sandra erschrak.

»Ich sagte: IST DAS RICHTIG?! Oder gibt es da was, das Sie NICHT VERSTEHEN?!«

Robillard zuckte zusammen. Sandra schob ihre zartgliedrige Hand ein wenig an der Kante der Bar entlang, und Robillard machte sich bereit. Also wechselte ich das Ziel, und dann ließ ich die Sehne los. Ich zwang mich dazu, bewegungslos abzuwarten, während der Pfeil über die Auflage surrte und quer durch den Raum die Luft teilte. Noch während er flog, streckte ich meine rechte Hand nach dem zweiten Pfeil im Köcher aus, der neben dem Griff an den Bogen montiert war. Meine Finger schlossen sich schon um die Kerbe des Pfeils, als Sandra nach dem Gewehr griff. Robillard drehte sich zur Seite und bewegte sich in Richtung Billardtisch.

Ich setzte die noch immer vibrierende Sehne in die Kerbe des neuen Pfeils und legte seinen Schaft auf die Führung direkt oberhalb des Griffes. Die Hand der Frau berührte den dünnen Teil des Gewehrschafts unterhalb des Repetierhebels. Robillards linke Hand ruhte auf dem Tisch. Die rechte schob sich darunter und tastete nach irgendetwas.

Ich zog die Sehne bis direkt unter mein rechtes Auge zurück. Erst jetzt traf der erste Pfeil das Gewehr genau zwischen dem Lauf und dem Röhrenmagazin darunter.

Das Metall teilte sich mit einem Geräusch, als wenn Fingernägel über eine Wandtafel fahren, und riss auseinander. Das zerteilte Gewehr blieb, als sei es an der Bar angenagelt, in der Luft hängen. Robillard stockte, und die Frau zog ihre Hand von der beschädigten Waffe zurück. Der nächste Pfeil zielte genau zwischen Robillards panikerfüllte Augen. Er blinzelte hektisch.

»Fettsack, wie wäre es, wenn Sie mir zeigen würden, was Sie da unter dem Tisch haben? Aber denken Sie daran, wenn Sie mich erschießen, lasse ich einfach den Pfeil fliegen, und dann können Sie zusehen, wie Sie ihn verdauen.«

Er hob langsam seine Hand und zeigte mir einen glänzend verchromten Revolver von der Größe einer kleinen Kanone. Er legte ihn auf den Tisch und trat einen Schritt zurück.

»Noch eine Magnum? Mann, sind Sie vielleicht kultiviert! Äußerst kultiviert. Also, was machen wir? Soll ich einfach hier rausgehen und …«

Er sagte kein Wort, auch seine Frau nicht, und so redete ich weiter. »Nein, wahrscheinlich nicht …«

Jetzt meldete sich die Frau. »Was haben Sie vor?«

»Wenn ich schlau bin, töte ich euch beide jetzt gleich. Und dann zünde ich das Haus über euren toten Ärschen an. Mal sehen, ob die Jungs von der Spurensicherung meine DNS aus der Asche holen können oder wollen.«

Jetzt hatte auch Robillard etwas zu sagen. »Halt, Augenblick mal!«

»Und mein Arm wird immer müder«, sagte ich im Unterhaltungston.

»Nein, warte! Was ist, wenn ich verspreche, mich zurückzuziehen und dich in Ruhe zu lassen?«

Die Frau spitzte die Lippen und hörte zu.

»Das hatten Sie bereits, und Sie haben sich nicht daran gehalten. Warum sollte ich Ihnen glauben, dass Sie es dieses Mal ehrlich meinen?«

Nun meldete sich Sandra: »Okay, was ist, wenn *ich* es verspreche? Nicht er, *ich*?«

Ich richtete den Pfeil auf sie, aber sie rührte sich nicht. »Sie?«

»Ja, ich«, antwortete sie mit sanfter Stimme.

»Kommen Sie her.«

Sie stand auf und kam, die Hände nach beiden Seiten ausgestreckt, sehr langsam zu mir herüber. Robillards Blick zuckte zu der Pistole auf dem Tisch und wieder zurück, und ich richtete mich an ihn.

»Nur zu.«

Er sah nicht mehr hin, sondern starrte auf einen Punkt über mir. Die Frau blieb etwa einen Meter vor mir stehen. Der Pfeil zielte nun direkt auf ihre Brust.

»Versprechen Sie es?«

»Ja.«

Sie holte tief Luft. »Wir werden Sie und Ihre Frau und Ihren Sohn in Ruhe lassen. Wir werden aufhören, Walsh zu helfen. Wir werden uns zurückziehen und den Ereignissen ihren natürlichen Lauf lassen.«

Es war fast komisch.

»Warum sollte ich Ihnen glauben?«

Sie zuckte mit den Achseln, und da war kein bisschen Humor in ihrem Blick. »Weil ich es verspreche. Ich wusste nichts davon, wen mein Mann da zu Ihnen geschickt hat. Ich hätte ihn daran gehindert. Und ich verspreche es.«

Jetzt wurde Robillard richtig wütend. »Und, was ist mit mir? Ich habe mein Versprechen doch schon gegeben, verdammt noch mal!«

Sie warf ihm einen Blick von der Seite zu.

»Ihr Versprechen ist nichts wert«, sagte ich. »Ihres vielleicht.«

Ich betrachtete sie noch einmal, diese junge, dünne Frau in geflickten Bluejeans und einem weichen blauen Holzfällerhemd mit schwarzen und roten Karos. Sie war eigentlich nicht besonders hübsch, aber sie hatte Charakter und begegnete meinem Blick mit ihren dunklen Augen fest und ohne auszuweichen.

»Haben Sie ihn unter Konrolle?«

»Ja.«

»Oder?« Ich wollte es von ihr hören.

»Wenn er mein Versprechen bricht, dann ist das mein Problem. Darf ich?«

Ich nickte. Sie streckte eine Hand nach der großen Pistole aus, nahm sie auf und hielt sie locker in ihrer rechten Hand, während ich zugleich den Bogen senkte und meinen Arm entspannte. Sie drehte sich zu Robillard um und redete langsam und deutlich.

»Süßer? Hast du das verstanden, dass ich mein Versprechen gegeben habe?«

»ERSCHIESS IHN!«, kreischte Robillard. »Erschieß ihn, du blöde Kuh!«

Sie redete weiter, als hätte er kein Wort gesagt.

»Ich habe mein Versprechen gegeben, und ich werde es nicht brechen. Du auch nicht.«

Er brüllte irgendetwas und kam um den Tisch herum auf mich zu. »Bring ihn um, du blöde Kuh! Bring ihn einfach um! Oder lass mich es machen …«

Er kam weiter auf mich zu und schob dabei eine Hand in die Gesäßtasche. Ein blitzendes Rasiermesser mit einem Perlmuttgriff erschien in seiner Faust. Er kam betont locker auf mich zu. Wie ein Mann, der sich ganz auf seinen Genuss konzentriert. Seine ganze Aufmerksamkeit war auf mich gerichtet, er schnaufte schwer, als er sich an Sandra vorbeischob. Sie glitt mit einem entschuldigenden Blick zur Seite und ließ ihn vorbei.

»Du bist …«

Ich bekam nie heraus, was ich war, denn sie wartete nur, bis er ihr den Rücken zugewandt hatte, dann berührte sie seinen Hinterkopf mit dem Lauf ihrer Pistole.

»Leg es hin, Süßer.«

Sie wartete, aber er rührte sich nicht, und so flüsterte sie ihm aus zehn Zentimetern Entfernung ins Ohr: »Oder ich erschieße dich.«

Ich wartete. Schließlich ließ er das Rasiermesser fallen, als sie den Hahn spannte.

»Okay. Mr Parker, Sie können gehen.«

Ich ging hinüber, zog den Pfeil aus dem Gewehr und steckte beide Pfeile in den Köcher an dem Bogen zurück. Einen Augenblick lang fiel mir nichts ein, was ich hätte sagen können.

»Ich erledige das hier«, sagte sie nur.

Sie berührte mit ihrer freien Hand das Gesicht ihres Mannes, aber die Pistole rührte sich nicht.

»Mein Versprechen gilt noch.«

Robillard war völlig verwirrt. Sein Mund ging immer wieder auf und zu.

Sandra hinter ihm verfolgte die Szene mit verschleiertem Blick, aber ihre Mundwinkel senkten sich leicht, als sei ihr etwas Unangenehmes eingefallen. Als ich etwas sagte, warf sie mir einen kurzen Blick zu, dann sah sie sofort wieder zur Seite.

»Das hatte ich nicht eine Minute lang bezweifelt.«

Seltsamerweise hatte ich das tatsächlich nicht. Weniger seltsam war, dass ich nie wieder etwas von Robillard hörte.

40

Den Civic stellte ich auf dem Parkplatz hinter einem Striplokal ab. Danach wusch ich mich in einem Wassergraben, bevor ich mir ein Taxi nach Hause nahm. In unserer Straße waren immer noch Polizei und Feuerwehr mit all ihren Supermännern an der Arbeit. Claire nahm mir den Bogen ab, stellte ihn in die Ecke, küsste mich sanft auf die Stirn und verfrachtete mich ins Bett.

Ich schlief traumlos. Als ich am nächsten Tag aufwachte, bekam ich einen großen Becher mit sirupgesüßtem Tee. Und noch einen Kuss.

»Langer Tag?«

»Ja. Noch länger. Der allerlängste.«

Sie brachte Fred herein, und er schlief neben mir auf dem Futon, während ich meine Frau im Arm hielt und den Tee wirken ließ.

»Wie spät ist es?«

»Eins.«

»Okay. Ich muss an die Arbeit.«

»Dachte ich mir. Ist es bald vorbei?«

»Ja.«

Claire sah mir zu, wie ich mich anzog, dann küsste sie mich wieder, als ich ging.

Bevor ich mein Programm in Angriff nahm, setzte ich mich an den hintersten Tisch eines Diners im Salisbury House und trank einen Kaffee. Er wirkte wie eine Bombe, trieb mich auf die Toilette. Die Krämpfe waren so stark, das ich wieder auf die Straße floh.

Walshs Dienststelle war das Polizeirevier in der Princess Street. Dort fühlte er sich am sichersten, hinter einer blauen Mauer. Daneben stand das Gebäude der Kreditbank der Polizei Winnipeg. Auf der anderen Seite war die Stadtverwaltung. Ein Stück die Straße hinunter war ein großes Parkhaus. Wiederum daneben war das Chinesische Kulturzentrum.

Walsh war ein hohes Tier, und die Polizeistation hatte eine Tiefgarage, aber würde er dort parken? Ich erinnerte mich an die Zahlenangaben, die ich in der Zeitung gelesen hatte: Die Stadt hatte mehr als tausend Polizisten. Allein in diesem Gebäude arbeiteten mindestens dreihundert. Wie viele Streifenwagen würde es geben? Fünfzig, fünfundsiebzig?

Sie würden unten abgestellt, genauso wie die Mannschaftswagen und all die anderen Fahrzeuge der städtischen Polizei. Da war kein Parkplatz für jemanden wie Walsh frei, wie wichtig er auch sein mochte.

Also stieg ich über die niedrige Betonmauer, die sich um den Parkbereich erstreckte, und ging die Autoreihen ab. Überall waren Kameras mit Weitwinkel-Objektiven angebracht, damit jeder Quadratzentimeter des Areals erfasst wurde. Sie waren ohne Zweifel mit Monitoren verbunden, wo der Wächter saß, Parkscheine ausgab und Geld entgegennahm. Ich vertraute auf meine Mütze und meinen hochgeschlagenen Kragen, ignorierte die Kameras und ging weiter.

In der dritten Ebene stand Walshs Auto in der Nähe eines Durchgangs zu der Polizeistation. Er war rückwärts auf einem Parkplatz abgestellt, der deutlich sichtbar mit einem »Reserviert«-Schild gekennzeichnet war. Dann ging ich weiter bis zur obersten Ebene des Baus. Von dort nahm ich einen Fahrstuhl zum Erdgeschoss und trat in den Nachmittag hinaus.

Ich hatte Kopfweh und ging in das Chinesische Kulturzentrum, um aus der Sonne zu kommen. Dort entdeckte ich in einem Glaskasten einen Terrakotta-Krieger aus der Chin-Dynastie, einen grimmig aussehenden Mann mit spärlichem Bart und Schnurrbart, einen ernsthaften Mann.

Das Schild an der Wand wies darauf hin, dass die Statue zu einer Armee gehörte, die von dem ersten Chin-Kaiser vergraben worden war, damit sie ihn im Jenseits beschützte. Ein Angehöriger einer Armee von Tausenden von Männern und Pferden, alle aus Lehm gebrannt. Alle diese Männer hatten verschiedene Gesichter und verschiedene Gesichtsausdrücke.

Eine schwarzhaarige Frau stellte sich neben mich. Sie trug die einfache schwarze Bluse mit Rock, wie sie bei den Studentinnen hier beliebt waren. An ihrem Arm hing ein Rucksack.

»Seht auf mein Werk, ihr Mächt'gen, und verzweifelt …«

Sie sah mein gleichgültiges Gesicht und wurde rot.

»*Ozymandias*. Das Gedicht. Herrliche Statue, was?«

»Wahnsinn. Wunderbar.«

Die Statue trug einen Panzer aus Lehm. Eine Hand war nach vorn ausgestreckt, sie griff ins Leere.

»Warum trägt er keine Waffe? Das war doch ein Soldat, oder?«

Es war eine rhetorische Frage, aber das Mädchen beantwortete sie trotzdem. »Natürlich. Ursprünglich hatten alle eine. Der Kaiser hatte allen Bauern Waffen verboten, damit sie sich nicht gegen ihn auflehnen konnten. Als sein Sohn die Macht übernommen hatte, machten die Bauern einen Aufstand. Und da sie keine Waffen hatten, gruben sie einfach die Lehmsoldaten frei und holten sich deren Waffen. Und sie stürzten den Sohn.«

Sie starrte die Statue an und biss sich auf die Oberlippe. Ich dachte über das nach, was sie gerade erzählt hatte, über die Arroganz des gestürzten Sohnes. Dann ging ich.

Draußen versteckte ich mich in einer Seitenstraße und wechselte Mütze und Jacke. Ich hatte einige nützliche Dinge in meinem Rucksack, den Dremel mit diversen Einsätzen, das Fernglas, die modifizierte elektrische Zahnbürste, das Handy, Mützen, Jacken und Sonnenbrillen zum Wechseln. Sie würden genügen müssen. Ich zog Latexhandschuhe über, steckte die Zahnbürste in meine Tasche und sah mir die Fronten und die Lage der Gebäude an. Dann ging ich zur Eingangstür eines schmalen Bürogebäudes aus Sandstein. Die Tür stand offen. Ich ging an der Empfangsdame vorbei, die gerade damit beschäftigt war, ein Paket zu quittieren.

Sie bemerkte mich nicht einmal, als ich mit schnellen Schritten die Treppe hinaufging. Im zweiten Stock waren drei Büros, eine Import-Export-Firma, die Praxis eines Chiropraktikers und eine Anwaltskanzlei. In allen wurde gearbeitet. Im dritten Stock waren ein Camping-Büro, eine Reiseagentur und in der vorderen Hälfte des Gebäudes eine große Toilette. Ich hatte Glück, denn ein Fenster gab den Blick auf das etwa achtzig Meter entfernte Parkhaus frei.

Niemand war in der Toilette, und so beobachtete ich mit dem Fernglas Walshs Auto. Es war so nahe, als würde ich direkt davor sitzen. Unten in einem kleinen Schalter saß ein uniformierter Wachmann vor drei Monitoren. Das Bild schaltete sich automatisch um. Ab und zu fuhr jemand heraus, wollte Kleingeld oder seinen Parkschein abgestempelt haben, und nur dann rührte sich der Wachmann. Sonst saß er mehr oder weniger unbeweglich da.

Ich konzentrierte mich eine Weile auf einen der Monitore. Das Bild hatte sich fünfmal umgeschaltet, als jemand die Toilettentür öffnete und ich das Fernglas auf meine Brust senken und meine Hände waschen musste, weil mir sonst auf die Schnelle nichts einfiel, wie ich die Latexhandschuhe verbergen konnte. Wenig später war der Mann in seinem weißen Kittel draußen, und ich widmete mich wieder meiner Ausspäh-Aktion. Die Uhr auf dem Handy verriet mir, dass es bald drei war.

Der Monitor schaltete um, und ich sah Walshs Auto. In der rechten unteren Bildschirmecke war »Einheit 250« und noch etwas anderes eingeblendet, aber dann schaltete der Schirm wieder um, bevor ich es lesen konnte. Ab Viertel vor drei ergoss sich eine Flut von Autos in das Parkhaus, und die Insassen strömten in das Revier, da die Schicht von drei bis elf begann. Um fünf nach drei ergoss sich erneut eine Flut von Angestellten, diesmal nach draußen. Das war die Schicht von sieben bis drei, die Feierabend machte.

Der Monitor schaltete sich um, und ich sah Walshs Auto und ihn selbst, wie er einstieg, und wieder erschien die Angabe auf dem Bildschirm: »Einheit 250 – 1509«.

Ich packte das Fernglas weg und ging durch den Rest des Gebäudes. Im siebten Stock fand ich ein Büro mit einer unbeschrifteten Tür. Ich klopfte energisch, aber niemand antwortete. Also holte ich die Zahnbürste heraus, drückte den Kopfteil an das Schloss und schaltete sie ein. Meinen Körper nutzte ich als Schutz, um das Geräusch zu dämpfen.

Bsss.

Es ging noch leiser.

Bsss.

Ich hatte das Gerät etwas modifiziert, indem ich die Plastikbürsten abgenommen und eine kleine Scheibe an die Frontplatte geklebt hatte. In diese Scheibe hatte ich fünfzehn unterschiedlich lange und in verschiedenen Winkeln gebogene feine Kupferdrähte gesteckt. Wurden die in ein Schloss eingeführt und die Zahnbürste eingeschaltet, so vibrierten und rotierten sie. Diese Drähte legen sich in dem Schloss sanft um die verschiedenen winzigen Ecken und Flächen. Nach nur wenigen Sekunden öffnet es sich.

Natürlich wurde es dabei zerkratzt, aber da musste schon jemand mit einem Vergrößerungsglas und Sachkenntnis kommen, um das zu entdecken.

Das Büro war klein und öde, möbliert mit einem verstaubten zu großen Schreibtisch, Bürostühlen und einem Aktenschrank aus Holz. Ich schloss die Tür von innen wieder ab und ging zu dem Schrank in der hinteren Ecke. Innerhalb von Sekunden war ich hineingeschlüpft und hatte mich darin mit angezogenen Beinen auf den Boden gesetzt. Die Schranktür ließ ich ein Stückchen offen, um Luft zu bekommen, aber auch, weil mich die Erfahrung gelehrt hat, dass ein Schrank in der Regel nicht überprüft wird, wenn seine Tür offen steht.

Dann machte ich mich ans Warten.

41

Um 18 Uhr 30 machte eine weibliche Wache einen geräuschvollen Kontrollgang durch das Gebäude und rief dabei laut: »Wir schließen für heute. Alle raus.«

Dreißig Minuten später stand ich auf und machte hastig ein paar Übungen, um meinen Kreislauf wieder in Gang zu bekommen. Meine Augen hatten sich an das Zwielicht des abendlichen Frühlingstages gewöhnt, und als ich mich wieder einigermaßen beweglich fühlte, bereitete ich mich auf die Arbeit vor. Um Geräusche zu vermeiden, zog ich meine Schuhe aus und verstaute sie in meinem Rucksack, und dann ging ich die Treppe hinunter in die Anwaltskanzlei.

Nur eines brauchte ich noch.

Nachdem ich eine Jacke um die Zahnbürste gewickelt hatte, war sie noch leiser, aber das Schloss war besser. Ich brauchte daher gute sechs Sekunden, um in die Kanzlei zu kommen. Da hier Licht durch die Fenster hereinfiel und der Bildschirmschoner eines eingeschalteten Computers leuchtete, war es viel heller als oben. Ich sah mich nach einer Schalttafel um, die auf eine Alarmanlage hindeuten würde, aber es war nichts dergleichen zu sehen. Hinter dem Empfangstisch stand ein Schrank, auch oft das Versteck für die Bedienungselemente einer Alarmanlage, aber als ich nachschaute, war auch hier nichts Verdächtiges zu entdecken.

Ich überprüfte die Räumlichkeiten: Empfangsbereich, zwei Büros, eines deutlich größer als das andere. Fenster mit ins Glas eingelassenen Alarmdrähten. Besprechungsraum mit einem großen Konferenztisch aus Holz für sechs Personen und einer großen, in eine Wand versenkten Steuereinheit für Unterhaltungselektronik mit Schiebetüren aus dunklem Holz.

In diese Einheit waren ein großer Bildschirm und ein Videorekorder integriert, der wahrscheinlich für Video-Testamente verwendet wurde. Ich brauchte fünfzehn Minuten, um mit den Kabeln klarzukommen, den Rekorder von dem Monitor zu trennen und ihn in meinem Rucksack zu verstauen. Ihm folgten die Kabel für Video- und Audioaufnahmen.

Die Wächterin machte wieder einen geräuschvollen Rundgang durch das Gebäude, dieses Mal mit einer großen Stablampe. Ich sah auf dem Handy nach und stellte fest, dass es genau 20 Uhr 05 war. Als die Wächterin nach oben ging, sah ich mich in dem Rest der Kanzlei um und fand schließlich ganz hinten in einem Schrank in dem größeren Büro ein lange Verlängerungsschnur.

Um 20 Uhr 15 stampfte die Wächterin wieder die Treppe herunter zu ihrem normalen Standort. Ich wartete, hörte aber sonst nichts mehr und arbeitete weiter.

Ich wickelte eine Jacke um die Verlängerungsschnur und band sie an den Rucksack, dann suchte ich herum, bis ich in dem Schreibtisch an der Rezeption zwei originalverpackte leere Videobänder fand. Ich nahm mir eines davon, und dann wartete ich wieder. Um 21 Uhr 06 kam die Wächterin draußen den Gang entlang, leuchtete mit ihrem hellen Licht in jedes Büro und ging dann weiter nach oben.

Um 21 Uhr 09 öffnete ich die Tür, schlich hinaus, schloss die Tür hinter mir ab und ging leise die Treppe hinunter. Im ersten Stock lehnte ich mich über das Geländer und sah hinunter, für den Fall, dass die Wache noch einen

Partner hatte, aber da war niemand. Um 21 Uhr 10 war ich draußen und entfernte mich schnell von dem Gebäude.

»Schöner Abend für einen Spaziergang, was?«

Da standen drei Mädchen und zwei Jungen, ungefähr sechzehn, unter einer Straßenlaterne. Der erste Junge grinste breit. »Nichts anzuziehen, was?«

Alle lachten, und eines der Mädchen wischte sich ihr kurzes Haar aus den Augen. »Du hast deine Schuhe vergessen, Mann.«

»Oh, tatsächlich.« Ein so dummer Fehler durfte einfach nicht passieren. Ich setzte mich hin und zog sie an, und eines der Mädchen half mir auf.

»Danke.«

Das Gerät und die Werkzeuge, die ich benutzt hatte, hatte ich noch bei mir. Ich ging ein Stück weiter, wickelte die Zahnbürste in die Handschuhe und warf sie mitsamt dem Rest in das schmutzige Wasser des Assiniboine, in dem sie verschwanden, als hätte es sie nie gegeben. Dann suchte ich mir die nächste Bushaltestelle und fuhr nach Hause.

42

Claire weckte mich mit einem kräftigen Biss in den Nacken.

»Na gut. Ich bin wach.«

Ihr Biss wurde fester.

»Nein, wirklich, das meine ich ernst. Ich bin wach. Ehrlich.«

Sie knurrte und schüttelte den Kopf, was Renfield dazu veranlasste, herüberzukommen und sich etwa fünfzehn Zentimeter vor mir hinzusetzen. Er senkte den Kopf und versuchte, die Ohren aufzustellen. Mir wurde klar, dass ich durch Claires Verhalten wahrscheinlich meinen Status als Alphatier verloren hatte. Er wedelte halbherzig mit dem Schwanz, und ich vermutete, dass er sich wahrscheinlich überlegte, ob er mich fressen sollte. Claire ließ mich los, und Renfield hörte allmählich auf zu wedeln.

Claire sah mich an und lächelte. »Wir haben viel zu tun.«

Ich gab dem Hund einen Stoß, und er rollte sich auf den Rücken. Claire sah mir zu, wie ich auf alle vieren zu ihm ging, ihn mit den Zähnen an der Kehle packte und in sein Fell knurrte.

»Was machst du denn da?«

Ich spuckte Fellreste aus und stand auf. »Ich zeige dem Hund, wer hier der Chef ist. Und dann schlafe ich weiter.«

Sie versetzte mir mit der offenen Hand einen Stoß und knurrte wieder, worauf Renfield sich wieder herumwälzte und mit dem Schwanz wedelte. Ich lachte. »Schon gut, ich habe mich schon öfter getäuscht.«

Sie ließ mich meinen Bademantel überziehen, bevor ich hinunterging. Auf der Treppe holte mich der Hund ein. Ich kraulte ihn hinter einem Ohr. »Der beste Freund des Mannes, von wegen.«

Claire schob mich in die Küche und wies mich an, Eier zu kochen. Viele Eier, sechs Dutzend, um es genau zu sagen. Sie hatte sie am Tag zuvor bei einer Frau direkt von der Ladefläche ihres Pick-ups gekauft, angeblich kamen sie vom Bauernhof. Keine Mehrwertsteuer, keine Verpackung. Um sie alle gleichzeitig zu kochen, brauchte ich jeden Topf, den wir besaßen.

»Das sind unvernünftig viele Eier.«

Sie stand neben dem Küchentisch und schälte Kartoffeln. Die Schalen landeten in einem Müllbeutel. »Richtig.«

Die letzten Eier waren untergebracht, und ich drehte das Gas voll auf.

»Warum?«

»Für Eiersalat und gefüllte Eier. Zwei Dutzend für den Salat, den Rest für die Vorspeisen. Du musst sie acht Minuten in sprudelndem Wasser kochen.«

Ich seufzte, setzte mich hin und behielt die Uhr im Auge. Der Job war wenigstens nicht anstrengend. Claire kam vorbei, legte mir ein Schneidebrett auf den Schoß und drückte mir ein Bündel Schalotten und ein scharfes Messer in die Hand.

»Klein schneiden bitte.«

Nach den Eiern machte ich Eistee. Gut zwanzig Liter von dem Zeug.

»Das ist übertrieben. So viel Tee kann niemand trinken.«

Claire hatte zwei große Blöcke Butter, einen mit Knoblauch und einen pur, die für die sechs Dutzend Brötchen vorgesehen waren. Die sollte ich noch holen.

»Doch. Das ist ein Grillfest. Und es ist warm draußen. Schon vergessen?«

Es war schwer, das zu vergessen, während ich kochendes Wasser umrührte, tassenweise Zucker und Schöpflöffel voller Honig zugab. Nach Claires Meinung kam der Zitronensaft erst später dazu. Sie ging hinaus, um das Fleisch zu überprüfen, das sie im hinteren Flur aufbewahrt hatte.

»Perfekt.«

Sie hatte alle möglichen schlechten und billigen Fleischstücke eingekauft, und jetzt bereitete sie sie vor, um sie zu servieren.

»Hilf mir mal.«

Wir trugen sie herein und legten sie auf dem Küchentisch aus. Sie schnitt sie ein, dann verteilte sie sie nach Größe und der Gardauer auf verschiedene Platten. Sie würzte mit viel Knoblauch und Rosmarin und machte sich dann daran, etwa die Hälfte davon in den Backofen zu legen, was mich zu einer Beschwerde veranlasste.

»Dann ist es aber kein Grillfleisch mehr.«

»Sei nicht so dumm. Es ist doch nicht wichtig, wie es gebraten wird, wichtig ist vor allem die Sauce.«

Sie wies zum Herd, wo in einem Topf irgendetwas vor sich hinbrodelte. Dann trug sie den Rest des Fleischs zu unserem Hibachi hinaus, einem riesigen japanischen Feuerbecken für Holzkohle, das unsere erste gemeinsame Anschaffung gewesen war. Offensichtlich hatte sie das Feuer schon angemacht, bevor sie mich geweckt hatte, denn als sie das Fleisch auf den Rost legte, stiegen sofort Schwaden von Rauch und Dampf auf. Da sie die Sauce ohne mich gemacht hatte, fragte ich schließlich neugierig: »Also, was ist in der Sauce?«

Sie legte Fleisch auf den Rost und pfiff dabei fröhlich. »Geheimrezept. Bist du sicher, dass du es wissen willst?«

»Ja.«

»Na gut. Leicht ranziges Schweine- und Rinderfett mit schlechten Anchovis mischen, aber Elritzen tun es auch. All das wird auf niedriger Flamme mit Knoblauch, Lorbeerblättern, Oregano, Salz und Pfeffer gekocht. Dann kommen weiße und gelbe Zwiebeln dazu, wieder Knoblauch und Chilischoten. Dann rührt man Tomaten, scharfen Senf und etwas trockenen Rotwein hinein. Um eine richtig gute Würze zu bekommen, braucht man ein bisschen Zeit. Deshalb habe ich schon vor zwei Tagen angefangen, die Sauce zu kochen.«

»Elritzen?«

»Elritzen. Die silbrig glänzenden sind die besten.«

»Würg.«

Sie strahlte. »Ich habe dir doch gesagt, es ist besser, wenn du es nicht weißt.« Damit jagte sie mich hinaus.

Ich brachte ihr die Brötchen aus der Bäckerei. »Ist noch viel zu tun?«

»Eigentlich nicht. Das Geschirr muss noch hingestellt und der Caesar's Salad gemacht werden.«

»Kann ich jetzt also duschen?«

Sie kräuselte die Nase. »Das wäre schön. Und rasier dich auch, wenn dir's nichts ausmacht.«

Schließlich gab es nichts mehr zu tun, als auf die Gäste zu warten. Und dann begannen sie einzutrudeln, und ich hatte wieder alle Hände voll zu tun. Als ich den Gästen die Mäntel abnahm, fragte ich mich, ob das nicht vielleicht totale Zeitverschwendung war. Und während ich mich das fragte, arbeitete ich weiter, nahm Mäntel entgegen, lächelte und spielte den Gastgeber.

43

Alle eingeladenen Gäste kamen, zumindest glaubte ich das. Unsere Nachbarn auf beiden Seiten waren da, Ramirez und ihr ängstlicher Mann und ihr stiller Sohn. Thompson und seine Frau verspäteten sich etwas, aber das war in Ordnung, Hauptsache, sie kamen überhaupt. Vanessa Rose erschien mit einem hünenhaften Begleiter, und die beiden brachten guten Willen und Fröhlichkeit und einen unterschwelligen Optimismus mit, dass alles gut werden würde. Vanessa nahm mich gleich am Anfang beiseite, um mir zu sagen, dass ihre Chefin es sich überlegt hätte und wir das Haus bis zum Ablauf der Vertragsfrist behalten könnten. Claire meinte, das sei nicht mehr als recht und billig, und nahm Vanessa bei der Gelegenheit gleich in Beschlag, ihr beim Begießen des Fleischs zu helfen.

Das Wetter war gut, also bauten wir im Hinterhof auf. Claire hatte mich daran erinnert, diesmal keine Fallen aufzustellen, damit ich heute nicht zusätzlich Arbeit haben würde, sie abzubauen. Ich bin kein Meister der gepflegten Konversation, also schenkte ich Tee ein, grinste, schüttelte Hände, verteilte Teller mit Fleisch und Salat, bedankte mich bei den Gästen, fand das Wetter auch schön und versteckte das restliche Bier vor meinem Anwalt, obwohl der es selbst mitgebracht hatte. Damit verschaffte ich mir bei seiner Frau einen Stein im Brett.

Noch mehr Begrüßungen, Danksagungen und Schmeicheleien. Noch mehr Konversation.

Thompson zog mich zur Seite und fragte, ob ich es schon gehört hätte.

»Was gehört?«

Seine Stimme war sehr laut. »Das mit Walsh. Er steckt tief in der Scheiße ...«

In diesem Augenblick war gerade eine jener merkwürdigen Pausen in allen Gesprächen eingetreten, und alle hörten gebannt zu.

»... hat offensichtlich seiner Nachbarin nachspioniert, er hat eine Anzeige am Hals, weil er sein eigenes Auto wegen der Versicherung zu stehlen versucht hat. Außerdem hat er sich bei irgendeinem hohen Tier von der RCMP im Ton vergriffen. Er bricht zusammen.«

Thompsons Frau kam zu ihm herüber und packte ihn am Arm. »Es ist Zeit zu gehen.«

»Bricht zusammen«, wiederholte Thompson mit schwerer Zunge. »Hicks. ’tschuldigung.«

Er wollte noch ein paar Worte hinzufügen, doch dann sah er gerade noch rechtzeitig ihre Mundwinkel. Nun stimmte er zu, und sie gingen. Allmählich verzog sich auch der Rest der Partygäste, verschwand wie Nebelschwaden und ließ viel Abfall und ein gutes Gefühl zurück. Ich spürte zwar keine Liebe, aber auch keine Angst. Und dann waren alle weg. Claire und ich räumten auf, dann gingen wir hinein und liebten uns und schliefen eng umschlungen ein.

Ich wachte um fünf Uhr früh auf und lag da. Claire hatte ihre Arme noch immer um mich gelegt, aber ich hatte mich irgendwann in der Nacht herumgewälzt und sah nun an der Decke Schattenflecken, die ersten Vorboten der Dämmerung.

In der Stille, während meine Frau seufzte, mein Hund schnarchte, mein Sohn leise vor sich hin wimmerte und meine Maus sich sehr langsam in ihrem Laufrad bewegte, lauschte ich meinen Gedanken und meinen Instinkten.

Walsh hatte in seinem Haus ein gerahmtes Diplom aufgehängt, das verkündete, wie erfolgreich er eine sehr gute Combat-Schule besucht hatte. Ich hatte mich per Computer, der über die Universitätsbibliothek von Winnipeg an das Internet angeschlossen war, informiert und festgestellt, dass an der Schule das »Handwerk des Combat-Schießens« gelehrt wurde, und außerdem schnelles Ziehen und instinktives Schießen. Im Gegensatz zu vielen anderen Schulen ermutigte die von Walsh ihre Kursteilnehmer dazu, immer eine zusätzliche Waffe mit sich zu führen. Die Ausbilder empfahlen hierzu eine kleine, aber großkalibrige Waffe, wie zum Beispiel einen Derringer. Sie gingen dabei von der Überlegung aus, dass die meisten kleinen Pistolen, die sich verstecken ließen, in kleineren und schwächeren Kalibern geliefert wurden, ein Derringer dagegen einen, zwei oder sogar vier Schuss haben konnte und in sehr großen Kalibern auf dem Markt war.

Walsh hatte in seinem Haus Massen von Spielzeug für erwachsene Jungen angesammelt. Er liebte Spielzeuge. Er liebte trickreiche Gerätschaften. Er umgab sich gern mit Spitzenklasse. Er besaß Diplome, die belegten, dass er gut mit Schlagstöcken und Schrotgewehren umgehen konnte, waffenlose Kampftechniken genauso beherrschte wie ausklappbare Knüppel, Taser und Erste Hilfe. Er genoss es, ein Cop mit den Gerätschaften und dem Spielzeug eines Cops zu sein.

Claire seufzte wieder, und draußen gab eine Krähe ein unangenehmes Geräusch von sich.

Der Box-Sack in Walshs Haus hatte links tief blanke Stellen gehabt. Als sei er es gewohnt, mit der Rechten zu schlagen und auf Körpertreffer abzuzielen. Oder er trat mit seinem rechten Bein zu.

In dem Aktenschrank in seinem Haus hatte Walsh Pistolenscheiben für eine Zehn-Meter-Distanz aufbewahrt, deren Mittelbereich weggeschossen war. Außerdem Gewehrscheiben für dreihundert Meter mit vier oder fünf Einschüssen, die so nah beieinander lagen, dass man sie mit einer Handfläche hätte abdecken können. Es gab aber auch Pistolenscheiben für fünf Meter mit fünf oder sechs kleinen Einschusslöchern, die über die gesamte Scheibe verteilt waren. Womit hatte er geschossen?

Walsh hatte im Verlauf seiner beruflichen Laufbahn mehrere Male getötet. Er konnte das gut, und die Leute waren froh, wenn er es tat. Zweimal hatten Übeltäter ihm seine Pistole abgenommen, und er hatte sie getötet. Womit, darüber äußerten sich die Berichte nicht so genau. Vielleicht mit einer zusätzlichen Waffe, die er mit sich führte.

Es war durchaus möglich, dass man bei einem Kampf eine Waffe verlor, aber zwei Mal? Das war Unachtsamkeit. Polizisten sollte so etwas eigentlich nicht passieren, sie werden dafür ausgebildet, dass sie ihre Pistolen nicht verlieren.

Walsh genoss die Beweihräucherung. Er war gern trickreich. Er war eitel. Und stolz. Und am liebsten schaffte er es ganz allein.

Also hatte sich Walsh von den Ganoven absichtlich seine Hauptpistole abnehmen lassen. Damit wurden sie für jeden, der die Geschichte später hörte, automatisch zu richtig üblen Kerlen. Und Walsh wurde zum Beinahe-Opfer. Bis er sie erschoss. Und damit zum Held wurde.

Als er mich vernommen hatte, hatte er mir mit seinem Colt praktisch vor dem Gesicht herumgewedelt. Warum?

Damit ich ihn mir greifen würde.

Und dann hätte er mich erschossen. Mit der Zusatzwaffe, für deren Einsatz er ausgebildet war. Und wieder wäre er der Held gewesen. Was er genossen hätte.

Die Krähe draußen gab wieder ihr Geräusch von sich, das von einem anderen Vogel weiter weg beantwortet wurde.

Auf einmal wusste ich, was ich tun würde. Ich hatte mich darauf eingestellt, es so einzurichten, dass Walsh mich verprügeln und jemand ihn dabei filmen würde. Aber das war besser. Was ich jetzt vorhatte, war viel besser.

Ich weckte Claire mit einem langen Kuss auf, der immer intensiver wurde. Als sie ganz wach war, liebten wir uns, und die ganze scheiß Welt draußen wartete ab. Und draußen richtete die Krähe ihr Lied an ihre Götter, und wer weiß, vielleicht sangen ihre Götter zurück.

44

Um 10 Uhr am nächsten Morgen war ich bei Walshs Auto, ging aber daran vorbei und suchte die Kamera mit der Nummer 250. Ich hatte eine dunkle Sonnenbrille auf, konnte also ungestraft nach oben sehen, und da ich mir außerdem den Blickwinkel auf dem Monitor gemerkt hatte, fand ich die Kamera innerhalb von drei Minuten.

Ich blieb darunter stehen und sah mich um, aber in der Nähe waren keine weiteren Kameras. Ich stand in einem toten Winkel am Fuß eines Pfeilers, etwa zehn Meter von Walshs Auto entfernt. Über mir war die Kamera auf einer in den Beton eingedübelten Stahlplatte angeschraubt; darüber waren große Entlüftungsrohre.

Ich brauchte nur Sekunden, um auf den Kühler eines Pick-ups zu steigen und von dort auf eines der Belüftungsrohre zu klettern. Das Rohr knarrte, hielt aber. Ich hatte etwa sechzig Zentimeter Platz, was für meine Belange gerade ausreichte. Ich legte mir die notwendigen Werkzeuge aus meinem Rucksack zurecht, machte mich an die Arbeit und legte im Abstand von einigen Minuten immer wieder eine Pause ein, um zu lauschen, ob jemand kam oder ging.

Ich hatte noch die Autoantenne, die ich vor einigen Tagen in der Parkgarage gestohlen hatte. Mit einer Klammer hatte ich eine Puderdose mit Spiegel daran befestigt. Mit ein wenig Übung und mithilfe dieses Spiegels schaffte ich es, die Rückseite der Kamera einen Meter unter mir anzusehen. Es gab zwei Kabeleingänge, einen für Video und einen für Audio, aber nur der Videoanschluss war mit einem

Kabel verbunden, das in einem Loch in der Betonmauer verschwand. Ich sah die Teile durch, die ich am Tag zuvor in einem Rundfunkfachgeschäft gekauft hatte, und fand ein Kabel mit dem passenden Anschluss, das ich als Erstes in den Videorekorder einstöpselte. Den Rekorder stellte ich in dem durchsichtigen Plastikbeutel auf das Entlüftungsrohr, und dann sah ich mich nach einer Stromquelle um.

Wieder hatte ich Glück. Weniger als drei Meter entfernt war eine Steckdose in die Wand eingelassen, wozu, kann ich nicht sagen, denn da die Garage in einem geschlossenen Gebäude war, würden sie im Winter keine Anschlüsse für externe Heizgeräte brauchen. Der Dremel hatte einen Stahlbohrer-Einsatz, mit dem ich Löcher in das Entlüftungsrohr bohren konnte. Darin verschraubte ich zwei mattsilberne Haken, die die Verlängerungsschnur bis zum Betonpfeiler halten sollten.

Dann sprang ich zurück auf den Pick-up und bohrte weitere Löcher in den Pfeiler, sodass ich die Verlängerung professionell bis zu der Steckdose führen konnte. Ich steckte den Stecker ein und überprüfte den Rekorder.

»12:00. 12:00. 12:00.«

Ich schob das leere Band ein, wickelte alles wieder in Plastik und drückte auf die STOP-Taste auf dem Rekorder. Zweimal musste ich meine Arbeit unterbrechen, als Autos kamen oder Fahrer zur Arbeit gingen, aber ich hatte noch Zeit zu überprüfen, ob die Kabel an der richtigen Stelle von dem Rekorder herunterhingen, also direkt unterhalb und rechts von der Kamera. Als alles an Ort und Stelle war, stellte ich mich in den toten Winkel der Kamera und wartete.

Ich leerte meine Taschen in den Rucksack, Kleingeld, Brieftasche, Messer, aber das Handy behielt ich, das würde ich brauchen. Ich trug eine dunkelblaue Windjacke und eine weite Jogginghose, dazu fest geschnürte Tennisschuhe.

Ich hatte einige Tricks zur Abwehr von Walsh vorbereitet. Um meinen linken Unterarm trug ich einen Schutz aus Plastik und Aluminium. Er hatte mich fünfzehn Dollar gekostet und diente eigentlich dazu, Skateboard-Fahrer und Inline-Skater vor gebrochenen Handgelenken zu schützen. Der Schutz reichte über meine Handfläche und endete in einem Plastikwulst, sodass meine Beweglichkeit praktisch nicht eingeschränkt war.

Unter der Jacke trug ich ein ärmelloses T-Shirt aus anderthalb Zentimeter starkem Gummi. Ich hatte es mir in einem Sex-Shop gekauft, der Fetischisten aller Art bediente. Es war heiß, ich schwitzte darin, und die sexuelle Attraktivität von Gummi entging mir vollständig, aber das war jetzt egal. Ich hatte achtundzwanzig Minuten in einer Münztoilette gebraucht, um es anzuziehen, und ich trug es für den Fall, dass Walsh einen Taser dabei hatte.

Ich trug außerdem einen Tiefschutz, wie die Eishockeyspieler ihn benutzen, unter der Hose. Damit fühlte ich mich ein wenig sicherer.

Nachdem ich meine Rücken- und Beinmuskeln gestreckt hatte, kam das Handy zum Einsatz.

Er antwortete beim dritten Klingelton. »Walsh hier.«

»Walsh, hier ist Monty Haaviko. Ich warte bei deinem Auto. Ich schätze, wir haben einiges zu besprechen.«

Dann unterbrach ich die Verbindung, zerstörte das Handy und warf es weg. Und dann stand ich da, spürte, wie mir das Blut durch die Adern sang und wie meine Lungen sich weiteten und wieder zusammenzogen. Ich spürte jede Muskelfaser, jeden Knochen, jede Sehne.

Den Rucksack stellte ich auf dem Entlüftungsrohr neben dem Rekorder ab, und bei dieser Gelegenheit löste ich das Übertragungskabel an der Kamera und stöpselte dafür mein eigenes ein. Dann schaltete ich das Gerät auf RECORD und sprang wieder hinunter.

Ich wollte weglaufen und mich verstecken. Ich wollte mir ein gutes Gewehr und ein Zielfernrohr holen. Ich wollte Walsh erstechen oder in die Luft sprengen oder ihm in einer dunklen Seitenstraße auflauern. Ich wollte verschwinden. Ich wollte ein kaltes Bier und eine warme Brezel. Vor allem aber wollte ich weglaufen. Weit weg und so schnell wie möglich.

Stattdessen wartete ich ab.

In der Nähe machte ein Fahrstuhl sein *Ping*, und ich spürte, dass Walsh näher kam. Ich hätte darauf wetten können, dass er allein kommen würde, um wieder seine Tricks auszuspielen, und tatsächlich kam er fast im Laufschritt allein um die Ecke. Ein Grinsen legte sich über sein Gesicht, und er machte eine ausladende Geste mit beiden Armen, um mir den Griff des Colts zu zeigen, den er hinter seinen Gürtel gesteckt hatte.

»Hier bin ich.«

Strotzend vor Energie kam er auf Zehenspitzen auf mich zu. Ich konnte mir die Gedanken vorstellen, die ihm durch den Kopf gingen: Sein Leben wurde immer beschissener, keiner der Polizisten wollte mehr mit ihm reden, niemand vertraute ihm, hörte auf ihn, bewunderte ihn. Sie mochten ihn nicht mehr. Und da, direkt vor ihm, stand ich, die Quelle all seiner Qualen. Obwohl er nichts beweisen konnte. Und selbst wenn ich nicht die Quelle war, so stellte ich doch zumindest ein Ziel dar, an dem er seine rasende Wut auslassen konnte. Ein schlechter Mann, ein böser Mann.

Also erwiderte ich sein Lächeln und ging die Sache an.

45

Er blieb mit offener Jacke und weit ausgebreiteten Armen einen Meter vor mir stehen.

»Hol ihn dir.«

Also holte ich ihn mir.

Seine rechte Jackentasche hing schwer herunter. Deshalb griff ich mit meiner rechten Hand zu. Ich spürte die Pistole kalt in meiner Hand. Blitzschnell zog ich sie heraus. Zugleich rammte ich ihm meine linke Hand flach vor die Brust und stieß ihn zurück.

»Okay. Und jetzt?«

Sein Gesicht wurde vor Panik und Angst ganz blass. Seine rechte Hand fuhr hektisch zu der großen Pistole in seinem Hosenbund.

»Warte-warte-warte!«

»Na komm schon, Walsh. Hol sie dir!«

Die Pistole in meiner Hand war winzig, eine zweischüssige Derringer mit übereinander angeordneten Läufen. Ungenau auf mehr als zwei Metern, praktisch ohne Züge und Felder. Eine Pistole für Spieler oder Zuhälter, eine hässliche Waffe.

»Du kannst doch keinen Polizisten erschießen!«

»Damit nicht.«

Ich knickte die Pistole direkt vor dem Abzug auf und ließ zwei kleine Schrotpatronen für eine Pistole vom Kaliber .45 in meine linke Hand fallen. Aus kurzer Entfernung würde ein Schuss ein Gesicht bis auf die Knochen abschaben, wie eine Käsereibe.

Die Pistole flog über meine linke Schulter, die Patronen sausten über meine rechte hinterher, und während sie mit musikalisch anmutendem Klimpern zwischen den geparkten Autos landeten, zog Walsh seinen Colt. Er war gut. Schnell und trainiert, aber nicht schnell genug, weil ich schon vor ihm wusste, was er tun würde. Seine rechte Hand zog die Pistole, während er sich zugleich mit der linken hinten von seinem Gürtel ein volles Magazin holte. Mit seinem rechten Daumen entriegelte er das leere Magazin in seiner Pistole und ließ es herausfallen, während seine Linke mit einer geübten, flüssigen Bewegung das volle umdrehte, um es richtig herum einführen zu können. Bevor er beide Hände an der Pistole hatte, trat ich vor und schlug sie ihm aus der Hand. Sie landete zehn Meter entfernt unter einem Geländefahrzeug.

»Und, was kommt jetzt?«

Ich beobachtete Walsh genau. Ich achtete dabei besonders auf seinen Bauch, denn jeder neue Schritt würde sich dort ankündigen, aber zunächst passierte nichts. Als ich so dastand, spürte ich, wie meine Anspannung nachließ. Sie verschwand einfach. Meine rechte Hand pulsierte vor Schmerz, seit ich sie gegen die Pistole geschlagen hatte. Ich ignorierte das und konzentrierte mich wieder voll auf meinen Gegner. Walsh atmete schwer.

»Na komm. Du weißt doch, was du tun musst.«

Eine Sekunde lang rührte er sich nicht. Dann fuhr seine linke Hand mit der Handfläche nach vorne auf mich zu. Zugleich tauchte in seiner Rechten von irgendwoher ein kleines orangerotes Gerät auf. Er richtete es auf mich, ein kurzes Puffen, und ich war über zwei winzige Pfeile an meiner Brust, an denen feiner Kupferdraht befestigt war, mit Walsh verbunden. Sein Gesicht wurde schlaff, und ich sank auf ein Knie.

Vor mir schwebte ein kleiner Schneesturm aus Papierfetzen auf den Asphalt, und der Taser summte. Ich spürte aber nichts, da das Gummihemd mich schützte. Ich war schon öfter von einem Taser getroffen worden und wusste, was jetzt von mir erwartet wurde. Ich musste Krämpfe bekommen und innerhalb kurzer Zeit gelähmt und hilflos sein. Walsh drückte noch einmal auf den Auslöser, und ich spürte einen leichten Stromschlag. Man kennt das, wenn man an einer Batterie leckt. An einer großen Batterie.

Ich stützte mich auf ein Knie und eine Hand und behielt dabei immer Walshs Füße im Auge, die weniger als zwei Meter von mir entfernt waren. Die Papierschnipsel lagen jetzt zwischen uns auf dem Boden, ein Sicherheitszusatz, mit dem die neuesten Taser-Modelle ausgestattet sind. Sie sind ein visuelles Signal, wenn das Gerät betätigt wird. Zugleich zeichnet ein winziger Computer in dem Taser Zeit und Dauer des Stromstoßes auf. Damit soll es dem Polizisten leichter gemacht werden, die Jury davon zu überzeugen, dass die eingesetzte Gewalt angemessen gewesen ist.

Mir fiel die alte Jägerregel wieder ein, dass man legal alles schießen darf, was läuft, kriecht oder schwimmt, wenn man vor dem Schuss die folgenden Zauberworte sagt: »Es ging direkt auf mich los.« Polizisten haben sich das sehr gut eingeprägt. Wie oft hatte sich ein Disziplinarausschuss das von einem schießwütigen Cop angehört: *Ich fühlte mich bedroht, und meiner Berufserfahrung nach …*?

Wieder ein Stromschlag. Dann trat Walsh vor und zog seinen Fuß zurück, um mir mit einem Bombenschuss das Licht auszutreten. Ich jagte ihm meine rechte Faust voll zwischen die Beine.

Während er am Boden lag, zog ich die Drähte weg und riss ihm den Taser aus seiner schlaffen Hand. Auch er flog über meine Schulter. Ich lockerte meine Kiefermuskeln und wartete darauf, dass er aufstand. Während er sich vor mir krümmte, kotzte er Kaffee und Frühstücksflocken mit Rosinen aus.

»Na komm, Walsh! Noch ein Versuch, du schaffst das.«

Tatsächlich rollte er sich seitlich ab und kam auf die Knie. Er zog einen kurzen Metallstab aus einer Tasche, der sich nach einem kurzen Schlenker aus dem Handgelenk in einen elastischen Schlagstock von einem Meter Länge verwandelte, in Fachkreisen allgemein als Totschläger bekannt. Walsh war offensichtlich schwer angeschlagen, denn er schwang ihn unbeholfen, ungeschickt, und ich wich ihm tänzelnd aus, um ihm Zeit zu lassen, auf die Beine zu kommen.

»Drecksack, Drecksack, Drecksack!« Er kam langsam auf die Beine, sein Hemdkragen war schweißnass.

»Na komm schon, schwing den Schläger, ja, fein, schwing ihn ...«, sagte ich sanft.

Seine linke Hand war hoch erhoben, um einen eventuellen Angriff von mir abzuwehren, die rechte hielt den Totschläger einsatzbereit über der Schulter. Als der Schlag kam, gab es ein Pfeifen in der Luft. Ein tödlicher Schädelbrecher. Ich fing ihn mit meinem linken Unterarm ab und spürte, wie der Schutz aus Plastik und Aluminium brach. Aber Walsh hatte sich festgelegt und war ungeschützt. Genau der richtige Zeitpunkt für meinen perfekten Schlag. Er kam aus meiner rechten Hüfte, setzte sich fort über meine rechte Schulter und meinen Ellbogen hinein in meine Faust.

Ein grober und einfacher Schlag. Dempsey hätte geweint. Ali hätte mir den Hintern versohlt, Tyson hätte mir das Ohr abgebissen. Aber er war erfolgreich.

Ich visierte einen Punkt fünfzehn Zentimeter hinter Walshs Kopf an und traf genau auf die Kinnspitze. Er erstarrte kurz, und dann sah er nur noch wie ein Häufchen Elend aus, wie er da auf dem Beton lag. Abgestürzt, der Unbesiegbare.

Nichts um mich rührte sich. Fünf Minuten später hatte ich den Rekorder ausgestöpselt und in meinem Rucksack verstaut. Weitere zwei Minuten später war ich raus aus dem Parkhaus und sah mich nach einem Taxi um.

46

In einem Laden für Kamera-Reparaturen im North End zog ich mir zehn Kopien. Ich konnte darauf warten. Der Mann nahm mir 50 Dollar dafür ab. Das Original behielt ich, eine Kopie bekam Thompson, Claire bekam zwei, und die anderen sieben schickte ich an ausgewählte Reporter.

Und dann stellte ich mich mit Thompson an der Seite der Polizei, noch bevor Walsh wieder aufgewacht war.

Eine Zeitlang war es äußerst knapp. Walshs Version, er sei angegriffen worden, ohne mich provoziert zu haben, sorgte für einige interessante Momente, denn daraufhin versuchten seine Kollegen mit aller Macht, mich in dem kleinen Raum, in dem sie mich festhielten, von meinem Anwalt zu trennen. Schließlich aber gelang es mir, Claire, McMillan-Fowler und Atismak zu erreichen, die sich das Band ansahen.

Draußen vor dem Raum hatten sich inzwischen etwa dreißig Polizisten versammelt. Durch die Tür hörte ich sie sprechen, flüstern und knurren. Thompson und ich spürten, wie die Wut da draußen sich steigerte. Er fingerte nervös seinen Flachmann heraus und trank ihn leer, ohne mir etwas davon anzubieten.

»Mein Gott. Sie werden Sie lynchen.«

»Genau. Sie bringen einen aber auch in Situationen …«

Thompson starrte mich an. Schließlich unterdrückte er ein Lachen. Die Stimmen draußen machten weiter.

»… hat ihm das Auge voll rausgedrückt …«

»... wir gehen jetzt da rein und holen das verlogene Schwein raus und ERSCHIESSEN den Drecksack ...«

»Ausgerechnet Walsh! Mann, wer hätte gedacht, dass so ein kleiner Mistkerl ...«

»... habe gehört, er hätte ihm aufgelauert. Hat ihn mit einem Baseballschläger erwischt, und dann hat er ihm das Gesicht mit dem Absatz ...«

»Scheiß drauf! Wir schützen unsere Leute!«

Schließlich setzte sich McMillan-Fowlers geschulte Stimme durch.

»Das gilt für alle! Sehen Sie sich das an, bevor Sie etwas wirklich Dummes machen.«

Sie kamen herein, wenig später lief der Film auf dem großen Monitor an der Frontseite des Raums.

»Sieht irgendjemand von Ihnen einen Hinterhalt?«

Keiner der Polizisten sagte ein Wort.

»Sieht irgendjemand von Ihnen einen fairen Kampf?«

Keiner machte den Mund auf, aber ein paar wurden sichtlich unruhig. Weiße Männer mit Schnurrbärten und Testosteron, Wut und Empörung.

»Ich sehe einen Kampf zwischen einem bewaffneten Mann und einem unbewaffneten Mann. Und wenn ich dieses Band einer Jury vorführen würde, würde sie Walsh zu fünf Jahren verurteilen.«

Sie beobachtete, wie die Polizisten noch unruhiger wurden.

»Will irgendjemand noch etwas sagen zu Walshs Verteidigung?«

Keiner reagierte, und dann führten sie und Atismak mich und Thompson hinaus.

47

Die Zeit verging.

Irgendwann vergaßen es die Zeitungen. Irgendwann vergaß es die Öffentlichkeit. Ich hielt mich bedeckt und wartete ab, bis das Feuer ausgebrannt war. Entgegen Thompsons Rat ließ ich die Anklage gegen die Stadt fallen, und die Stadt reagierte darauf mit einer Entschuldigung. Gegen Walsh aber strengten wir einen Zivilprozess an. Schließlich war es die Polizeigewerkschaft leid, ihn zu verteidigen, und er endete in Erniedrigung, Zwangspensionierung und einer vom Gericht empfohlenen psychiatrischen Behandlung.

Auf jeden Fall war er weg, und ich war da, wo ich sein wollte.

»Du weißt ja wohl, dass das nicht fair ist, oder?«

Claire lächelte und nickte, dann lachte sie laut auf. »Natürlich nicht, Liebster. Überhaupt nicht fair.«

Ich stand an der Schwelle zum Wohnzimmer und musterte sie finster, bis sie wieder auflachte.

»Du siehst süß aus.«

Ich trug einen ausgebeulten Jogginganzug. Vor einer halben Stunde war er noch sauber gewesen, aber inzwischen war er schon mehr als nur leicht verschmutzt. Hinter mir auf dem Teppich kämpften drei Kinder im Alter von elf Monaten bis zu zwei Jahren mit grimmiger Entschlossenheit um verschiedene Spielsachen. Ich tat mein Bestes, um sie zu ignorieren, ballte meine Hand unwillkürlich zu einer Faust und gestikulierte zu den Kindern hinter mir.

»Das kannst du nicht machen. Nur eins davon ist meins.«

Claire zog ein neues Paar Pumps an und bewunderte sie in dem Spiegel, den sie neben dem Schrank im Flur aufgehängt hatte. »Das stimmt. Betrachte es einfach als deinen Beitrag zu unseren gemeinsamen Anstrengungen.«

Sie lächelte und küsste mich sanft auf die Wange. Ich hätte schwören können, dass sie sich über mich lustig machte. Jeden anderen hätte ich niedergeschlagen und wäre auf ihm herumgetrampelt, aber wenn es von ihr kam, steckte ich es weg und grinste.

Draußen hupte ein Auto zweimal, und Claire sah durch die Vorhänge hinaus.

»Sie ist da. Ich darf mich nicht verspäten, schließlich ist es mein erster Tag.«

Über ihrer Schulter sah ich eine verbeulte Saturn-Limousine mit einem Schriftzug auf der Seite: *Rose und Haaviko Immobilien*. Claire sagte, das wäre nur ein bisschen gelogen, bis sie tatsächlich ihre Zulassung als Maklerin bekommen würde, was höchstens noch einen oder zwei Monate dauern könnte. Bis dann konnte sie Häuser vermieten und verwalten, aber nicht verkaufen, was für sie in Ordnung war, obwohl sie mir gesagt hatte, dass das echte Geld bei Verkäufen zu holen sei.

»Wünsch mir Glück.«

Sie starrte mich an, bis ich lächelte und sie küsste. Glück brauchte sie nicht, weil sie Talent hatte. Das hatte auch Vanessa erkannt, als ihre Chefin wegen Stress und Magengeschwüren endlich aufgehört hatte. Etwa einen Tag lang war sie unentschlossen gewesen, aber dann hatte sie ihre Entscheidung gefällt und angerufen. Mit ein bisschen gegenseitiger Hilfe würden die beiden ihre Sache ausgezeichnet machen.

»Viel Glück, Süße. Aber irgendwann kriege ich dich wegen dieser Sache.«

Sie antwortete nicht, sondern zog ihren Regenmantel an und ging in den Regen hinaus. Vom Fenster aus sah ich ihr nach, wie sie mit festen Schritten, langen Beinen und voller Selbstsicherheit den Weg zur Straße hinunterging. Ich beobachtete sie, bis sie in das Auto gestiegen war, dann ließ ich die Vorhänge zurückfallen. Die Kinder sahen mir mit großen Augen zu. Irgendwie hatten sie es geschafft, alle Bücher vom untersten Regalbrett zu räumen, und jetzt benutzten sie sie mitten im Zimmer als Bauklötze.

»Scheiße.«

Renfield winselte in seiner Ecke, und ich sah kopfschüttelnd zu ihm hinüber. »Ein großer Hund wie du. Und trotzdem schaffst du es nicht einmal, drei kleine Kinder zu beaufsichtigen.«

Er winselte wieder, und erst jetzt bemerkte ich, dass ihm jemand eine große rosa Schleife um den Hals gebunden hatte. Die Enden hingen bis zum Boden herunter, und ich fragte mich, wo die Kinder das Band gefunden hatten.

»Also, wie geht's jetzt weiter?«

Die drei Kinder sahen mich an. Freds spärliches Haar war stark zerzaust, unter seinem rechten Auge wuchs eine große Beule. Neben ihm saß ein blondes Mädchen in einem rosafarbenen Pullover, dessen Haar zu langen Zöpfen geflochten war. Sie hieß Rachel, sie war die Enkelin unserer Nachbarn. Ihre Mutter war sprunghaft, um es freundlich auszudrücken, und eine Schlampe, um es unfreundlich auszudrücken. Rachel wurde von den Großeltern großgezogen, und sie hatten sofort zugegriffen, als sich die Chance geboten hatte, dass ich für zwanzig Dollar pro Tag für sie den Babysitter spielen könnte. Das dritte Kind war von der Familie Ramirez, ein hübscher Junge mit goldener Haut, der nur ein bisschen älter war als Fred. Er war bei weitem der Schlimmste der drei. Unglücklicherweise war er aber auch der Charmanteste, und was ich zunächst für stille Zurückhaltung gehalten hatte, war in Wirklichkeit ein Hang, hinterhältige Pläne auszuhecken.

Die Türklingel meldete sich, und die Kinder benutzten das als Startsignal, um die Kampfhandlungen wieder aufzunehmen. Ich seufzte und drehte mich um, um die Tür zu öffnen. Draußen stand ein Mädchen von knapp zwanzig mit einem rosafarbenen Gesicht und einem kleinen schwarzhaarigen Baby auf dem Arm. Das Kind sah mich durch seine Finger an, die es vor den Augen verschränkt hatte. Über einer Schulter trug die Frau eine Tasche, die nur geringfügig kleiner war als die, die Hockeyspieler für den Transport ihrer Gerätschaften benutzen.

»Hallo.« Sie wirkte unglaublich munter für sieben Uhr in der Frühe.

»Guten Morgen«, antwortete ich etwas reservierter und deutlich weniger fröhlich.

»Hallo, Mr Haaviko, ich habe in der Lokalzeitung gelesen, dass Sie tagsüber als Babysitter zur Verfügung stehen …?«

Ich wollte gerade nicken, als ich begriff. »Sie haben es gelesen?«

»Ja. Es war bei den Stellengesuchen im *North End Sentinel.* Nun, ich wollte nur fragen …«

Claire. Das musste Claire gewesen sein. Oder Elena, oder vielleicht sogar Frank. Der würde das bestimmt lustig finden, Hauptsache, ich kam weiter mittwochs in seinen Laden, um die schwere Arbeit zu machen. Wenn ich herausbekommen würde, wer …

»Äh, Mr Haaviko …?«

Eigentlich war es irgendwie komisch.

»Mr Haaviko?«

Ich meine, also wirklich. Ich hatte getötet, niedergebrannt, geplündert, gestohlen, geraubt, geschmuggelt, betrogen, all das und noch viel mehr. Wenn man diese Vergangenheit bedachte, war es tatsächlich irgendwie komisch, als Babysitter zu enden.

»Ha!«

»Mr Haaviko!«

Der späte Teenager vor mir war jetzt richtig verärgert und stampfte erbost mit dem Fuß auf.

»Entschuldigen Sie bitte, kommen Sie doch herein.«

Ich nahm ihr das Kind ab und führte sie ins Haus. Die Kinder hatten ihren Kampf eingestellt und versuchten, den Hund zu umzingeln, der mich um Hilfe flehend ansah. Ich ignorierte ihn und wandte mich wieder der jungen Frau zu. »Möchten Sie einen Kaffee?«

Den mochte sie, und wir gingen in die Küche, wo sie ihre Tasche mit einem Seufzer der Erleichterung auf den Boden fallen ließ.

»Also, Mr Haaviko«, eröffnete sie die geschäftlichen Verhandlungen. »Es heißt da, Sie würden zwanzig Dollar pro Kind pro Tag verlangen und dass ein Imbiss und ein Mittagessen dabei sind.«

Ich nickte, stellte ihr eine Tasse Kaffee hin und nahm einen Schluck von meinem. Der Duft stieg mir in die Nase, und die Wärme breitete sich in meinem Magen aus. Ich lächelte wieder. Das hier, die Kinder, das Haus, der Regen, das Feilschen um kleine Geldsummen, all das war schön. Diese Dinge, Dinge, die ich nie gewollt und bisher nie gehabt hatte, sie waren gut und wichtig und wirklich. Ich nahm noch einen Schluck und goss etwas Milch dazu, um den Kaffee abzukühlen.

»Ja.«

Sie starrte mich an, nahm einen winzigen Schluck Kaffee und verzog das Gesicht. »Also, ich hoffe, das Essen ist gesund, Mr Haaviko?«

Das war es, also nickte ich, und sie stand einfach nur da, bis sie wieder seufzte. »Ich arbeite bei Perkins, Mr Haaviko.«

Das sagte mir gar nichts, aber ich nickte trotzdem. Wahrscheinlich war es Smalltalk, schlechter Smalltalk, aber eben Smalltalk.

»Also, können Sie sich um meinen Sohn kümmern, Mr Haaviko?«

Ich trank meinen Kaffee aus und fühlte ihn in meinem Bauch brennen. »Klar, aber sagen Sie Monty zu mir. Mr Haaviko klingt so schrecklich formell.«

Danksagungen

Ich möchte dem Manitoba Arts Council meinen Dank für die Unterstützung und Hilfe aussprechen. Auch danke ich Wayne Tefs für seine ausgezeichnete und lehrreiche redaktionelle Unterstützung und Todd Besant für seinen Rat und seine Hilfe. Zusätzlich danke ich David Neufeld, William, Lois und Alison, Sēanin, Morgan, Erik, Robert und T, und allen anderen, die ich an dieser Stelle nicht nennen kann. Mein Dank geht auch an die in den Schatten. Ihr wisst, wen ich meine.